考試分數大躍進
累積實力
百萬考生見證
應考秘訣

3

新制日檢

師資、經驗、
效率、解析、高分
五大致勝！

絕對合格！

學霸攻略
單字・文法・閱讀・聽力

全真模考
3回 + 詳解

山田社日檢題庫小組・吉松由美・田中陽子・西村惠子・林勝田 ◎合著

N3

QR Code
朗讀音檔
↓
隨看隨聽

嗨，所有考試的戰士們！驚喜大放送！

應大家的殷殷期盼，我們激動地推出了

《新制日檢！絕對合格 N3 單字、文法、閱讀、聽力全真模考 3 回＋詳解》

的「QR Code 線上音檔版」，

帶給您們更炫酷的學習體驗，讓您們在任何時刻、任何地點都能一路破關升級！

★ 全台百萬考生的共同選擇，實力見證，無需多言！

★ 我們的出題老師全在日本本土，緊跟考試脈動，準確捕捉試題趨勢！

★ 掌握出題重點，瞄準考試核心，助您一箭穿心，精準命中！

不容錯過的超狂機會來了！一起迎接高薪證照的挑戰，向年薪百萬、千萬的顛峰邁進！拿起手機，隨時迎接新的戰役，攜手成功！

考試高手們，是否每次做完模擬題都自信滿滿，結果成績卻捉弄您？別擔心，考試的秘訣就是讓每一次的模擬都成為您的翻身勝利！「做懂、做透、做爛」是您通往成功的關鍵！

我們的模擬試題，可是經過深思熟慮打磨出來的精品，它能帶您入門考試的節奏，讓您在考場上得心應手，還能引導您形成自己獨特的解題思路和技巧，面對千變萬化的考題毫不畏懼！

⇨ 我們的特點有：

1. 新日檢變幻莫測，我們的高分秘笈永恆不變：

我們的出題老師可不是閒著沒事的，他們長期駐足日本，深入剖析考試動向，熟知新舊日檢考題的蛛絲馬跡。而且我們發現了一個不可忽視的趨勢，那就是新日檢的難度日益提升。

因此，我們極其用心地打磨最新的模擬試題，使其 100% 重現考試的真實面貌。為的就是讓您立即進入考試狀態，輕鬆駕馭考試的重點，並且輕鬆拿下高分！

2. 解密考試密碼，奠定高分基石：

讓我們一同解開考試的秘密！想要征服漢字的發音難題？我們幫您一一拆解！漢字筆劃讓外國人目瞪口呆？我們一網打盡！句子與詞語的微妙關聯讓您困惑不已？我們輕鬆揭示答案！那些令人頭疼的固定搭配與慣用語，我們全面掌握，猶如虎添翼，助您一臂之力！

隨著新日檢的難度越來越高，我們的模擬試題也越來越強。我們的出題老師們日夜兼程，長年駐

足日本，深入分析考題的走向，致力於打造最真實的模擬試題，使您在考試時能夠輕鬆應對，瞄準重點，輕取高分！

3. 制霸日檢，全方位策略大公開：

兄弟姐妹們，請放心，我們絕不走偏門，為您提供最全面的備考方案！新日檢的障礙多多，特別是那令人頭疼的聽解部分，常常讓人措手不及。但別擔心，我們的書籍可不會讓您失望！

3 輪豐富的模擬聽解試題，搭配標準的東京腔音頻檔，專業且用心的製作，一定會讓您的聽力突飛猛進！練就您的「日語金耳朵」，當考試題目出現時，您已然知道答案在何方！

4. 進場就是主場！用節奏感征服考場，輕鬆拿下高薪證照！

為您精心準備了「3 大回合超擬真模擬試題」，完美重現新日檢考試的難度和題型，讓您在家也能體驗考場的壓力與挑戰。

在做模擬試題時，您要像真正步入考場一樣，仔細閱讀題目，充分理解問題所在，不畏難題，繞過阻礙，步調要穩健，不要急躁，最後的檢查也不可忽略，確保一切就緒。

透過這樣的實戰演練，您能充分感受考試的真實氛圍，調整好自己的心態和狀態，做到心理和生理的雙重準備，完全掌握答題的節奏感，毫不費力地攻克加薪證照的挑戰。

5. 考試策略，贏在判斷力和思維靈活性！

我們的佳作《學霸攻略 新制日檢！絕對合格 N3 單字、文法、閱讀、聽力全真模考 3 回＋詳解》針對舊制和新制的考題，進行深入分析和對比，無論考試怎麼變，只要您擁有了解題目原理和基本原則的能力，便能稱霸考場！

通過認真完成這 3 回真題，並配合細心分析，補齊自己的不足，記錄下難點，不斷修正和修改，並進行分類和重點複習，就能達到「做懂、做透、做爛」的境界！這樣，您將能夠輕鬆掌握解題思路和技巧，不必擔心考題的多變性，因為其實它們的核心只有幾種，一旦掌握，成功就在望！

6. 最後，將信心提升到最高點！

信心是通向成功的金鑰匙，也是戰勝困難的最佳武器。考試前，記得自我暗示「這個難度對我簡直小菜一碟！」相信自己，運氣也要相信，心中默默念「絕對合格」！堅信必成，加薪證書絕對屬於您！加油！

親愛的考試英雄們，成為這場戰役的贏家，就在此刻！拿起我們的《學霸攻略 新制日檢！絕對合格 N3 單字、文法、閱讀、聽力全真模考 3 回＋詳解》這把利劍，穩步前行，勇敢迎接考試的挑戰，您一定能夠過關斬將，全勝而歸！

目錄もくじ

一、什麼是新日本語能力試驗呢?

1. 新制「日語能力測驗」

　　從2010年起，將實施新制「日語能力測驗」（以下簡稱為新制測驗）。

1－1　實施對象與目的

　　新制測驗與現行的日語能力測驗（以下簡稱為舊制測驗）相同，原則上，實施對象為非以日語作為母語者。其目的在於，為廣泛階層的學習與使用日語者舉行測驗，以及認證其日語能力。

1－2　改制的重點

　　此次改制的重點有以下四項：

1 測驗解決各種問題所需的語言溝通能力

　　新制測驗重視的是結合日語的相關知識，以及實際活用的日語能力。因此，擬針對以下兩項舉行測驗：一是文字、語彙、文法這三項語言知識；二是活用這些語言知識解決各種溝通問題的能力。

2 由四個級數增為五個級數

　　新制測驗由舊制測驗的四個級數（1級、2級、3級、4級），增加為五個級數（N1、N2、N3、N4、N5）。新制測驗與舊制測驗的級數對照，如下所示。最大的不同是在舊制測驗的2級與3級之間，新增了N3級數。

N1	難易度比舊制測驗的1級稍難。合格基準與舊制測驗幾乎相同。
N2	難易度與舊制測驗的2級幾乎相同。
N3	難易度介於舊制測驗的2級與3級之間。（新增）
N4	難易度與舊制測驗的3級幾乎相同。
N5	難易度與舊制測驗的4級幾乎相同。

「N」代表「Nihongo（日語）」以及「New（新的）」。

3 施行「得分等化」

　　由於在不同時期實施的測驗，其試題均不相同，無論如何慎重出題，每次測驗的難易度總會有或多或少的差異。因此在新制測驗中，導入「等化」的計分方式後，便能將不同時期的測驗分數，於共同量尺上相互比較。因此，無論是在什麼時候接受測驗，只要是相同級數的測驗，其得分均可予以比較。目前全球幾種主要的語言測驗，均廣泛採用這種「得分等化」的計分方式。

新制日檢的目的，是要把所學的單字、文法、句型…都加以活用喔。

4 提供「日語能力測驗Can-do List」（暫稱）作參考

　　為了瞭解通過各級數測驗者的實際日語能力，新制測驗經過調查後，提供「日語能力測驗Can-do List」（暫稱）。本表列載通過測驗認證者的實際日語能力範例。希望通過測驗認證者本人以及其他人，皆可藉由本表更加具體明瞭測驗成績代表的意義。

喔～原來如此，學日語，就是要活用在生活上嘛！

1－3　所謂「解決各種問題所需的語言溝通能力」

　　我們在生活中會面對各式各樣的「問題」。例如，「看著地圖前往目的地」或是「讀著說明書使用電器用品」等等。種種問題有時需要語言的協助，有時候不需要。

　　為了順利完成需要語言協助的問題，我們必須具備「語言知識」，例如文字、發音、語彙的相關知識、組合語詞成為文章段落的文法知識、判斷串連文句的順序以便清楚說明的知識等等。此外，亦必須能配合當前的問題，擁有實際運用自己所具備的語言知識的能力。

　　舉個例子，我們來想一想關於「聽了氣象預報以後，得知東京明天的天氣」這個課題。想要「知道東京明天的天氣」，必須具備以下的知識：「晴れ（晴天）、くもり（陰天）、雨（雨天）」等代表天氣的語彙；「東京は明日は晴れでしょう（東京明日應是晴天）」的文句結構；還有，也要知道氣象預報的播報順序等。除此以外，尚須能從播報的各地氣象中，分辨出哪一則是東京的天氣。

　　如上所述的「運用包含文字、語彙、文法的語言知識做語言溝通，進而具備解決各種問題所需的語言溝通能力」，在新制測驗中稱為「解決各種問題所需的語言溝通能力」。

新制測驗將「解決各種問題所需的語言溝通能力」分成以下「語言知識」、「讀解」、「聽解」等三個項目做測驗。

語言知識	各種問題所需之日語的文字、語彙、文法的相關知識。
讀　解	運用語言知識以理解文字內容，具備解決各種問題所需的能力。
聽　解	運用語言知識以理解口語內容，具備解決各種問題所需的能力。

作答方式與舊制測驗相同，將多重選項的答案劃記於答案卡上。此外，並沒有直接測驗口語或書寫能力的科目。

2. 認證基準

新制測驗共分為N1、N2、N3、N4、N5五個級數。最容易的級數為N5，最困難的級數為N1。

與舊制測驗最大的不同，在於由四個級數增加為五個級數。以往有許多通過3級認證者常抱怨「遲遲無法取得2級認證」。為因應這種情況，於舊制測驗的2級與3級之間，新增了N3級數。

新制測驗級數的認證基準，如表1的「讀」與「聽」的語言動作所示。該表雖未明載，但應試者也必須具備為表現各語言動作所需的語言知識。

N4與N5主要是測驗應試者在教室習得的基礎日語的理解程度；N1與N2是測驗應試者於現實生活的廣泛情境下，對日語理解程度；至於新增的N3，則是介於N1與N2，以及N4與N5之間的「過渡」級數。關於各級數的「讀」與「聽」的具體題材（內容），請參照表1。

Q&A

Q：新制日檢級數前的「N」是指什麼？

A：「N」指的是「New（新的）」跟「Nihongo（日語）」兩層意思。

Q&A

Q：以前是4個級數，現在呢？

A：新制日檢改分為N1-N5。N3是新增的，程度介於舊制的2、3級之間。過去有許多考生反應，舊制2、3級層度落差太大，所以在這兩個級數之間，多設了一個N3的級數，您就想成是，準2級就行啦！

■ 表1 新「日語能力測驗」認證基準

		認證基準
	級數	各級數的認證基準，如以下【讀】與【聽】的語言動作所示。各級數亦必須具備為表現各語言動作所需的語言知識。
困難↑＊	N1	能理解在廣泛情境下所使用的日語 【讀】・可閱讀話題廣泛的報紙社論與評論等論述性較複雜及較抽象的文章，且能理解其文章結構與內容。 ・可閱讀各種話題內容較具深度的讀物，且能理解其脈絡及詳細的表達意涵。 【聽】・在廣泛情境下，可聽懂常速且連貫的對話、新聞報導及講課，且能充分理解話題走向、內容、人物關係、以及說話內容的論述結構等，並確實掌握其大意。
	N2	除日常生活所使用的日語之外，也能大致理解較廣泛情境下的日語 【讀】・可看懂報紙與雜誌所刊載的各類報導、解說、簡易評論等主旨明確的文章。 ・可閱讀一般話題的讀物，並能理解其脈絡及表達意涵。 【聽】・除日常生活情境外，在大部分的情境下，可聽懂接近常速且連貫的對話與新聞報導，亦能理解其話題走向、內容、以及人物關係，並可掌握其大意。
	N3	能大致理解日常生活所使用的日語 【讀】・可看懂與日常生活相關的具體內容的文章。 ・可由報紙標題等，掌握概要的資訊。 ・於日常生活情境下接觸難度稍高的文章，經換個方式敘述，即可理解其大意。 【聽】・在日常生活情境下，面對稍微接近常速且連貫的對話，經彙整談話的具體內容與人物關係等資訊後，即可大致理解。

*容易 → ↓	N4	能理解基礎日語 【讀】‧可看懂以基本語彙及漢字描述的貼近日常生活相關話題的文章。 【聽】‧可大致聽懂速度較慢的日常會話。
	N5	能大致理解基礎日語 【讀】‧可看懂以平假名、片假名或一般日常生活使用的基本漢字所書寫的固定詞句、短文、以及文章。 【聽】‧在課堂上或周遭等日常生活中常接觸的情境下，如為速度較慢的簡短對話，可從中聽取必要資訊。

3. 測驗科目

新制測驗的測驗科目與測驗時間如表2所示。

■ 表2 測驗科目與測驗時間*①

級數	測驗科目 （測驗時間）			
N1	語言知識（文字、語彙、文法）、讀解 （110分）		聽解 （60分） →	測驗科目為「語言知識（文字、語彙、文法）、讀解」；以及「聽解」共2科目。
N2	語言知識（文字、語彙、文法）、讀解 （105分）		聽解 （50分） →	
N3	語言知識 （文字、語彙） （30分）	語言知識 （文法）、讀解 （70分）	聽解 （40分） →	測驗科目為「語言知識（文字、語彙）」；「語言知識（文法）、讀解」；以及「聽解」共3科目。
N4	語言知識 （文字、語彙） （30分）	語言知識 （文法）、讀解 （60分）	聽解 （35分） →	
N5	語言知識 （文字、語彙） （25分）	語言知識 （文法）、讀解 （50分）	聽解 （30分） →	

　　N1與N2的測驗科目為「語言知識（文字、語彙、文法）、讀解」以及「聽解」共2科目；N3、N4、N5的測驗科目為「語言知識（文字、語彙）」、「語言知識（文法）、讀解」、「聽解」共3科目。

　　由於N3、N4、N5的試題中，包含較少的漢字、語彙、以及文法項目，因此當與N1、N2測驗相同的「語言知識（文字、語彙、文法）、讀解」科目時，有時會使某幾道試題成為其他題目的提示。為避免這個情況，因此將「語言知識（文字、語彙、文法）、讀解」，分成「語言知識（文字、語彙）」和「語言知識（文法）、讀解」施測。

＊ 聽解因測驗試題的錄音長度不同，致使測驗時間會有些許差異。

4. 測驗成績

4－1　量尺得分

　　舊制測驗的得分，答對的題數以「原始得分」呈現；相對的，新制測驗的得分以「量尺得分」呈現。

　　「量尺得分」是經過「等化」轉換後所得的分數。以下，本手冊將新制測驗的「量尺得分」，簡稱為「得分」。

4－2　測驗成績的呈現

　　新制測驗的測驗成績，如表3的計分科目所示。N1、N2、N3的計分科目分為「語言知識（文字、語彙、文法）」、「讀解」、以及「聽解」3項；N4、N5的計分科目分為「語言知識（文字、語彙、文法）、讀解」以及「聽解」2項。

　　會將N4、N5的「語言知識（文字、語彙、文法）」和「讀解」合併成一項，是因為在學習日語的基礎階段，「語言知識」與「讀解」方面的重疊性高，所以將「語言知識」與「讀解」合併計分，比較符合學習者於該階段的日語能力特徵。

■ 表3　各級數的計分科目及得分範圍

級數	計分科目	得分範圍
N1	語言知識（文字、語彙、文法）	0～60
	讀解	0～60
	聽解	0～60
	總分	0～180
N2	語言知識（文字、語彙、文法）	0～60
	讀解	0～60
	聽解	0～60
	總分	0～180
N3	語言知識（文字、語彙、文法）	0～60
	讀解	0～60
	聽解	0～60
	總分	0～180
N4	語言知識（文字、語彙、文法）、讀解	0～120
	聽解	0～60
	總分	0～180
N5	語言知識（文字、語彙、文法）、讀解	0～120
	聽解	0～60
	總分	0～180

　　各級數的得分範圍，如表3所示。N1、N2、N3的「語言知識（文字、語彙、文法）」、「讀解」、「聽解」的得分範圍各為0～60分，三項合計的總分範圍是0～180分。「語言知識（文字、語彙、文法）」、「讀解」、「聽解」各占總分的比例是1：1：1。

　　N4、N5的「語言知識（文字、語彙、文法）、讀解」的得分範圍為0～120分，「聽解」的得分範圍為0～60分，二項合計的總分範圍是0～180分。「語言知識（文字、語彙、文法）、讀解」與「聽解」各占總分的比例是2：1。還有，「語言知識（文字、語彙、文法）、讀解」的得分，不能拆解成「語言知識（文字、語彙、文法）」與「讀解」二項。

　　除此之外，在所有的級數中，「聽解」均占總分的三分之一，較舊制測驗的四分之一為高。

N3　題型分析

測驗科目 （測驗時間）				試題內容	
			題型	小題題數 *	分析
語言知識	文字、語彙	1	漢字讀音	◇ 8	測驗漢字語彙的讀音。
		2	假名漢字寫法	◇ 6	測驗平假名語彙的漢字寫法。
		3	選擇文脈語彙	○ 11	測驗根據文脈選擇適切語彙。
		4	替換類義詞	○ 5	測驗根據試題的語彙或說法，選擇類義詞或類義說法。
		5	語彙用法	○ 5	測驗試題的語彙在文句裡的用法。
語言知識、讀解	文法	1	文句的文法1（文法形式判斷）	○ 13	測驗辨別哪種文法形式符合文句內容。
		2	文句的文法2（文句組構）	◆ 5	測驗是否能夠組織文法正確且文義通順的句子。
		3	文章段落的文法	◆ 5	測驗辨別該文句有無符合文脈。
	讀解 *	4	理解內容（短文）	○ 4	於讀完包含生活與工作等各種題材的撰寫說明文或指示文等，約150～200字左右的文章段落之後，測驗是否能夠理解其內容。
		5	理解內容（中文）	○ 6	於讀完包含撰寫的解說與散文等，約350字左右的文章段落之後，測驗是否能夠理解其關鍵詞或因果關係等等。
		6	理解內容（長文）	○ 4	於讀完解說、散文、信函等，約550字左右的文章段落之後，測驗是否能夠理解其概要或論述等等。
		7	釐整資訊	◆ 2	測驗是否能夠從廣告、傳單、提供各類訊息的雜誌、商業文書等資訊題材（600字左右）中，找出所需的訊息。

聽力變得好重要喔！

沒錯，以前比重只佔整體的1/4，現在新制高達1/3喔。

聽解	1	理解問題	◇	6	於聽取完整的會話段落之後，測驗是否能夠理解其內容（於聽完解決問題所需的具體訊息之後，測驗是否能夠理解應當採取的下一個適切步驟）。
	2	理解重點	◇	6	於聽取完整的會話段落之後，測驗是否能夠理解其內容（依據剛才已聽過的提示，測驗是否能夠抓住應當聽取的重點）。
	3	理解概要	◇	3	於聽取完整的會話段落之後，測驗是否能夠理解其內容（測驗是否能夠從整段會話中理解說話者的用意與想法）。
	4	適切話語	◆	4	於一面看圖示，一面聽取情境說明時，測驗是否能夠選擇適切的話語。
	5	即時應答	◆	9	於聽完簡短的詢問之後，測驗是否能夠選擇適切的應答。

＊「小題題數」為每次測驗的約略題數，與實際測驗時的題數可能未盡相同。此
　外，亦有可能會變更小題題數。
＊ 有時在「讀解」科目中，同一段文章可能會有數道小題。

◆	舊制測驗沒有出現過的嶄新題型。
◇	沿襲舊制測驗的題型，但是更動部分形式。
○	與舊制測驗一樣的題型。

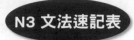

★ 步驟一：沿著虛線剪下《速記表》，並且用你喜歡的方式裝訂起來！
★ 步驟二：請在「讀書計劃」欄中填上日期，依照時間安排按部就班學習，每完成一項，就用螢光筆塗滿格子，看得見的學習，效果加倍！

五十音順	文法			中譯	讀書計畫
い	いっぽうだ			一直…、不斷地…、越來越…	
う	うちに			趁…、在…之內…	
お	おかげで、おかげだ			多虧…、托您的福、因為…	
	おそれがある			恐怕會…、有…危險	
か	かけ（の）、かける			剛…、開始…；對…	
	がちだ、がちの			容易…、往往會…、比較多	
	から…	からにかけて		從…到…	
		からいうと、からいえば、からいって		從…來說、從…來看、就…而言	
		から（に）は		既然…、既然…，就…	
	かわりに			代替…	
き	ぎみ			有點…、稍微…、…趨勢	
	（っ）きり			只有…；全心全意地…；自從…就一直…	
	きる、きれる、きれない			…完、完全、到極限；充分…、堅決…	
く	くせに			雖然…，可是…、…，卻…	
	くらい…	くらい（ぐらい）はない、ほどはない		沒什麼是…、沒有…像…一樣、沒有…比…的了	
		くらい（だ）、ぐらい（だ）		幾乎…、簡直…、甚至…	
		くらいなら、ぐらいなら		與其…不如…、要是…還不如…	
こ	こそ			正是…、才（是）…；唯有…才…	
	こと…	ことか		多麼…啊	
		ことだ		就得…、應當…、最好…；非常…	
		ことにしている		都…、向來…	
		ことになっている、こととなっている		按規定…、預定…、將…	
		ことはない		用不著…；不是…、並非…；沒…過、不曾…	
さ	さい…	さい（は）、さいに（は）		…的時候、在…時、當…之際	
		さいちゅうに、さいちゅうだ		正在…	
	さえ…	さえ、でさえ、とさえ		連…、甚至…	
		さえば、さえたら		只要…（就）…	
	（さ）せてください、（さ）せてもらえますか、（さ）せてもらえませんか			請讓…、能否允許…、可以讓…嗎？	
使役形	使役形＋もらう、くれる、いただく			請允許我…、請讓我…	
し	しかない			只能…、只好…、只有…	
せ	せい…	せいか		可能是（因為）…、或許是（由於）…的緣故吧	
		せいで、せいだ		由於…、因為…的緣故、都怪…	

五十音順	文法			中譯	讀書計畫
た	だけ…	だけしか		只…、…而已、僅僅…	
		だけ（で）		只是…、只不過…；只要…就…	
	たと…	たとえても		即使…也…、無論…也…	
		（た）ところ		…，結果…	
		たとたん（に）		剛…就…、剎那就…	
	たび（に）			每次…、每當…就…	
	たら…	たら、だったら、かったら		要是…、如果…	
		たらいい（のに）なあ、といい（のに）なあ		…就好了	
		だらけ		全是…、滿是…、到處是…	
		たらどうですか、たらどうでしょう（か）		…如何、…吧	
つ	ついでに			順便…、順手…、就便…	
	っけ			是不是…來著、是不是…呢	
	って…	って		他説…、人家説…；聽説…、據説…	
		って（いう）、とは、という（のは）（主題・名字）		所謂的…、…指的是；叫…的、是…、這個…	
	っぱなしで、っぱなしだ、っぱなしの			…著	
	っぽい			看起來好像…、感覺像…	
て	ていらい			自從…以來，就一直…、…之後	
	てからでないと、てからでなければ			不…就不能…、不…之後，不能…、…之前，不…	
	てくれと			給我…	
	てごらん			…吧、試著…	
	て（で）たまらない			非常…、…得受不了	
	て（で）ならない			…得受不了、非常…	
	て（で）ほしい、てもらいたい			想請你…	
	てみせる			做給…看；一定要…	
と	命令形＋と			引用用法	
	という…	ということだ		聽説…、據説…；…也就是説…、這就是…	
		というより		與其説…，還不如説…	
	といっても			雖説…，但…、雖説…，也並不是很…	
	とおり（に）			按照…、按照…那樣	
	どおり（に）			按照、正如…那樣、像…那樣	
	とか			好像…、聽説…	
	ところ…	ところだった		（差一點兒）就要…了、險些…了；差一點就…可是…	
		ところに		…的時候、正在…時	
		ところへ		…的時候、正當…時，突然…、正要…時，（…出現了）	
		ところを		正…時、…之時、正當…時…	

五十音順	文法		中譯	讀書計畫
と	として…	として、としては	以…身份、作為…；如果是…的話、對…來説	
		としても	即使…，也…、就算…，也…	
	とすれば、としたら、とする		如果…、如果…的話、假如…的話	
	とともに		與…同時，也…；隨著…；和…一起	
な	ない…	ないこともない、ないことはない	並不是不…、不是不…	
		ないと、なくちゃ	不…不行	
		ないわけにはいかない	不能不…、必須…	
	など…	など	怎麼會…、オ（不）…	
		などと（なんて）いう、などと（なんて）おもう	多麼…呀；…之類的…	
	なんか、なんて		…之類的、…什麼的	
に	において、においては、においても、における		在…、在…時候、在…方面	
	にかわって、にかわり		替…、代替…、代表…	
	にかんして（は）、にかんしても、にかんする		關於…、關於…的…	
	にきまっている		肯定是…、一定是…	
	にくらべて、にくらべ		與…相比、跟…比較起來、比較…	
	にくわえて、にくわえ		而且…、加上…、添加…	
	にしたがって、にしたがい		伴隨…、隨著…	
	にして…	にしては	照…來説…、就…而言算是…、從…這一點來説、算是…的、作為…，相對來説…	
		にしても	就算…，也…、即使…，也…	
	にたいして（は）、にたいし、にたいする		向…、 對（於）…	
	にちがいない		一定是…、准是…	
	につき		因…、因為…	
	につれ（て）		伴隨…、隨著…、越…越…	
	にとって（は／も／の）		對於…來説	
	にともなって、にともない、にともなう		伴隨著…、隨著…	
	にはんして、にはんし、にはんする、にはんした		與…相反…	
	にもとづいて、にもとづき、にもとづく、にもとづいた		根據…、按照…、基於…	
	によって（は）、により		因為…；根據…；由…；依照…	
	による…	による	因…造成的…、由…引起的…	
		によると、によれば	據…、據…説、根據…報導…	
	にわたって、にわたる、にわたり、にわたった		經歷…、各個…、一直…、持續…	
の	（の）ではないだろうか、（の）ではないかとおもう		不就…嗎；我想…吧	
は	ばほど		越…越…	
	ばかりか、ばかりでなく		豈止…，連…也…、不僅…而且…	
	はもちろん、はもとより		不僅…而且…、…不用説，…也…	

五十音順	文法		中譯	讀書計畫
は	ばよかった		…就好了	
	はんめん		另一面…、另一方面…	
へ	べき、べきだ		必須…、應當…	
ほ	ほかない、ほかはない		只有…、只好…、只得…	
	ほど		越…越；…得、…得令人	
ま	までには		…之前、…為止	
み	み		帶有…、…感	
	みたい（だ）、みたいな		好像…；想要嘗試…	
む	むきの、むきに、むきだ		朝…；合於…、適合…	
	むけの、むけに、むけだ		適合於…	
も	もの…	もの、もん	因為…嘛	
		ものか	哪能…、怎麼會…呢、決不…、才不…呢	
		ものだ	過去…經常、以前…常常	
		ものだから	就是因為…，所以…	
		もので	因為…、由於…	
よ	よう…	ようがない、ようもない	沒辦法、無法…；不可能…	
		ような	像…樣的、宛如…一樣的…	
		ようなら、ようだったら	如果…、要是…	
		ように	為了…而…；希望…、請…；如同…	
		ように（いう）	告訴…	
		ようになっている	會…	
	より（ほか）ない、ほか（しかたが）ない		只有…、除了…之外沒有…	
わ	句子＋わ		…啊、…呢、…呀	
	わけ…	わけがない、わけはない	不會…、不可能…	
		わけだ	當然…、難怪…；也就是說…	
		わけではない、わけでもない	並不是…、並非…	
		わけにはいかない、わけにもいかない	不能…、不可…	
	わりに（は）		（比較起來）雖然…但是…、但是相對之下還算…、可是…	
を	をこめて		集中…、傾注…	
	をちゅうしんに（して）、をちゅうしんとして		以…為重點、以…為中心、圍繞著…	
	をつうじて、をとおして		透過…、通過…；在整個期間…、在整個範圍…	
	をはじめ、をはじめとする、をはじめとして		以…為首、…以及…、…等等	
	をもとに、をもとにして		以…為根據、以…為參考、在…基礎上	
ん	んじゃない、んじゃないかとおもう		不…嗎、莫非是…	
	んだ…	んだって	聽說…呢	
		んだもん	因為…嘛、誰叫…	

JLPT N3

<ruby>試<rt>し</rt></ruby><ruby>験<rt>けん</rt></ruby><ruby>問<rt>もん</rt></ruby><ruby>題<rt>だい</rt></ruby>

STS

第一回

言語知識（文字、語彙）

問題1 ＿＿＿＿のことばの読み方として最もよいものを、1・2・3・4からえらびなさい。

1 その道は一方通行です。
1 いっぽつうこお 2 いっぽうつうこう
3 いっぽつこう 4 いっぽつうこう

2 もうすぐ、夏の祭りが始まる。
1 まつり 2 まいり 3 まいり 4 かざり

3 彼女が着る洋服は派手だ。
1 はしゅ 2 はて 3 はじゅ 4 はで

4 その美容師は、とても人気がある。
1 ぴようし 2 びよおし 3 びようし 4 びょうし

5 努力をすることはとても大事です。
1 どりく 2 どりょく 3 どりよく 4 どうりょく

6 彼は新しい方法を使って成功した。
1 ほうほお 2 ほうぼう 3 ほうほう 4 ぼうぼう

7 本日、3時にお伺いいたします。
1 ほんじつ 2 きょう 3 ほんにち 4 ほんび

8 お金を無駄にしないように注意しよう。
1 ぶじ 2 まだ 3 むだ 4 ぶだ

問題2 ＿＿＿のことばを漢字で書くとき、最もよいものを、1・2・3・4から
一つえらびなさい。

9 どうぞよろしくお願いいたします。
1 致し　　　　　2 枚し　　　　　3 至し　　　　　4 倒し

10 選手がにゅうじょうしてきた。
1 人坂　　　　　2 入浴　　　　　3 人場　　　　　4 入場

11 多くの乗客を乗せて新幹線がはっしゃした。
1 発行　　　　　2 発車　　　　　3 発射　　　　　4 発社

12 彼はつみに問われた。
1 罰　　　　　　2 置　　　　　　3 罪　　　　　　4 署

13 私のはんだんは、間違っていなかった。
1 半段　　　　　2 判断　　　　　3 版談　　　　　4 反談

14 しょるいに、名前を書いた。
1 書類　　　　　2 書数　　　　　3 書頭　　　　　4 署類

問題3 （　　）に入れるのに最もよいものを、1・2・3・4から一つえらびなさい。

15 そのすばらしい芝居に（　　）が鳴り止まなかった。

1 拍手　　　　　2 大声　　　　　3 足音　　　　　4 頭痛

16 かわいそうな話を聞いて、涙が（　　　）こぼれた。

1 ぽろぽろ　　　2 するする　　　3 からから　　　4 きりきり

17 外国人が、（　　）のお巡りさんに道を聞いている。

1 消防署　　　　2 郵便局　　　　3 派出所　　　　4 市役所

18 つい（　　　）な仕事を引き受けてしまった。

1 批判　　　　　2 懸命　　　　　3 必要　　　　　4 面倒

19 彼は作品に対する理解（　　　）がある。

1 面　　　　　　2 力　　　　　　3 点　　　　　　4 観

20 ペットボトルなどの（　　　）に協力してください。

1 リサイクル　　2 ラップ　　　　3 インスタント　4 オペラ

21 オーケストラの（　　　）に、耳を傾ける。

1 出演　　　　　2 予習　　　　　3 合唱　　　　　4 演奏

22 身の回りを（　　　）整理しなさい。

1 にこりと　　　2 ずらっと　　　3 きちんと　　　4 がらりと

23 病気に（　　　）と、体力が落ちるので注意しよう。

1 かかる　　　　2 せめる　　　　3 たかる　　　　4 すすむ

問題4 ＿＿＿に意味が最も近いものを、1・2・3・4から一つえらびなさい。

24 日曜日に、友達の家を訪問した。

1 たずねた　　　2 さがした　　　3 そうじした　　　4 なおした

25 彼は愉快な人だ。

1 たのしい　　　2 くらい　　　3 まじめな　　　4 やさしい

26 急にやる気が出て、一生懸命に勉強した。

1 気分　　　　　　　　　　　2 目標

3 積極的な気持ち　　　　　　4 消極的な気持ち

27 彼にボールをぶつけた。

1 ひろった　　　2 投げた　　　3 受け取った　　　4 強く当てた

28 そうじの方法について、昨日、みんなで相談した。

1 てつだった　　　2 話し合った　　　3 聞いた　　　4 命令した

問題5　つぎのことばの使い方として最もよいものを、1・2・3・4から一つえ
　　　　らびなさい。

29 まかせる

1　願いを<u>まかせる</u>ために、神社に行ってお祈りをした。

2　あなたになら、この難しい仕事を<u>まかせる</u>ことができる。

3　つらい思い出を<u>まかせる</u>ことはなかなかできないだろう。

4　その料理はレシピを見れば、かんたんに<u>まかせる</u>と思う。

30 経営

1　テレビを<u>経営</u>すると知識が増える。

2　勉強をはやく<u>経営</u>したいと思っている。

3　私の父はラーメン店を<u>経営</u>している。

4　お湯が早くわくように<u>経営</u>しなさい。

31 命令

1　「そこで止まれ。」と<u>命令</u>した。

2　「好きなようにしていいよ。」と<u>命令</u>した。

3　「今朝は何時に起きたの。」と<u>命令</u>した。

4　「ごめんなさい。」と母に<u>命令</u>した。

32 煮える

1　野菜がおいしそうに<u>煮え</u>てきた。

2　魚を<u>煮える</u>煙がもうもうと部屋に満ちている。

3　外で、ゆっくり<u>煮える</u>ようにしなさい。

4　部屋のすみに、よく<u>煮える</u>物をおくといいです。

33 苦手

1　これから<u>苦手</u>な方法を説明します。

2　さっそく、<u>苦手</u>にとりかかります。

3　彼女はピアノの先生になるほど、ピアノが<u>苦手</u>だ。

4　わたしは、漢字を書くのが<u>苦手</u>だ。

言語知識（文法）・読解

問題1　つぎの文の（　　）に入れるのに最もよいものを、1・2・3・4から一
　　　　つえらびなさい。

1　夏生まれの母は、暑くなるに（　　　　）元気になる。

　1　しても　　　　　　2　ついて　　　　　　3　したら　　　　　　4　したがって

2　A「あなたのご都合はいかがですか。」

　　B「はい、私は大丈夫です。社長のご都合がよろしければ、明日（　　　　）と、
　　お伝えください。」

　1　おいでます　　　2　伺います　　　　3　参りました　　　4　いらっしゃる

3　A「その机を運ぶの？　石黒くんに手伝ってもらったらどう。」

　　B「あら、体が大きいからって、力が強い（　　　　）わ。」

　1　はずがない　　　2　はずだ　　　　　3　とは限らない　　4　に決まってる

4　A「今日は、20分でお弁当を作る方法をお教えします。」

　　B「まあ、それは、忙しい主婦に（　　　　）、とてもうれしいことです。」

　1　とって　　　　　2　ついて　　　　　3　しては　　　　　4　おいて

5　明日から試験だからって、ご飯の片付け（　　　　）できるでしょ。

　1　まで　　　　　　2　ぐらい　　　　　3　でも　　　　　　4　しか

6　展覧会は、9月の5日から10日間に（　　　　）開かれるそうです。

　1　ついて　　　　　2　までに　　　　　3　通じて　　　　　4　わたって

7　今度のテストには、1学期の範囲（　　　　）、2学期の範囲も出るそうだよ。

　1　だけで　　　　　2　だけでなく　　　3　くらい　　　　　4　ほどでなく

8　母「夕ご飯を何にするか、まだ決めてないのよ。」

　　子ども「じゃ、ぼくに（　　　　）。カレーがいいよ。」

　1　決めて　　　　　2　決まって　　　　3　決めさせて　　　4　決められて

9 彼女は台湾から来たばかり（　　　）、とても日本語が上手です。

1　なのに　　　　　2　なので　　　　　3　なんて　　　　　4　などは

10 A「日曜日の朝は、早いよ。」

B「大丈夫だよ。ゴルフの（　　　）どんなに早くても。」

1　ために　　　　　2　せいなら　　　　3　せいで　　　　　4　ためなら

11 天気予報では、「明日は晴れ。ところ（　　　）雨。」って言ってたよ。

1　により　　　　　2　では　　　　　3　なら　　　　　4　について

12 大事な花瓶を割って（　　　）。ごめんなさい。

1　ちまった　　　　2　しまった　　　　3　みた　　　　　4　おいた

13 この計画に（　　　）意見があれば述べてください。

1　よって　　　　　2　しては　　　　　3　対して　　　　　4　しても

問題2　つぎの文の＿＿★＿＿に入る最もよいものを、1・2・3・4から一つえらび
　　　　なさい。

(問題例)

　A「＿＿＿＿　＿＿＿＿　＿★＿＿　＿＿＿＿　か。」
　B「はい、だいすきです。」
　1　すき　　　　　　2　ケーキ　　　　　3　は　　　　4　です

(解答のしかた)

1.　正しい答えはこうなります。

> A「　＿＿＿＿＿＿＿　＿＿＿＿＿＿＿　＿＿★＿＿＿　＿＿＿＿＿＿＿　か。」
> 　　　　　2　ケーキ　　　3　は　　　1　すき　　　4　です
> B「はい、だいすきです。」

2.　＿＿★＿＿に入る番号を解答用紙にマークします。

　　　　(解答用紙)　| (例) | ● ② ③ ④ |

---

[14] 明日から試験なので、今夜は＿＿＿＿　＿＿＿＿　＿★＿　＿＿＿＿。
　1　しない　　　　　2　いかない　　　3　わけには　　　4　勉強

[15] なんと言われても、＿＿＿＿　＿★＿　＿＿＿＿　＿＿＿＿いる。
　1　しない　　　　　2　ことに　　　　3　して　　　　4　気に

[16] 姉が作るお菓子＿＿＿＿　＿＿＿＿　＿★＿　＿＿＿＿ない。
　1　は　　　　　　　2　ぐらい　　　　3　もの　　　　4　おいしい

[17] 今ちょうど母から＿＿＿＿　＿＿＿＿　＿＿＿＿　＿★＿です。
　1　かかった　　　　2　電話　　　　　3　が　　　　　4　ところ

[18] 毎日＿＿＿＿　＿＿＿＿　＿★＿　＿＿＿＿ピアノも上手に弾けるようになります。
　1　ように　　　　　2　と　　　　　　3　練習する　　　4　する

問題3　次の文章を読んで、文章全体の内容を考えて、 **19** から **23** の中に入る最もよいものを、1・2・3・4から一つえらびなさい。

下の文章は、留学生のサリナさんが、旅行先で知り合った鈴木さんに出した手紙である。

　暑くなりましたが、お元気ですか。

　山登りの際には、いろいろとお世話になりました。山を下りてから、急におなかが **19** 困っていた時、車でホテルまで送っていただいたので、とても助かりました。次の日に病院へ行くと、「急に暑くなって、冷たい飲み物 **20** 飲んでいたので、調子が悪くなったのでしょう。たぶん一種の風邪ですね。」と医者に言われました。翌日、一日 **21** すっかり治って、いつも通り大学にも行くことができました。おかげさまで、今はとても元気です。

　私の大学ではもうすぐ文化祭が **22** 。学生たちはそれぞれ、いろいろな準備に追われています。私は一年生なので、上級生ほど大変ではありませんが、それでも、文化祭の案内状やポスターを作ったり、演奏の練習をしたり、忙しい毎日です。

　鈴木さんが **23** にいらっしゃる時は、ぜひ連絡をください。またお会いできることを楽しみにしています。

サリナ・スリナック

19

　1　痛い　　　　　　2　痛いから　　　　3　痛くない　　　　4　痛くなって

20

　1　ばかり　　　　　2　だけ　　　　　　3　しか　　　　　　4　ぐらい

21

　1　休めば　　　　　2　休んだら　　　　3　休むなら　　　　4　休みなら

22

　1　始めます　　　　2　始まります　　　3　始まっています　4　始めています

23

　1　あちら　　　　　2　こちら　　　　　3　そちら　　　　　4　どちら

問題4　次の（1）から(4)の文章を読んで、質問に答えなさい。答えは、1・2・3
　　　　・4から最もよいものを一つえらびなさい。

(1)

　　日本で、東京と横浜の間に電話が開通したのは1890年です。当時、電
話では「もしもし」ではなく、「もうす、もうす（申す、申す）」「もうし、
もうし（申し、申し）」とか「おいおい」と言っていたそうです。その当時、
電話はかなりお金持ちの人しか持てませんでしたので、「おいおい」と
言っていたのは、ちょっといばっていたのかもしれません。それがいつ
ごろ「もしもし」に変わったかについては、よくわかっていません。た
くさんの人がだんだん電話を使うようになり、いつのまにかそうなって
いたようです。

　　この「もしもし」という言葉は、今は電話以外ではあまり使われませ
んが、例えば、前を歩いている人が切符を落とした時に、「もしもし、
切符が落ちましたよ。」というように使うことがあります。

24　そうなっていた は、どんなことをさすのか。
　1　電話が開通したこと
　2　人々がよく電話を使うようになったこと
　3　お金持ちだけでなく、たくさんの人が電話を使うようになったこと
　4　電話をかける時に「もしもし」と言うようになったこと

(2)

　　「ペットボトル」の「ペット」とは何を意味しているのだろうか。もちろん動物のペットとはまったく関係がない。

　　ペットボトルは、プラスチックの一種であるポリエチレン・テレフタラート（Polyethylene terephthalate）を材料として作られている。実は、ペットボトルの「ペット（pet）」は、この語の頭文字などをとったものだ。ちなみに「ペットボトル」という語と比べて、多くの国では「プラスチック　ボトル（plastic bottle）」と呼ばれているということである。

　　ペットボトルは日本では1982年から飲料用に使用することが認められ、今や、お茶やジュース、しょうゆやアルコール飲料などにも使われていて、毎日の生活になくてはならない存在である。

25 「ペットボトル」の「ペット」とは、どこから来たのか。

1　動物の「ペット」の意味からきたもの

2　「plastic bottle」を省略したもの

3　1982年に、日本のある企業が考え出したもの

4　ペットボトルの材料「Polyethylene terephthalate」の文字からとったもの

（3）レストランの入り口に、お知らせが貼ってある。

お知らせ

　2018 年 8 月 1 日から 10 日まで、ビル外がわの階段工事を行います。
ご来店のみなさまには、大変ご迷惑をおかけいたしますが、どうぞよ
ろしくお願い申し上げます。

　なお、工事期間中は、お食事をご注文のお客様に、コーヒーのサービ
スをいたします。
みなさまのご来店を、心よりお待ちしております。

　　　　　　　　　　　　　　　　　レストラン　サンセット・クルーズ
　　　　　　　　　　　　　　　　　　　　　店主　山村

---

26 このお知らせの内容と、合っているものはどれか。

　1　レストランは、8 月 1 日から休みになる。

　2　階段の工事には、10 日間かかる。

　3　工事の間は、コーヒーしか飲めない。

　4　工事中は、食事ができない。

(4) これは、野口さんに届いたメールである。

結婚お祝いパーティーのご案内

[koichi.mizutani @xxx.ne.jp]
送信日時：2018/8/10（金）10:14
宛先：2018danceclub@members.ne.jp

このたび、山口友之さんと三浦千恵さんが結婚されることになりました。
つきましてはお祝いのパーティーを行いたいと思います。

日時　2018年10月17日（水）18:00～
場所　ハワイアンレストラン HuHu（新宿）
会費　5000円

出席か欠席かのお返事は、8月28日（火）までに、水谷 koichi.
mizutani@xxx.ne.jp に、ご連絡ください。
楽しいパーティーにしたいと思います。ぜひ、ご参加ください。

世話係
水谷高一
koichi.mizutani@xxx.ne.jp

---

27 このメールの内容で、正しくないのはどれか。

1　山口友之さんと三浦千恵さんは、8月10日（金）に結婚した。

2　パーティーは、10月17日（水）である。

3　パーティーに出席するかどうかは、水谷さんに連絡をする。

4　パーティーの会費は、5,000円である。

問題5　つぎの (1) と (2) の文章を読んで、質問に答えなさい。答えは、1・2・3・4から最もよいものを一つえらびなさい。

(1)

　　日本では毎日、数千万人もの人が電車や駅を利用しているので、①もちろんのことですが、毎日のように多くの忘れ物が出てきます。

　　JR東日本※の方に聞いてみると、一番多い忘れ物は、マフラーや帽子、手袋などの衣類、次が傘だそうです。傘は、年間約30万本も忘れられているということです。雨の日や雨上がりの日などには、「傘をお忘れになりませんように。」と何度も車内アナウンスが流れるほどですが、②効果は期待できないようです。

　　ところで、今から100年以上も前、初めて鉄道が利用されはじめた明治時代には、③現代では考えられないような忘れ物が、非常に多かったそうです。

　　その忘れ物とは、いったい何だったのでしょうか。

　　それは靴（履き物）です。当時はまだ列車に慣れていないので、間違えて、駅で靴を脱いで列車に乗った人たちがいたのです。そして、降りる駅で、履きものがない、と気づいたのです。

　　日本では、家にあがるとき、履き物を脱ぐ習慣がありますので、つい、靴をぬいで列車に乗ってしまったということだったのでしょう。

　　※JR東日本…日本の鉄道会社名

28 ①もちろんのこととは、何か。

1　毎日、数千万人もの人が電車を利用していること

2　毎日のように多くの忘れ物が出てくること

3　特に衣類の忘れ物が多いこと

4　傘の忘れ物が多いこと

29 ②効果は期待できないとはどういうことか。

1　衣類の忘れ物がいちばん多いということ

2　衣類の忘れ物より傘の忘れ物の方が多いこと

3　傘の忘れ物は少なくならないということ

4　車内アナウンスはなくならないということ

30 ③現代では考えられないのは、なぜか。

1　鉄道が利用されはじめたのは、100年以上も前だから

2　明治時代は、車内アナウンスがなかったから

3　現代人は、靴を脱いで電車に乗ることはないから

4　明治時代の日本人は、履き物を脱いで家に上がっていたから

回数
1
2
3

Check □1 □2 □3

(2)

　　挨拶は世界共通の行動であるらしい。ただ、その方法は、社会や文化の違い、挨拶する場面によって異なる。日本で代表的な挨拶といえばお辞儀^{※1}であるが、西洋でこれに代わるのは握手である。また、タイでは、体の前で両手を合わせる。変わった挨拶としては、ポリネシアの挨拶が挙げられる。ポリネシアでも、現代では西洋的な挨拶の仕方に変わりつつあるそうだが、①伝統的な挨拶は、お互いに鼻と鼻を触れ合わせるのである。

　　日本では、相手に出会う時間や場面によって、挨拶が異なる場合が多い。

　　朝は「おはよう」や「おはようございます」である。これは、「お早くからご苦労様です」などを略したもの、昼の「こんにちは」は、「今日はご機嫌いかがですか」などの略である。そして、夕方から夜にかけての「こんばんは」は、「今晩は良い晩ですね」などが略されて短い挨拶の言葉になったと言われている。

　　このように、日本の挨拶の言葉は、相手に対する感謝やいたわり^{※2}の気持ち、または、相手の体調などを気遣う^{※3}気持ちがあらわれたものであり、お互いの人間関係をよくする働きがある。時代が変わっても、お辞儀や挨拶は、最も基本的な日本の慣習^{※4}として、ぜひ残していきたいものである。

　　※1　お辞儀…頭を下げて礼をすること。

　　※2　いたわり…親切にすること。

　　※3　気遣う…相手のことを考えること。

　　※4　慣習…社会に認められている習慣。

31 ポリネシアの①伝統的な挨拶は、どれか。

1　お辞儀をすること　　　　　　　　2　握手をすること

3　両手を合わせること　　　　　　　4　鼻を触れ合わせること

32 日本の挨拶の言葉は、どんな働きを持っているか。

1　人間関係がうまくいくようにする働き

2　相手を良い気持ちにさせる働き

3　相手を尊重する働き

4　日本の慣習をあとの時代に残す働き

33 この文章に、書かれていないことはどれか。

1　挨拶は世界共通だが、社会や文化によって方法が違う。

2　日本の挨拶の言葉は、長い言葉が略されたものが多い。

3　目上の人には、必ず挨拶をしなければならない。

4　日本の挨拶やお辞儀は、ずっと残していきたい。

問題6　つぎの文章を読んで、質問に答えなさい。答えは、1・2・3・4から最もよいものを一つえらびなさい。

　「必要は発明の母」という言葉がある。何かに不便を感じてある物が必要だと感じることから発明が生まれる、つまり、必要は発明を生む母のようなものである、という意味である。電気洗濯機も冷蔵庫も、ほとんどの物は必要から生まれた。

　しかし、現代では、必要を感じる前に次から次に新しい製品が生まれる。特にパソコンや携帯電話などの情報機器※がそうである。①その原因はいろいろあるだろう。

　第一に考えられるのは、明確な目的を持たないまま機械を利用している人々が多いからであろう。新製品を買った人にその理由を聞いてみると、「新しい機能がついていて便利そうだから」とか、「友だちが持っているから」などだった。その機能が必要だから買うのではなく、ただ単に珍しいからという理由で、周囲に流されて買っているのだ。

　第二に、これは、企業側の問題なのだが、②企業が新製品を作る競争をしているからだ。人々の必要を満たすことより、売れることを目指して、不必要な機能まで加えた製品を作る。その結果、人々は、機能が多すぎてかえって困ることになる。③新製品を買ったものの、十分に使うことができない人たちが多いのはそのせいだ。

　次々に珍しいだけの新製品が開発されるため、古い携帯電話やパソコンは捨てられたり、個人の家の引き出しの中で眠っていたりする。ひどい資源のむだづかいだ。

　確かに、生活が便利であることは重要である。便利な生活のために機械が発明されるのはいい。しかし、必要でもない新製品を作り続けるのは、もう、やめてほしいと思う。

　※情報機器 …パソコンや携帯電話など、情報を伝えるための機械。

34 ①その原因は、何を指しているか。

1 ほとんどの物が必要から生まれたものであること

2 パソコンや携帯電話が必要にせまられて作られること

3 目的なしに機械を使っている人が多いこと

4 新しい情報機器が次から次へと作られること

35 ②企業が新製品を作る競争をしている目的は何か。

1 技術の発展のため

2 工業製品の発明のため

3 多くの製品を売るため

4 新製品の発表のため

36 ③新製品を買ったものの、十分に使うことができない人たちが多いのは、なぜか

1 企業側が、製品の扱い方を難しくするから

2 不必要な機能が多すぎるから

3 使う方法も知らないで新製品を買うから

4 新製品の説明が不足しているから

37 この文章の内容と合っていないのはどれか。

1 明確な目的・意図を持たないで製品を買う人が多い。

2 新製品が出たら、使い方をすぐにおぼえるべきだ。

3 どの企業も新製品を作る競争をしている。

4 必要もなく新製品を作るのは資源のむだ使いだ。

問題7　右のページは、あるNPOが留学生を募集するための広告である。これを読んで、下の質問に答えなさい。答えは、1・2・3・4から最もよいものを一つえらびなさい。

38　東京に住んでいる留学生のジャミナさんは、日本語学校の夏休みにホームステイをしたいと思っている。その前に、北海道の友達の家に遊びに行くため、北海道までは一人で行きたい。どのプランがいいか。

1　Aプラン　　　　2　Bプラン　　　　3　Cプラン　　　　4　Dプラン

39　このプログラムに参加するためには、いつ申し込めばいいか。

1　8月20日までに申し込む。

2　6月23日が締め切りだが、早めに申し込んだ方がいい。

3　夏休みの前に申し込む。

4　6月23日の後で、できるだけ早く申し込む。

2018年　第29回夏のつどい留学生募集案内

北海道ホームステイプログラム「夏のつどい※1」

北海道
はこだて
函館空港

東京駅
はねだ
羽田空港

かんさい
関西空港

ふくおか
福岡空港

日程　8月20日（月）～ 9月2日（日）14泊15日	
募集人数	100名
参加費	Aプラン 68,000円 （東京駅集合・関西空港解散） Bプラン 65,000円 （東京駅集合・羽田空港解散） Cプラン 70,000円 （福岡空港集合・福岡空港解散） Dプラン 35,000円 （函館駅集合・現地※2解散※3）
定員	100名
申し込み 締め切り	6月23日（土）まで

※毎年大人気のプログラムです。締め切りの前に定員に達する場合もありますので、早めにお申し込みください。

申し込み・問い合わせ先
（財）北海道国際文化センター
〒040-0054 函館市元町××ー1
Tel：0138-22-××××　Fax：0138-22-××××　http://www.×××.or.jp/
E-mail：×××@hif.or.jp

※1　つどい…集まり

※2　現地…そのことを行う場所。

※3　解散…グループが別れること

聴解

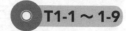

もんだい
問題 1

問題1では、まず質問を聞いてください。それから話を聞いて、問題用紙の1か
ら4の中から、最もよいものを一つえらんでください。

れい

1　10 時

2　6 時

3　7 時

4　6 時半

1 ばん

1　4 こ

2　10 こ

3　5 こ

4　12 こ

2 ばん

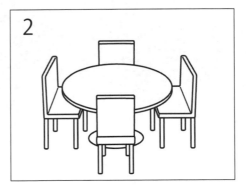

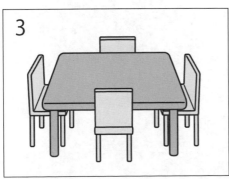

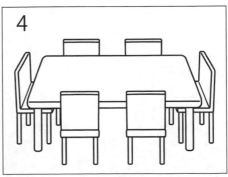

3 ばん

1 車を借りに行く

2 朝ごはんを作る

3 掃除をする

4 飛行場に迎えに行く

4 ばん

1 変

2 楽

3 止

4 動

5 ばん

1　10 時 11 分
2　10 時 23 分
3　10 時 49 分
4　11 時 00 分

6 ばん

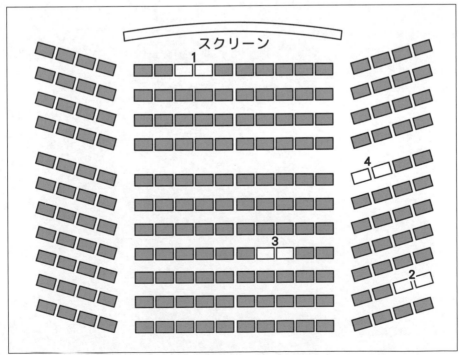

もんだい
問題 2

 T1-10〜1-18

問題2では、まず質問を聞いてください。そのあと、問題用紙を見てください。読む時間があります。それから話を聞いて、問題用紙の1から4の中から、最もよいものを一つえらんでください。

れい

1 レポートを書くのに時間がかかったから

2 ゲームをしていたから

3 ずっとコンビニにいたから

4 近くの店でお酒を飲んでいたから

1 ばん

1　気持ちよく大きな声で話してほしい

2　もっと努力をしてほしい

3　早く仕事を覚えてほしい

4　お客に清潔な印象を与えるようにしてほしい

2 ばん

1　暗い気持ちで過ごすこと

2　よく笑うこと

3　一日最低1時間以上は歩くこと

4　自分に厳しくしないこと

3ばん

1　子どもの学校にいく

2　パソコンと書類を女の人の会社に運ぶ

3　英語を教える

4　女の人の会社まで車で送る

4ばん

1　電話かインターネットで予約をする

2　代表者を一人決めて、あとで変えないようにする

3　メールで予約したら、あとで、電話で確認する

4　会議室を使わなくなった場合は、連絡をする

5 ばん

1　じゃがいも
2　牛肉〔ぎゅうにく〕
3　砂糖〔さとう〕
4　鳥肉〔とりにく〕

6 ばん

1　社長〔しゃちょう〕のノートをなくしたから
2　山下〔やました〕さんが失敗〔しっぱい〕をしたから
3　仕事〔しごと〕に慣〔な〕れていないから
4　社員〔しゃいん〕にきびしすぎるから

<ruby>問題<rt>もんだい</rt></ruby>3

T1-19〜1-23

<ruby>問題<rt>もんだい</rt></ruby>3では、<ruby>問題用紙<rt>もんだいようし</rt></ruby>に<ruby>何<rt>なに</rt></ruby>もいんさつされていません。この<ruby>問題<rt>もんだい</rt></ruby>は、ぜんたいとしてどんなないようかを<ruby>聞<rt>き</rt></ruby>く<ruby>問題<rt>もんだい</rt></ruby>です。<ruby>話<rt>はなし</rt></ruby>の<ruby>前<rt>まえ</rt></ruby>に<ruby>質問<rt>しつもん</rt></ruby>はありません。まず<ruby>話<rt>はなし</rt></ruby>を<ruby>聞<rt>き</rt></ruby>いてください。それから、<ruby>質問<rt>しつもん</rt></ruby>とせんたくしを<ruby>聞<rt>き</rt></ruby>いて、1から4の<ruby>中<rt>なか</rt></ruby>から、<ruby>最<rt>もっと</rt></ruby>もよいものを<ruby>一<rt>ひと</rt></ruby>つえらんでください。

― メモ ―

Check □1 □2 □3

もんだい
問題 4

T1-24 〜 1-29

問題4では、えを見ながら質問を聞いてください。やじるし（➡）の人は何と言いますか。1から3の中から、最もよいものを一つえらんでください。

れい

1 ばん

2 ばん

Check ☐1 ☐2 ☐3

3 ばん

4 ばん

Check □1 □2 □3

聴
解

もんだい
問題5

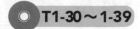
T1-30 ～ 1-39

　問題5では、問題用紙に何もいんさつされていません。まず文を聞いてください。それから、そのへんじを聞いて、1から3の中から、最もよいものを一つえらんでください。

― メモ ―

Check □1 □2 □3

MEMO

答對：
　　／33題

第二回

言語知識（文字・語彙）

問題1　＿＿＿＿＿のことばの読み方として最もよいものを、1・2・3・4から一つえらびなさい。

1 あたたかい毛布をお貸しします。

1 もおふ　　　　2 ふとん　　　　3 もふう　　　　4 もうふ

2 筋肉を強くする。

1 からだ　　　　2 きんにく　　　　3 きんじょ　　　　4 きんこつ

3 お年寄りに席を譲る。

1 かける　　　　2 ゆずる　　　　3 まける　　　　4 けずる

4 よい知らせを聞いて、喜びがこみあげる。

1 よろこび　　　　2 ほころび　　　　3 うれしび　　　　4 せつび

5 私は、日本に留学したいと思っている。

1 るがく　　　　2 りゆうがく　　　　3 りゅうがく　　　　4 りゅがく

6 彼女は礼儀正しい人だ。

1 れいき　　　　2 れいぎ　　　　3 れんぎ　　　　4 れえぎ

7 列車の時刻に遅れてはならない。

1 れつしや　　　　2 れえしゃ　　　　3 れつしゃ　　　　4 れっしゃ

8 作法にしたがって日本の料理をいただく。

1 さほお　　　　2 さくほう　　　　3 さほう　　　　4 さぼう

問題2 ＿＿＿のことばを漢字で書くとき、最もよいものを、1・2・3・4から
　　　　一つえらびなさい。

9 東北地方で大きな地震が<u>おこる</u>。
　1 走る　　　　　2 超こる　　　　　3 起こる　　　　　4 怒る

10 将来の<u>もくひょう</u>を持って過ごすことが大事だ。
　1 目標　　　　　2 目表　　　　　3 目評　　　　　4 目票

11 5月5日の遊園地は、大人も子どもも<u>むりょう</u>だそうだ。
　1 無科　　　　　2 夢科　　　　　3 夢料　　　　　4 無料

12 彼の絵は高い<u>ひょうか</u>を受けた。
　1 評化　　　　　2 評価　　　　　3 表価　　　　　4 評判

13 品質を<u>ほしょう</u>された製品。
　1 保正　　　　　2 保賞　　　　　3 保証　　　　　4 補証

14 入院の<u>ひよう</u>を支払う。
　1 費用　　　　　2 費要　　　　　3 必用　　　　　4 必要

問題3 （　　）に入れるのに最もよいものを、1・2・3・4から一つえらびなさい。

15 （　　）のためには手段を選ばない。

1 関心　　　　　2 大事　　　　　3 参考　　　　　4 目的

16 彼は雨がやむのを木の下で（　　　）待った。

1 さっと　　　　2 じっと　　　　3 きっと　　　　4 おっと

17 （　　）できる先輩に相談にのってもらった。

1 信頼　　　　　2 主張　　　　　3 生産　　　　　4 証明

18 台風が近付いているので、これからますます雨が（　　　）なるだろう。

1 高く　　　　　2 悲しく　　　　3 激しく　　　　4 つらく

19 劇場には満員（　　　）礼の札が出された。

1 御　　　　　　2 尊　　　　　　3 明　　　　　　4 多

20 彼は（　　　）がある人なので、みんなの人気者だ。

1 チェック　　　2 イコール　　　3 ブログ　　　　4 ユーモア

21 困っていたことが、やっと（　　　）したので、ほっとした。

1 連絡　　　　　2 約束　　　　　3 保存　　　　　4 解決

22 あれから（　　　）あなたの帰りを待っていた。

1 きっと　　　　2 ずっと　　　　3 はっと　　　　4 さっと

23 昨日の会議で決まったことを（　　　）いたします。

1 教育　　　　　2 講義　　　　　3 報告　　　　　4 研究

問題4 ＿＿＿に意味が最も近いものを、1・2・3・4から一つえらびなさい。

24 妹の提案に反対した。

1 同じ意見を言った　　　　　　　　2 違う意見を言った

3 みんなで意見を言った　　　　　　4 賛成した

25 彼女と私は、とても親しい。

1 仲が悪い　　　2 つめたい　　　3 仲がいい　　　4 安心だ

26 彼には欠点は何もない。

1 優れたところ　2 よいところ　　3 完全なところ　4 よくないところ

27 地震で家がゆれたので、外に飛び出した。

1 ぐらぐら動いた　2 たおれた　　　3 火事になった　4 なくなった

28 駅の近くで、彼を見かけた。

1 たまたま見た　2 やっと見た　　　3 はじめて見た　4 よく見た

問題5　つぎのことばの使い方として最もよいものを、1・2・3・4から一つえ
　　　らびなさい。

29 履く

1　彼女はいつもすてきな服を<u>履いて</u>いる。

2　日差しが強いので、帽子を<u>履く</u>つもりだ。

3　今日は遠くまで行くので、歩きやすい靴を<u>履いて</u>いく。

4　人に風邪をうつさないように、今日はマスクを<u>履いて</u>いこう。

30 注文

1　彼女は小さいとき、先生になりたいと<u>注文</u>していた。

2　わたしの<u>注文</u>は、何事にも驚かないことです。

3　彼は<u>注文</u>が深いので、どこへ行っても大丈夫だ。

4　近所のそば屋で、おいしそうなおそばを<u>注文</u>した。

31 似合う

1　「あなたの成績は非常に<u>似合う</u>。」と、先生に言われた。

2　「その兄弟は、顔がとても<u>似合って</u>いる。」と、みんなが言う。

3　「この薬はあなたの傷に<u>似合い</u>ます。」と、医者が言った。

4　「君にはピンクの服がよく<u>似合う</u>よ。」と、彼にほめられた。

32 済ませる

1　用事を<u>済ませた</u>ので、二人でゆっくり話ができそうだ。

2　耳を<u>済ませる</u>と、かすかな波の音が聞こえてくる。

3　夕ご飯が<u>済ませた</u>ので、そろそろお風呂に入ろう。

4　棚のお菓子を一人で食べた弟は、<u>済ませた</u>顔をしている。

33 新鮮

1　<u>新鮮</u>な洋服が気に入って買い求めた。

2　<u>新鮮</u>な森と湖のあるところに旅行した。

3　<u>新鮮</u>な野菜と果物を買ってきた。

4　<u>新鮮</u>な机を買ってもらったので、うれしい。

言語知識（文法）・読解

問題1　つぎの文の（　　）に入れるのに最もよいものを、1・2・3・4から一つえらびなさい。

1　私は小学校のときは、病気（　　　）病気をしたことがなかった。

　1　らしく　　　　　2　らしい　　　　　3　みたいな　　　4　ような

2　今、友だちに私の新しいアパートを探して（　　　）います。

　1　あげて　　　　　2　差し上げて　　　3　もらって　　　4　おいて

3　先生がかかれたその絵を、（　　　）いただけますか。

　1　拝見して　　　　2　見て　　　　　　3　拝見すると　　4　拝見させて

4　友だちと遊んでいる（　　　）、母から電話がかかった。

　1　ふと　　　　　　2　最中に　　　　　3　さっさと　　　4　急に

5　骨折して入院していましたが、やっと自分で（　　　）ようになりました。

　1　歩ける　　　　　2　歩かる　　　　　3　歩けて　　　　4　歩かられる

6　車で（　　　）お客様は、絶対にお酒を飲んではいけません。

　1　使う　　　　　　2　伺う　　　　　　3　来ない　　　　4　いらっしゃる

7　十分練習した（　　　）、1回戦で負けてしまった。

　1　はずだから　　　2　のでは　　　　　3　はずなのに　　4　つもりで

8　どうぞ、係の者になんでもお聞き（　　　）ください。

　1　して　　　　　　2　になって　　　　3　になさって　　4　されて

9　朝早く起きた（　　　）、今日は一日中眠かった。

　1　ことに　　　　　2　とおりに　　　　3　せいか　　　　4　だから

10 今年の夏こそ、絶対にやせて（　　　）。

1　みた　　　　　　2　らしい　　　　　3　もらう　　　　　4　みせる

11 彼女が何も言わないで家を出るなんて（　　　）。

1　考えられる　　　2　考えられない　　3　はずだ　　　　4　考える

12 結婚するためには、親に認めて（　　　）。

1　もらわないわけにはいかない　　　　2　させなければならない

3　わけにはいかない　　　　　　　　　4　ならないことはない

13 つまらない冗談を言って、彼を（　　　）しまった。

1　怒らさせて　　　2　怒りて　　　　　3　怒られて　　　　4　怒らせて

問題2　つぎの文の＿★＿に入る最もよいものを、1・2・3・4から一つえらび
　　　　なさい。

（問題例）

　　A「　＿＿＿＿　＿＿＿＿　＿★＿　＿＿＿＿　か。」
　　B「はい、だいすきです。」
　　1　すき　　　　　　2　ケーキ　　　　　3　は　　　　　4　です

（解答のしかた）

1.　正しい答えはこうなります。

> A「　＿＿＿＿＿＿　＿＿＿＿＿＿　＿★＿＿＿　＿＿＿＿＿＿　か。」
> 　　　　2　ケーキ　　3　は　　　1　すき　　4　です
> B「はい、だいすきです。」

2.　＿★＿に入る番号を解答用紙にマークします。

（解答用紙）　　(例)　　● ② ③ ④

14　高校生の息子がニュージーランドにホームステイをしたいと言っている。私
　　は、子どもが＿＿＿＿　＿＿＿＿　＿★＿　＿＿＿＿と思うが、やはり少し心配だ。
　　1　思うことは　　　2　やりたい　　　　3　したいと　　　4　させて

15　A「あのお店の料理はどうでした？」
　　B「ああ、お店の＿＿＿＿　＿★＿　＿＿＿＿　＿＿＿＿とてもおいしかったよ。」
　　1　勧められた　　　2　注文したら　　　3　人に　　　　　4　とおりに

16　彼女は親友の＿＿＿＿　＿＿＿＿　＿★＿　＿＿＿＿いたに違いない。
　　1　相談できずに　　2　悩んで　　　　　3　私にも　　　　4　一人で

---

17 さっき歯医者に行った____ ★ _____ _____ _____間違えていました。

　1　時間を　　　　2　のに　　　　3　の　　　　　　4　予約

18 あなたのことを_____ ★ _____ _____はいないと思います。

　1　愛している　　2　人　　　　　3　ほど　　　　4　僕

問題3　次の文章を読んで、文章全体の内容を考えて、　19　から　23　の中に入る最もよいものを、1・2・3・4から一つえらびなさい。

　下の文章は、留学生のチンさんが、帰国後に日本のホストファミリーの高木さんに出した手紙である。

　高木家のみなさま、お元気ですか。

　ホームステイの時は、大変お世話になりました。みなさんに温かく　19　、まるで親せきの家に遊びに行った　20　気持ちで過ごすことができました。のぞみさんやしゅんくんと富士山に登ったことも楽しかったし、うどんを作ったり、お茶をいれたり、いろいろな手伝いを　21　ことも、とてもよい思い出です。

　実は、日本に行く前は、ホームステイをすることは考えていませんでした。もしホームステイをしないで、ホテルに　22　泊まらなかったら、高木家のみなさんと知り合うこともできなかったし、日本人の考え方についても何もわからないまま帰国するところでした。お宅にホームステイをさせていただいて、本当によかったと思っています。

　来年は、交換留学生として日本に行きます。その時は必ずまたお宅にうかがって、私の国の料理を　23　ほしいと思っています。

　もうすぐお正月ですね。みなさん、健康に注意して、よいお年をお迎えください。

チン・メイリン

19

　1　迎えられたので　　　　　　　　2　迎えさせたので

　3　迎えたので　　　　　　　　　　4　迎えさせられて

20

　1　みたい　　　　　2　そうな　　　　3　ような　　　　4　らしい

21

　1　させていただいた　　　　　　　2　していただいた

　3　させてあげた　　　　　　　　　4　してもらった

22

　1　だけ　　　　　2　しか　　　　　3　ばかり　　　　4　ただ

23

　1　いただいて　　　　　　　　　　2　召し上がらせて

　3　召し上がって　　　　　　　　　4　作られて

問題 4　次の（1）から (4) の文章を読んで、質問に答えなさい。答えは、1・2・3
　　　　・4から最もよいものを一つえらびなさい。

(1)

　　最近、自転車によく乗るようになりました。特に休みの日には、気持
ちのいい風を受けながら、のびのびとペダルをこいでいます。
　　自転車に乗るようになって気づいたのは、自転車は車に比べて、見え
る範囲がとても広いということです。車は、スピードを出していると、
ほとんど風景を見ることができないのですが、自転車は走りながらでも
じっくりと周りの景色を見ることができます。そうすると、今までどん
なにすばらしい風景に気づかなかったかがわかります。小さな角を曲が
れば、そこには、新しい世界が待っています。それはその土地の人しか
知らない珍しい店だったり、小さなすてきなカフェだったりします。い
つも何となく車で通り過ぎていた街には、実はこんな物があったのだと
いう新しい感動に出会えて、考えの幅も広がるような気がします。

24　考えの幅も広がるような気がするのは、なぜか。
　1　自転車では珍しい店やカフェに寄ることができるから
　2　自転車は思ったよりスピードが出せるから
　3　自転車ではその土地の人と話すことができるから
　4　自転車だと新しい発見や感動に出会えるから

　　仕事であちらこちらの会社や団体の事務所に行く機会があるが、その際、よくペットボトルに入った飲み物を出される。日本茶やコーヒー、紅茶などで、夏は冷たく冷えているし、冬は温かい。ペットボトルの飲み物は、清潔な感じがするし、出す側としても手間がいらないので、忙しい現代では、とても便利なものだ。

　　しかし、たまにその場でいれた日本茶をいただくことがある。茶葉を入れた急須^{※1}から注がれる緑茶の香りやおいしさは、ペットボトルでは味わえない魅力がある。丁寧にいれたお茶をお客に出す温かいもてなし^{※2}の心を感じるのだ。

　　何もかも便利で簡単になった現代だからこそ、このようなもてなしの心は大切にしたい。それが、やがてお互いの信頼関係へとつながるのではないかと思うからである。

　　※1　急須…湯をさして茶を煎じ出す茶道具。
　　※2　もてなし…客への心をこめた接し方。

25　大切にしたい のはどんなことか。

1　お互いの信頼関係

2　ペットボトルの便利さ

3　日本茶の味や香り

4　温かいもてなしの心

Check □1 □2 □3

(3) ホテルのロビーに、下のようなお知らせの紙が貼ってある。

8月11日(金)
屋外プール休業について

お客様各位

　平素は山花レイクビューホテルをご利用いただき、まことにありがとうございます。台風12号による強風・雨の影響により、8/11（金）、屋外※プールを休業とさせて頂きます。ご理解とご協力を、よろしくお願い申し上げます。

　8/12(土)については、天候によって、営業時間に変更がございます。前もって問い合わせをお願いいたします。

                                            山花ホテル　総支配人

※屋外…建物の外

26 このお知らせの内容と合っているものはどれか。

1　11日に台風が来たら、プールは休みになる。

2　11日も12日も、プールは休みである。

3　12日はプールに入れる時間がいつもと変わる可能性がある。

4　12日はいつも通りにプールに入ることができる。

（4）これは、一瀬さんに届いたメールである。

株式会社 山中デザイン
一瀬さゆり様

　いつも大変お世話になっております。
　私事※1ですが、都合により、8月31日をもって退職※2いたすことになりました。
　在職中※3はなにかとお世話になりました。心よりお礼を申し上げます。
　これまで学んだことをもとに、今後は新たな仕事に挑戦してまいりたいと思います。
　一瀬様のますますのご活躍をお祈りしております。
　なお、新しい担当は川島と申す者です。あらためて本人よりご連絡させていただきます。

　簡単ではありますが、メールにてご挨拶申しあげます。

株式会社 日新自動車販売促進部
加藤太郎
住所：〒 111-1111　東京都◯◯区◯◯町 1-2-3
TEL：03-****-****　／　FAX：03-****-****
URL：http://www. ×××.co.jp
Mail：×××@example.co.jp

　※1　私事…自分自身だけに関すること。
　※2　退職…勤めていた会社をやめること。
　※3　在職中…その会社にいた間。

27　このメールの内容で、正しいのはどれか。

1　これは、加藤さんが会社をやめた後で書いたメールである。

2　加藤さんは、結婚のために会社をやめる。

3　川島さんは、現在、日新自動車の社員である。

4　加藤さんは、一瀬さんに、新しい担当者を紹介してほしいと頼んでいる。

問題5　つぎの (1) と (2) の文章を読んで、質問に答えなさい。答えは、1・2・3・4
　　　　から最もよいものを一つえらびなさい。

(1)

日本人は寿司が好きだ。日本人だけでなく外国人にも寿司が好きだと
いう人が多い。しかし、銀座などで寿司を食べると、目の玉が飛び出る
ほど値段が高いということである。

私も寿司が好きなので、値段が安い回転寿司をよく食べる。いろいろ
な寿司をのせて回転している棚から好きな皿を取って食べるのだが、そ
の中にも、値段が高いものと安いものがあり、お皿の色で区別している
ようである。

回転寿司屋には、チェーン店が多いが、作り方やおいしさには、同じ
チェーン店でも①「差」があるようである。例えば、店内で刺身を切っ
て作っているところもあれば、工場で切った冷凍※1の刺身を、機械で握っ
たご飯の上に載せているだけの店もあるそうだ。

寿司が好きな友人の話では、よい寿司屋かどうかは、「イカ」を見る
とわかるそうである。②イカの表面に細かい切れ目※2が入っているかどう
かがポイントだという。なぜなら、生のイカの表面には寄生虫※3がいる
可能性があって、冷凍すれば死ぬが、生で使う場合は切れ目を入れるこ
とによって、食べやすくすると同時にこの寄生虫を殺す目的もあるから
だ。こんなことは、料理人の常識なので、イカに切れ目がない店は、こ
の常識を知らない料理人が作っているか、冷凍のイカを使っている店だ
と言えるそうだ。

※1　冷凍…保存のために凍らせること
※2　切れ目…物の表面に切ってつけた傷。また，切り口。
※3　寄生虫…人や動物の表面や体内で生きる生物

28 ①「差」は、何の差か。

1　値段の「差」

2　チェーン店か、チェーン店でないかの「差」

3　寿司が好きかどうかの「差」

4　作り方や、おいしさの「差」

29 ②イカの表面に細かい切れ目が入っているかどうかとあるが、この切れ目は
　　何のために入っているのか。

1　イカが冷凍かどうかを示すため

2　食べやすくすると同時に、寄生虫を殺すため

3　よい寿司屋であることを客に知らせるため

4　常識がある料理人であることを示すため

30 回転寿司について、正しいのはどれか。

1　銀座の回転寿司は値段がとても高い。

2　冷凍のイカには表面に細かい切れ目がつけてある。

3　寿司の値段はどれも同じである。

4　イカを見るとよい寿司屋かどうかがわかる。

(2)

　世界の別れの言葉は、一般に「Goodbye ＝神があなたとともにいますように」か、「See you again ＝またお会いしましょう」か、「Farewell ＝お元気で」のどれかの意味である。つまり、相手の無事や平安※1 を祈るポジティブ※2 な意味がこめられている。しかし、日本語の「さようなら」の意味は、その①どれでもない。

　恋人や夫婦が別れ話をして、「そういうことならば、②仕方がない」と考えて別れる場合の別れに対するあきらめであるとともに、別れの美しさを求める心を表していると言う人もいる。

　または、単に「左様ならば（そういうことならば）、これで失礼します」と言って別れる場合の「左様ならば」だけが残ったものであると言う人もいる。

　いずれにしても、「さようなら」は、もともと、「左様であるならば＝そうであるならば」という意味の接続詞※3 であって、このような、別れの言葉は、世界でも珍しい。ちなみに、私自身は、「さようなら」という言葉はあまり使わず、「では、またね」などと言うことが多い。やはり、「さようなら」は、なんとなくさびしい感じがするからである。

　　※1　平安…穏やかで安心できる様子。

　　※2　ポジティブ…積極的なこと。ネガティブはその反対に消極
　　　　　的、否定的なこと。

　　※3　接続詞…言葉と言葉をつなぐ働きをする言葉。

31 ①どれでもない、とはどんな意味か。

1 日本人は、「Good bye」や「See you again」「Farewell」を使わない。

2 日本語の「さようなら」は、別れの言葉ではない。

3 日本語の「さようなら」という言葉を知っている人は少ない。

4 「さようなら」は、「Good bye」「See you again」「Farewell」のどの意味でもない。

32 仕方がないには、どのような気持ちが込められているか。

1 自分を反省する気持ち

2 別れたくないと思う気持ち

3 別れをつらく思う気持ち

4 あきらめの気持ち

33 この文章の内容に合っているのはどれか

1 「さようなら」は、世界の別れの言葉と同じくネガティブな言葉である。

2 「さようなら」には、別れに美しさを求める心がこめられている。

3 「さようなら」は、相手の無事を祈る言葉である。

4 「さようなら」は、永遠に別れる場合しか使わない。

問題6　つぎの文章を読んで、質問に答えなさい。答えは、1・2・3・4から最もよいものを一つえらびなさい。

　　日本語の文章にはいろいろな文字が使われている。漢字・平仮名・片仮名、そしてローマ字などである。

　　①漢字は、3000年も前に中国で生まれ、それが日本に伝わってきたものである。4〜5世紀ごろには、日本でも漢字が広く使われるようになったと言われている。「仮名」には「平仮名」と「片仮名」があるが、これらは、漢字をもとに日本で作られた。ほとんどの平仮名は漢字をくずして書いた形から作られたものであり、片仮名は漢字の一部をとって作られたものである。例えば、平仮名の「あ」は、漢字の「安」をくずして書いた形がもとになっており、片仮名の「イ」は、漢字「伊」の左側をとって作られたものである。

　　日本語の文章を見ると、漢字だけの文章に比べて、やさしく柔らかい感じがするが、それは、平仮名や片仮名が混ざっているからであると言われる。

　　それでは、②平仮名だけで書いた文はどうだろう。例えば、「はははははつよい」と書いても意味がわからないが、漢字をまぜて「母は歯は強い」と書けばわかる。漢字を混ぜて書くことで、言葉の意味や区切りがはっきりするのだ。

　　それでは、③片仮名は、どのようなときに使うのか。例えば「ガチャン」など、物の音を表すときや、「キリン」「バラ」など、動物や植物の名前などは片仮名で書く。また、「ノート」「バッグ」など、外国から日本に入ってきた言葉も片仮名で表すことになっている。

　　このように、日本語は、漢字と平仮名、片仮名などを区別して使うことによって、文章をわかりやすく書き表すことができるのだ。

34 ①漢字について、正しいのはどれか。

　1　3000 年前に中国から日本に伝わった。

　2　漢字から平仮名と片仮名が日本で作られた。

　3　漢字をくずして書いた形から片仮名ができた。

　4　漢字だけの文章は優しい感じがする。

35 ②平仮名だけで書いた文がわかりにくいのはなぜか。

　1　片仮名が混じっていないから

　2　文に「、」や「。」が付いていないから

　3　言葉の読み方がわからないから

　4　言葉の意味や区切りがはっきりしないから

36 ③片仮名は、どのようなときに使うのかとあるが、普通、片仮名で書かない
　　のはどれか

　1　「トントン」など、物の音を表す言葉

　2　「アタマ」など、人の体に関する言葉

　3　「サクラ」など、植物の名前

　4　「パソコン」など、外国から入ってきた言葉

37 日本語の文章について、間違っているものはどれか。

　1　漢字だけでなく、いろいろな文字が混ざっている。

　2　漢字だけの文章に比べて、やわらかく優しい感じを受ける。

　3　いろいろな文字が区別して使われているので、意味がわかりやすい。

　4　ローマ字が使われることは、ほとんどない。

問題7　つぎのページは、ホテルのウェブサイトにある着物体験教室の参加者を募集する広告である。下の質問に答えなさい。答えは、1・2・3・4から最もよいものを一つえらびなさい。

38 会社員のハンさんは、友人と日本に観光に行った際、着物を着てみたいと思っている。ハンさんと友だちが着物を着て散歩に行くには、料金は一人いくらかかるか。

1　6,000 円

2　9,000 円

3　6,000 円～ 9,000 円

4　10,000 円～ 13,000 円

39 この広告の内容と合っているものはどれか。

1　着物を着て、小道具や背景セットを作ることができる。

2　子どもも、参加することができる。

3　問い合わせができないため、予約はできない。

4　着物を着て出かけることはできないが、人力車観光はできる。

着物体験
参加者募集

【着物体験について】

1回：2人～3人程度、60分～90分

料金：〈大人用〉6,000円～9,000円／1人
　　　〈子ども用〉（12歳まで）4,000円／1人
　　　（消費税込み）

＊着物を着てお茶や生け花※1をする「日本文化体験コース」もあります。
＊着物を着てお出かけしたり、人力車※2観光をしたりすることもできます。
＊ただし、一部の着物はお出かけ不可
＊人力車観光には追加料金がかかります

【写真撮影について】

　振り袖から普通の着物・袴(はかま)※3などの日本の伝統的な着物を着て写真撮影ができます。着物は、大人用から子ども用までございますので、お好みに合わせてお選びください。小道具※4や背景セットを使った写真が楽しめます。（デジカメ写真プレゼント付き）

ご予約時の注意点

①上の人数や時間は、変わることもあります。お気軽にお問い合わせください。（多人数の場合は、グループに分けさせていただきます。）
②予約制ですので、前もってお申し込みください。（土・日・祝日は、空いていれば当日受付も可能です。）
③火曜日は定休日です。（但し、祝日は除く）
④中国語・英語でも説明ができます。

ご予約承ります！
お問い合せ・お申込みは
富士屋
nihonntaiken@×××fujiya.co.jp
電話 03-××××-××××

※1　お茶・生け花…日本の伝統的な文化で、茶道と華道のこと。
※2　人力車…お客をのせて人が引いて走る二輪車。
※3　振り袖～袴…日本の着物の種類。
※4　小道具…写真撮影などのために使う道具。

聴解

T2-1 ～ 2-9

もんだい
問題 1

問題1では、まず質問を聞いてください。それから話を聞いて、問題用紙の1から4の中から、最もよいものを一つえらんでください。

れい

1　10時

2　6時

3　7時

4　6時半

1ばん

1　レポートのコピーをする

2　山口先生にレポートを渡す

3　竹内さんに連絡する

4　山口先生に、竹内さんのアドレスを聞く

2ばん

1　引っ越しをする

2　前の住所の役所に行く

3　パスポートをもらう

4　写真を撮る

3 ばん

1 体重（たいじゅう）を計（はか）る。

2 紅茶（こうちゃ）を入（い）れる。

3 コーヒーを入（い）れる。

4 ケーキを食（た）べる。

4 ばん

1 必（かなら）ず何（なに）か食（た）べてから飲（の）む。

2 車（くるま）の運転（うんてん）をしない。

3 白（しろ）い薬（くすり）を飲（の）んだあと、30分間（ぷん）は、何（なに）も食（た）べない。

4 どちらの薬（くすり）も朝（あさ）と夕方（ゆうがた）の食後（しょくご）に飲（の）む。

5 ばん

1 おみやげを買^かう。
2 銀行^{ぎんこう}に行^いく。
3 歯医者^{はいしゃ}に行^いく。
4 車^{くるま}のガソリンを入^いれる。

6 ばん

Check ☐1 ☐2 ☐3

もんだい
問題 2

　問題2では、まず質問を聞いてください。そのあと、問題用紙を見てください。読む時間があります。それから話を聞いて、問題用紙の1から4の中から、最もよいものを一つえらんでください。

れい

1　レポートを書くのに時間がかかったから

2　ゲームをしていたから

3　ずっとコンビニにいたから

4　近くの店でお酒を飲んでいたから

1ばん

1 小さくてかわいい車

2 大きくてゆったりした車

3 ガソリンの消費が少ない車

4 運転しやすい車

2ばん

1 世話が簡単なこと

2 餌代が高くないこと

3 一日中部屋から出ないこと

4 健康でいられること

3 ばん

1　スマートフォンやケイタイ電話を使うこと
2　メールを送信したり受信したりすること
3　音を出してスマートフォンを使うこと
4　食事をしながらスマートフォンを使うこと

4 ばん

1　誰かと一緒にいくと、その人と同じものを注文しなければならないから
2　自分の都合のいい時間に、自分の好きなものを食べたいから
3　一人だと何を食べてもおいしく感じるから
4　みんながいく店には行きたくないから

5 ばん

1 携帯をなくしたから

2 朝寝坊したから

3 前の晩、お酒を飲みすぎて、頭痛がしたから

4 携帯を修理に持って行ったから

6 ばん

1 叱る前に褒めること

2 子どもが冷静になるのを待って叱ること

3 叱る前に、3回、深く呼吸をすること

4 反抗的な気持ちにさせないように優しい顔で叱ること

Check □1 □2 □3

もんだい
問題 3

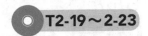

回數

1

2

3

　問題3では、問題用紙に何もいんさつされていません。この問題は、ぜんたいとしてどんなないようかを聞く問題です。話の前に質問はありません。まず話を聞いてください。それから、質問とせんたくしを聞いて、1から4の中から、最もよいものを一つえらんでください。

― メモ ―

問題 4

問題4では、えを見ながら質問を聞いてください。やじるし（➡）の人は何と言いますか。1から3の中から、最もよいものを一つえらんでください。

れい

Check □1 □2 □3

1 ばん

2 ばん

3 ばん

4 ばん

Check ☐1 ☐2 ☐3

もんだい
問題 5

● T2-30〜2-39

問題 5 では、問題用紙に何もいんさつされていません。まず文を聞いて下さい。それからそのへんじを聞いて、1 から 3 の中から、最もよいものを一つえらんでください。

— メモ —

第三回

言語知識（文字、語彙）

問題1 　＿＿＿のことばの読み方として最もよいものを、1・2・3・4から一つ
　　　　えらびなさい。

1 一般のかたは、こちらからお入りください。

1　いっぱん　　　　2　いいぱん　　　　3　いっぱ　　　　4　いつぱん

2 今日は東京湾の波が高い。

1　とうきょうこう　　　　　　　　2　とうきょうわん

3　とうきようわん　　　　　　　　4　とうきよこう

3 彼女はあいにく留守だった。

1　るす　　　　　2　がいしゅつ　　　3　るうしゅ　　　4　るしゅ

4 彼は医者になることを決めた。

1　あきらめた　　　2　とめた　　　　3　きめた　　　　4　すすめた

5 手をあげて横断歩道をわたる。

1　おうだんどうろ　2　おだんほどう　　3　おうだんほど　4　おうだんほどう

6 彼は孫といっしょに散歩した。

1　むすこ　　　　　2　まご　　　　　3　まこ　　　　　4　まいご

7 彼女の勝手な行動は、多くの人に迷惑をかけた。

1　めえわく　　　　2　めわく　　　　3　めいわく　　　4　めわあく

8 申し訳ない、と社長は全社員に謝った。

1　もしわけない　　2　もうしやくない　3　もうしたてない　4　もうしわけない

問題2 ＿＿＿＿のことばを漢字で書くとき、最もよいものを、1・2・3・4から
一つえらびなさい。

9 時間を<u>ゆうこう</u>に使おう。
　1　友好　　　　　　2　友交　　　　　　3　有郊　　　　　　4　有効

10 調査の方法について、彼と<u>ろんそう</u>になった。
　1　輪争　　　　　　2　輪戦　　　　　　3　論争　　　　　　4　論戦

11 彼らは、<u>いだい</u>な人々と言われた。
　1　緯大　　　　　　2　緯代　　　　　　3　偉大　　　　　　4　偉代

12 彼女を納得させるのは、<u>ようい</u>なことではない。
　1　容易　　　　　　2　容意　　　　　　3　用意　　　　　　4　用易

13 <u>おゆ</u>をわかしてコーヒーをいれる。
　1　お池　　　　　　2　お場　　　　　　3　お水　　　　　　4　お湯

14 その<u>ものがたり</u>が、いつまでも心に残った。
　1　物話　　　　　　2　物語　　　　　　3　物講　　　　　　4　物誠

問題3　（　　）に入れるのに最もよいものを、1・2・3・4から一つえらびなさい。

15　（　　）の試合で、私たちの町の野球チームが勝ち続けた。

1　地所　　　　　　2　地下　　　　　　3　地上　　　　　　4　地区

16　友だちが無事だとの知らせに（　　　）した。

1　もっと　　　　　2　かっと　　　　　3　ぬっと　　　　　4　ほっと

17　この宅配便は、明日の午前中に、姉の家に着く（　　　）です。

1　計画　　　　　　2　予定　　　　　　3　時　　　　　　　4　場所

18　この試合は、先に点をとったチームが絶対に（　　　）だ。

1　有利　　　　　　2　残念　　　　　　3　正確　　　　　　4　条件

19　入学試験の合格者が（　　　）された。

1　表現　　　　　　2　発表　　　　　　3　発達　　　　　　4　発車

20　試合の順番は、それぞれのチームの（　　　）が話し合って決めた。

1　ラッシュ　　　　2　リサイクル　　　3　ポップス　　　　4　キャプテン

21　（　　　）して二十日も暑い日が続いた。

1　連続　　　　　　2　断定　　　　　　3　想像　　　　　　4　実験

22　よくないことはよくないと、（　　　）言うべきだ。

1　はっきり　　　　2　すっきり　　　　3　がっかり　　　　4　どっかり

23　黒くて大きな（　　　）にほえられた。

1　ねずみ　　　　　2　魚　　　　　　　3　ねこ　　　　　　4　犬

問題4 ＿＿＿に意味が最も近いものを、1・2・3・4から一つえらびなさい。

24 彼女は、そこで熱心に働いた。

1 たのしそうに　　2 ときどき　　　3 我慢しながら　　4 一生懸命

25 かしこい人は、むだなことをしないでものごとをやり遂げる。

1 気が重い　　　　2 頭がよい　　　3 明るい　　　　　4 かわいい

26 その研究の結果は、価値あることだと評価された。

1 はずかしい　　　2 料金が高い　　3 無意味な　　　　4 ねうちがある

27 母親は、子どもの行動を観察した。

1 厳しくしかった　　　　　　　　2 いつも批判した

3 細かいところまでよく見た　　　4 いつも自慢した

28 彼はなんとかして、その話をまとめようとした。

1 うまく決めようとした　　　　　2 楽しいものにしようとした

3 なかったことにしようとした　　4 思い出そうとした

問題5　つぎのことばの使い方として最もよいものを、1・2・3・4から一つえ
　　　らびなさい。

29 こぼす

1　コーヒーをズボンにこぼしてしまった。
2　とても悲しくて涙がこぼした。
3　帰り道で、さいふをこぼしてしまった。
4　母は兄の自慢ばかり人にこぼす。

30 たっぷり

1　わたしの好きな服を買ってくれたので、たっぷりした。
2　お湯がたっぷりのお風呂は気持ちがいい。
3　先生に注意され、たっぷりして家に帰った。
4　彼女はたっぷりしているので、みんなに人気がある。

31 とんでもない

1　こんな大事な会議に欠席するなんて、とんでもない。
2　毎晩遅くまで勉強したので、とんでもないことだ。
3　高い塀からとんでもないので、けがをしてしまった。
4　彼の態度はいつもおだやかで、とんでもない。

32 たまたま

1　図書館で、たまたま小学校の友だちに出会った。
2　毎日彼に教室でたまたま会えるので、うれしい。
3　りんごが1個150円もするなんて全くたまたまだ。
4　寒くなったので、たまたまコートを着た。

33 幸福

1　幸福な議論をしたために、よい結果が出なかった。
2　幸福な部屋のおかげで、すっかり疲れてしまった。
3　苦労した彼だったが、その後は幸福な人生を送った。
4　幸福な野菜を収穫したために、被害を受けてしまった。

言語知識（文法）・読解

問題1　つぎの文の（　　）に入れるのに最もよいものを、1・2・3・4から一
　　　　つえらびなさい。

1　外国で働いている父は、いつも「学生時代にもっと英語を勉強しておけば
　　（　　　）。」と思っているそうだ。

　1　よい　　　　　　　2　よかった　　　　3　済んだ　　　　4　おいた

2　練習すれば、君だって 1km ぐらい泳げる（　　　）なるさ。

　1　らしく　　　　　　2　ことに　　　　　3　ように　　　　4　そうに

3　またお会いするのを（　　　）にしております。

　1　楽しむ　　　　　　2　楽しい　　　　　3　楽しく　　　　4　楽しみ

4　北海道は東京（　　　）暑くないですよ。

　1　ほど　　　　　　　2　など　　　　　　3　なら　　　　　4　から

5　彼女のお兄さんは、スタイルは（　　　）、とても性格がいいそうよ。

　1　いいけど　　　　　2　もちろん　　　　3　悪く　　　　　4　いいのに

6　私の家は農業に（　　　）生活しています。

　1　とって　　　　　　2　して　　　　　　3　そって　　　　4　よって

7　先生になった（　　　）、生徒に信頼される先生になりたい。

　1　には　　　　　　　2　けれど　　　　　3　からには　　　4　とたん

8　私が小学生の時から、母は留守（<ruby>る<rt>る</rt></ruby><ruby>す<rt>す</rt></ruby>　　　）だったので、私は自分で料理をし
　　ていた。

　1　がち　　　　　　　2　がちの　　　　　3　がら　　　　　4　頃

9 あわてて道路に（　　　　）、交通事故にあった。

1　飛び出すとたん　　　　　　　　2　飛び出したとたん

3　飛び出すと　　　　　　　　　　4　飛び出したけれど

10 社長は、ゴルフがとても（　　　）と伺いました。

1　お上手にされる　　　　　　　　2　お上手でおる

3　お上手でいらっしゃる　　　　　4　お上手であられる

11 A「変なこと言っちゃって悪かった。ごめん。」

　　 B「謝る（　　　）なら、最初から少し考えて物を言ってよ。」

1　しかない　　　2　だけ　　　　3　みたい　　　　4　ぐらい

12 その本を（　　　）、私に貸してくれない？

1　読みたら　　　2　読みて　　　3　読んだら　　　4　読むと

13 弟にパンと牛乳を買いに（　　　）が、まだ、帰ってこない。

1　行かせた　　　2　行かさせた　　　3　行かれ　　　4　行くさせた

問題2　つぎの文の＿★＿に入る最もよいものを、1・2・3・4から一つえらび
　　　　なさい。

（問題例）

　A「＿＿＿　＿＿＿　＿★＿　＿＿＿　か。」
　B「はい、だいすきです。」
　1　すき　　　　　2　ケーキ　　　　　3　は　　　　　4　です

（解答のしかた）

1.　正しい答えはこうなります。

┌───┐
│　A「＿＿＿＿＿ ＿＿＿＿＿ ＿★＿ ＿＿＿＿＿ か。」　　　　│
│　　　2　ケーキ　3　は　　1　すき　4　です　　　　　　│
│　B「はい、だいすきです。」　　　　　　　　　　　　　　│
└───┘

2.　＿★＿に入る番号を解答用紙にマークします。

（解答用紙）　│（例）│　● ② ③ ④ │

14　母に＿＿＿　＿＿＿　＿★＿　＿＿＿　、昔、この辺りは川だったそうです。
　1　ところ　　　　　2　聞く　　　　　3　に　　　　　4　よると

15　彼は、のんびり＿＿＿　＿★＿　＿＿＿　＿＿＿あります。
　1　反面　　　　　2　ところも　　　3　気が短い　　　4　している

16　彼女は＿＿＿　＿＿＿　＿★＿　＿＿＿いきました。
　1　振りながら　　2　別れて　　　　3　笑って　　　　4　手を

17　今年＿＿＿　＿＿＿　＿★＿　＿＿＿私の大学の友だちです。
　1　ことに　　　　2　入社する　　　3　女性は　　　　4　なった

18　とても便利ですので、＿＿＿　＿★＿　＿＿＿　＿＿＿ください。
　1　なって　　　　2　に　　　　　　3　お試し　　　　4　ぜひ

問題3　次の文章を読んで、文章全体の内容を考えて、[19]から[23]の中に入る最もよいものを、1・2・3・4から一つえらびなさい。

下の文章は、留学生が日本の習慣について書いた作文である。

私は、2年前に日本に来ました。前から日本文化に強い関心を持っていましたので、[19]知識を身につけたいと思って、頑張っています。

来たばかりのころは、日本の生活の習慣がわからなかったため、困ったり迷ったりしました。例えば、ゴミの捨て方です。日本では、住んでいる町のルールに[20]、燃えるゴミと燃えないごみを、必ず分けて捨てなくてはいけません。最初は、なぜそんな面倒なことをしなければならないのか、と思って、いやになることが多かったのですが、そのうち、なるほど、と、思うようになりました。日本は狭い国ですから、ゴミは特に大きな問題です。ゴミを分けて捨て、できるものはリサイクルすることがどうしても必要なのです。しかし、留学生の中には、そんなこと[21]全然気にしないで、どんなゴミも一緒に捨ててしまって、近所の人に迷惑をかける人もいます。実は、こういう小さい問題が、外国人に対する大きな誤解や問題を生んでしまうのです。日常生活の中で少しでも気をつければ、みんな、きっと気持ちよく生活ができる[22]です。

「留学」というのは、知識を学ぶだけでなく、毎日の生活の中でその国の文化や習慣を身につけることが大切です。日本の社会にとけこんで、日本人と心からの交流できるかどうかは、私たち留学生の一人一人の意識や生活の仕方につながっています。本当の交流が実現できれば、留学も[23]ことができるのではないでしょうか。

19

　1　ずっと　　　　2　また　　　　　3　さらに　　　　4　もう一度

20

　1　したがって　　2　加えて　　　　3　対して　　　　4　ついて

21

　1　だけ　　　　　2　しか　　　　　3　きり　　　　　4　など

22

　1　わけ　　　　　2　はず　　　　　3　から　　　　　4　こと

23

　1　実現できる　　2　成功する　　　3　考えられる　　4　成功させる

問題4　次の（1）から(4)の文章を読んで、質問に答えなさい。答えは、1・2・3
　　　　・4から最もよいものを一つえらびなさい。

(1)

　　　人類は科学技術の発展によって、いろいろなことに成功しました。例
　えば、空を飛ぶこと、海底や地底の奥深く行くこともできるようになり
　ました。今や、宇宙へ行くことさえできます。
　　　しかし、人間の望みは限りがないもので、さらに、未来や過去へ行き
　たいと思う人たちが現れました。そうです。『タイムマシン』の実現です。
　　　いったいタイムマシンを作ることはできるのでしょうか？
　　　理論上は、できるそうですが、現在の科学技術ではできないというこ
　とです。
　　　残念な気もしますが、でも、未来は夢や希望として心の中に描くこと
　ができ、また、過去は思い出として一人一人の心の中にあるので、それ
　で十分ではないでしょうか。

24　「タイムマシン」について、文章の内容と合っていないのはどれか。
　1　未来や過去に行きたいという人間の夢をあらわすものだ
　2　理論上は作ることができるものだが実際には難しい
　3　未来も過去も一人一人の心の中にあるものだ
　4　タイムマシンは人類にとって必要なものだ

(2) これは、田中さんにとどいたメールである。

あて先：jlpt1127.clear@nihon.co.jp
件名：パンフレット送付※のお願い
送信日時：2018 年 8 月 14 日　13:15
================================
ご担当者様

　はじめてご連絡いたします。
　株式会社山田商事、総務部の山下花子と申します。
　このたび、御社のホームページを拝見し、新発売のエアコン「エコール」
について、詳しくうかがいたいので、パンフレットをお送りいただきたい
と存じ、ご連絡いたしました。2 部以上お送りいただけると助かります。
　どうぞよろしくお願いいたします。

【送付先】
〒 564-9999
大阪府○○市△△町 11-9　XX ビル 2F
TEL：066-9999-XXXX
株式会社　山田商事　総務部
担当：山下　花子

　※　送付…相手に送ること。

25　このメールを見た後、田中さんはどうしなければならないか。

1　「エコール」について、メールで詳しい説明をする。

2　山下さんに「エコール」のパンフレットを送る。

3　「エコール」のパンフレットが正しいかどうか確認する。

4　「エコール」の新しいパンフレットを作る。

(3) これは、大学内の掲示である。

台風９号による１・２時限※1休講※2について

　本日（10月16日）、関東地方に大型の台風が近づいているため、本日と、明日１・２時限目の授業を中止して、休講とします。なお、明日の３・４・５時限目につきましては、大学インフォメーションサイトの「お知らせ」で確認して下さい。

東青大学

※１　時限…授業のくぎり。

※２　休講…講義がお休みになること。

26　正しいものはどれか。

1　台風が来たら、10月16日の授業は休講になる。

2　台風が来たら、10月17日の授業は行われない。

3　本日の授業は休みで、明日の３時限目から授業が行われる。

4　明日３、４、５時限目の授業があるかどうかは、「お知らせ」で確認する。

(4)

　　日本では、少し大きな駅のホームには、立ったまま手軽に「そば」や「うどん」を食べられる店（立ち食い屋）がある。

　　「そば」と「うどん」のどちらが好きかは、人によってちがうが、一般的に、関東では「そば」の消費量が多く、関西では「うどん」の消費量が多いと言われている。

　　地域毎に「そば」と「うどん」のどちらに人気があるかは、実は、<u>駅のホームで簡単にわかる</u>そうである。ホームにある立ち食い屋の名前を見ると、関東と関西で違いがある。関東では、多くの店が「そば・うどん」、関西では、「うどん・そば」となっている。「そば」と「うどん」、どちらが先に書いてあるかを見ると、その地域での人気がわかるというのだ。

27　<u>駅のホームで簡単にわかる</u>　とあるが、どんなことがわかるのか。

1　自分が、「そば」と「うどん」のどちらが好きかということ

2　関東と関西の「そば」の消費量のちがい

3　駅のホームには必ず、「そば」と「うどん」の立ち食い屋があるということ

4　店の名前から、その地域で人気なのは「うどん」と「そば」のどちらかということ

問題5　つぎの (1) と (2) の文章（ぶんしょう）を読んで、質問に答えなさい。答えは、1・2・3・4
　　　　から最もよいものを一つえらびなさい。

(1)

　　テクノロジーの進歩で、私たちの身の回りには便利な機械があふれてい
ます。特に IT と呼ばれる情報機器は、人間の生活を便利で豊かなものにし
ました。①例えば、パソコンです。パソコンなどのワープロソフトを使え
ば、誰でもきれいな文字を書いて印刷まですることができます。また、何
かを調べるときは、インターネットを使えばすぐに必要な知識や世界中の
情報が得られます。今では、これらのものがない生活は考えられません。

　　しかし、これらテクノロジーの進歩が②新たな問題を生み出しているこ
とも忘れてはなりません。例えば、ワープロばかり使っていると、漢字を
忘れてしまいます。また、インターネットで簡単に知識や情報を得ている
と、自分で努力して調べる力がなくなるのではいないでしょうか。

　　これらの機器は、便利な半面、人間の持つ能力を衰えさせる面もあるこ
とを、私たちは忘れないようにしたいものです。

28 ①例えばは、何の例か。

1 人間の生活を便利で豊かなものにした情報機器

2 身の回りにあふれている便利な電気製品

3 文字を美しく書く機器

4 情報を得るための機器

29 ②新たな問題とは、どんな問題か。

1 新しい便利な機器を作ることができなくなること

2 ワープロやパソコンを使うことができなくなること

3 自分で情報を得る簡単な方法を忘れること

4 便利な機器に頼ることで、人間の能力が衰えること

30 ②新たな問題を生みだしているのは、何か。

1 人間の豊かな生活

2 テクノロジーの進歩

3 漢字が書けなくなること

4 インターネットの情報

　日本語を学んでいる外国人が、いちばん苦労するのが敬語の使い方だそうです。日本に住んでいる私たちでさえ難しいと感じるのですから、外国人にとって難しく感じるのは当然です。

　ときどき、敬語があるのは日本だけで、外国語にはないと聞くことがありますが、そんなことはありません。丁寧な言い回しというものは例えば英語にもあります。ドアを開けて欲しいとき、簡単に「Open the door.（ドアを開けて。）」と言う代わりに、「Will you 〜（Can you 〜）」や「Would you 〜（Could you 〜）」を付けたりして丁寧な言い方をしますが、①これも敬語と言えるでしょう。

　私たちが敬語を使うのは、相手を尊重し敬う※気持ちをあらわすことで、人間関係をよりよくするためです。敬語を使うことで自分の印象をよくしたいということも、あるかもしれません。

　ところが、中には、相手によって態度や話し方を変えるのはおかしい、敬語なんて使わないでいいと主張する人もいます。

　しかし、私たちの社会に敬語がある以上、それを無視した話し方をすると、人間関係がうまくいかなくなることもあるかもしれません。

　確かに敬語は難しいものですが、相手を尊重し敬う気持ちがあれば、使い方が多少間違っていても構わないのです。

　※敬う…尊敬する。

31 ①これは、何を指しているか。

1 「Open the door.」などの簡単な言い方

2 「Will (Would) you〜」や「Can (Could) you〜)」を付けた丁寧な言い方

3 日本語にだけある難しい敬語

4 外国人にとって難しく感じる日本の敬語

32 敬語を使う主な目的は何か。

1 相手に自分をいい人だと思われるため

2 自分と相手との上下関係を明確にするため

3 日本の常識を守るため

4 人間関係をよくすること

33 「敬語」について、筆者の考えと合っているのはどれか。

1 言葉の意味さえ通じれば敬語は使わないでいい。

2 敬語は正しく使うことが大切だ。

3 敬語は、使い方より相手に対する気持ちが大切だ。

4 敬語は日本独特なもので、外国語にはない。

問題6　つぎの文章を読んで、質問に答えなさい。答えは、1・2・3・4から最もよ
　　　　いものを一つえらびなさい。

　信号機の色は、なぜ、赤・青（緑）・黄の3色で、赤は「止まれ」、
黄色は「注意」、青は「進め」をあらわしているのだろうか。

　①当然のこと過ぎて子どもの頃から何の疑問も感じてこなかった
が、実は、それには、しっかりとした理由があるのだ。その理由と
は、色が人の心に与える影響である。

　まず、赤は、その「物」を近くにあるように見せる色であり、また、
他の色と比べて、非常に遠くからでもよく見える色なのだ。さらに、
赤は「興奮※1色」とも呼ばれ、人の脳を活発にする効果がある。し
たがって、「止まれ」「危険」といった情報をいち早く人に伝える
ためには、②赤がいちばんいいということだ。

　それに対して、青（緑）は人を落ち着かせ、冷静にさせる効果があ
る。そのため、　③　をあらわす色として使われているのである。

　最後に、黄色は、赤と同じく危険を感じさせる色だと言われてい
る。特に、黄色と黒の組み合わせは「警告※2色」とも呼ばれ、人は
この色を見ると無意識に危険を感じ、「注意しなければ」、という
気持ちになるのだそうだ。踏切や、「工事中につき危険！」を示す
印など、黄色と黒の組み合わせを思い浮かべると分かるだろう。

　このように、信号機は、色が人に与える心理的効果を使って作ら
れたものなのである。ちなみに、世界のほとんどの国で、赤は「止
まれ」、青（緑）は「進め」を表しているそうだ。

　※1　興奮…感情の働きが盛んになること。
　※2　警告…危険を知らせること。

---

34 ①当然のこととは、何か。

1 子どものころから信号機が赤の時には立ち止まり、青では渡っていること

2 さまざまなものが、赤は危険、青は安全を示していること

3 信号機が赤・青・黄の３色で、赤は危険を、青は安全を示していること

4 信号機に赤・青・黄が使われているのにはしっかりとした理由があること

35 ②赤がいちばんいいのはなぜか。

1 人に落ち着いた行動をさせる色だから

2 「危険！」の情報をすばやく人に伝えることができるから。

3 遠くからも見えるので、交差点を急いで渡るのに適しているから。

4 黒と組み合わせることで非常に目立つから。

36 ___③___ に適当なのは次のどれか。

1 危険

2 落ち着き

3 冷静

4 安全

37 この文の内容と合わないものはどれか。

1 ほとんどの国で、赤は「止まれ」を示す色として使われている。

2 信号機には、色が人の心に与える影響を考えて赤・青・黄が使われている

3 黄色は人を落ち着かせるので、「待て」を示す色として使われている。

4 黄色と黒の組み合わせは、人に危険を知らせる色として使われている。

問題7　右の文章は、ある文化センターの案内である。これを読んで、下の質問に
　　　　答えなさい。答えは、1・2・3・4から最もよいものを一つえらびなさい。

38 男性会社員の井上 正さんが平日、仕事が終わった後、18時から受けられるク
　　　ラスはいくつあるか。

　1　1つ　　　　　　　2　2つ　　　　　　　3　3つ　　　　　　4　4つ

39 主婦の山本 真理菜さんが週末に参加できるクラスはどれか。

　1　BとA　　　　　　2　BとC　　　　　　3　BとD　　　　　4　BとE

小町文化センター秋の新クラス

	講座名	日時	回数	費用	対象	その他
A	男子力 UP!4 回でしっかりおぼえる料理の基本	11・12 月 第 1・3 金曜日 (11/7・21・12/5・12) 18:00 〜 19:30	全 4 回	18,000 円＋税 (材料費含む)	男性 18 歳以上	男性のみ
B	だれでもかんたん！色えんぴつを使った植物画レッスン	10 〜 12 月 第 1 土曜日 13:00 〜 14:00	全 3 回	5,800 円＋税 ＊色えんぴつは各自ご用意下さい	15 歳以上	静かな教室で、先生が一人一人ていねいに教えます
C	日本のスポーツで身を守る！女性のためのはじめての柔道：入門	10 〜 12 月 第 1 〜 4 火曜日 18:00 〜 19:30	全 12 回	15,000 円＋税＊柔道着は各自ご用意ください。詳しくは受付まで	女性 15 歳以上	女性のみ
D	緊張しないスピーチトレーニング	10 〜 12 月 第 1・3 木曜日 (10/2・16 11/6・20 12/4・18) 18:00 〜 20:00	全 6 回	10,000 円 (消費税含む)	18 歳以上	まずは楽しくおしゃべりから始めましょう
E	思い切り歌ってみよう！「みんな知ってる日本の歌」	10 〜 12 月 第 1・2・3 土曜日 10：00 〜 12：00	全 9 回	5,000 円＋楽譜代 500 円 (税別)	18 歳以上	一緒に歌えばみんな友だち！カラオケにも自信が持てます！

T3-1 ～ 3-9

もんだい
問題 1

　問題 1 では、まず質問を聞いてください。それから話を聞いて、問題用紙の 1 から 4 の中から、最もよいものを一つえらんでください。

れい

1　10 時

2　6 時

3　7 時

4　6 時半

Check □1 □2 □3

1 ばん

1 教室の机を並べ変える。
　きょうしつ つくえ なら か

2 宿題の紙をコピーする。
　しゅくだい かみ

3 みんなの連絡先を聞く。
　　　　　れんらくさき き

4 授業で使う資料を教室に持っていく。
　じゅぎょう つか しりょう きょうしつ ま

2 ばん

1 ビール

2 お弁当
　べんとう

3 お菓子
　か　し

4 おもちゃ

3 ばん

1　18日（水）9時

2　18日（水）6時

3　21日（土）3時

4　25日（水）7時

4 ばん

1　ウイスキー

2　おもちゃ

3　ジュース

4　花

5 ばん

1　木曜日の試験のために歴史の勉強をする

2　金曜日の試験のために漢字の勉強をする

3　レポートの残りを書く

4　先生にレポートの提出を伸ばしてもらう

6 ばん

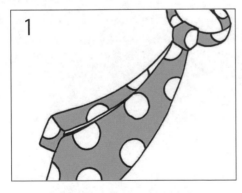
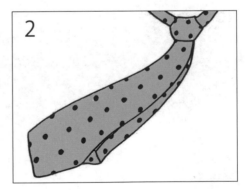
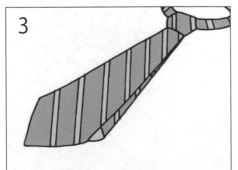

もんだい 問題 2

 T3-10〜3-18

問題 2 では、まず質問を聞いてください。そのあと、問題用紙を見てください。読む時間があります。それから話を聞いて、問題用紙の 1 から 4 の中から、最もよいものを一つえらんでください。

れい

1　レポートを書くのに時間がかかったから

2　ゲームをしていたから

3　ずっとコンビニにいたから

4　近くの店でお酒を飲んでいたから

1 ばん

1 作品の中に入ること

2 写真やスケッチをすること

3 タバコを吸うこと

4 ものを食べること

2 ばん

1 運転がきらいだから。

2 ガソリンが高いから。

3 自動車は環境によくないから。

4 駐車場代が高いから。

3 ばん

1　外で遊ぶこと

2　勉強の目標

3　一緒に遊ぶ友だち

4　勉強する時間

4 ばん

1　たくさん入る大きいカバン

2　小さくて厚みのないカバン

3　値段が高い上等なカバン

4　しっかりした丈夫なカバン

Check □1 □2 □3

5 ばん

1 課長に連絡をしないで先に帰った。

2 システムサービスの人が来ることを忘れた。

3 パソコンのある部屋の鍵を閉めて帰ってしまった。

4 管理人室に行かないで帰ってしまった。

6 ばん

1 体のためになる料理の作り方を教えること。

2 食べものについての知識や判断力を身につけさせる教育のこと。

3 何を食べると病気が治るかを教える教育のこと。

4 危険な食べ物の知識を身につけさせる教育のこと。

もんだい
問題3

　問題3では、問題用紙に何もいんさつされていません。この問題は、ぜんたいとしてどんなないようかを聞く問題です。話の前に質問はありません。まず話を聞いてください。それから、せんたくしを聞いて、1から4の中から、最もよいものを一つえらんでください。

― メモ ―

Check □1 □2 □3

<ruby>問題<rt>もんだい</rt></ruby> 4

T3-24 ～ 3-29

<ruby>問題<rt>もんだい</rt></ruby>4では、えを<ruby>見<rt>み</rt></ruby>ながら<ruby>質問<rt>しつもん</rt></ruby>を<ruby>聞<rt>き</rt></ruby>いてください。やじるし（➡）の<ruby>人<rt>ひと</rt></ruby>は<ruby>何<rt>なん</rt></ruby>と<ruby>言<rt>い</rt></ruby>いますか。1から3の<ruby>中<rt>なか</rt></ruby>から、<ruby>最<rt>もっと</rt></ruby>もよいものを<ruby>一<rt>ひと</rt></ruby>つえらんでください。

れい

1 ばん

2 ばん

Check ☐1 ☐2 ☐3

3 ばん

4 ばん

聴解

もんだい
問題 5

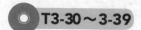

問題 5 では、問題用紙に何もいんさつされていません。まず文を聞いてください。それから、そのへんじを聞いて、1 から 3 の中から、最もよいものを一つえらんでください。

― メモ ―

Check □1 □2 □3

MEMO

第 1 回 正答表

●言語知識（文字・語彙）

問題 1

1	2	3	4	5	6	7	8
2	1	4	3	2	3	1	3

問題 2

9	10	11	12	13	14
1	4	2	3	2	1

問題 3

15	16	17	18	19	20	21	22	23
1	1	3	4	2	1	4	3	1

問題 4

24	25	26	27	28
1	1	3	4	2

問題 5

29	30	31	32	33
2	3	1	1	4

●言語知識（文法）・読解

問題 1

1	2	3	4	5	6	7	8	9	10
4	2	3	1	2	4	2	3	1	4

11	12	13
1	2	3

問題 2

14	15	16	17	18
3	1	3	4	4

問題 3

19	20	21	22	23
3	1	2	2	2

問題 4

24	25	26	27
4	4	2	1

問題 5

28	29	30	31	32	33
2	3	3	4	1	3

問題 6

34	35	36	37
4	3	2	2

問題 7

38	39
4	2

●聴解

問題 1

例	1	2	3	4	5	6
2	4	4	3	4	3	4

問題 2

例	1	2	3	4	5	6
4	4	1	2	3	2	2

問題 3

例	1	2	3
3	2	3	1

問題 4

例	1	2	3	4
3	1	1	3	2

問題 5

例	1	2	3	4	5	6	7	8
3	3	3	2	3	2	2	3	3

第 2 回 正答表

●言語知識（文字・語彙）

問題 1

1	2	3	4	5	6	7	8
4	2	2	1	3	2	4	3

問題 2

9	10	11	12	13	14
3	1	4	2	3	1

問題 3

15	16	17	18	19	20	21	22	23
4	2	1	3	1	4	4	2	3

問題 4

24	25	26	27	28
2	3	4	1	1

問題 5

29	30	31	32	33
3	4	4	1	3

●言語知識（文法）・読解

問題 1

1	2	3	4	5	6	7	8	9	10
2	3	4	2	1	4	3	2	3	4

11	12	13
2	1	4

問題 2

14	15	16	17	18
4	1	4	2	3

問題 3

19	20	21	22	23
1	3	1	2	3

問題 4

24	25	26	27
4	4	3	3

問題 5

28	29	30	31	32	33
4	2	4	4	4	2

問題 6

34	35	36	37
2	4	2	4

問題 7

38	39
3	2

●聴解

問題 1

例	1	2	3	4	5	6
2	4	2	1	3	2	1

問題 2

例	1	2	3	4	5	6
4	2	4	3	2	4	3

問題 3

例	1	2	3
3	1	3	2

問題 4

例	1	2	3	4
3	2	1	2	1

問題 5

例	1	2	3	4	5	6	7	8
3	2	1	1	3	2	3	1	1

第 3 回 正答表

●言語知識（文字・語彙）

問題1

1	2	3	4	5	6	7	8
1	2	1	3	4	2	3	4

問題2

9	10	11	12	13	14
4	3	3	1	4	2

問題3

15	16	17	18	19	20	21	22	23
4	4	2	1	2	4	1	1	4

問題4

24	25	26	27	28
4	2	4	3	1

問題5

29	30	31	32	33
1	2	1	1	3

●言語知識（文法）・読解

問題1

1	2	3	4	5	6	7	8	9	10
2	3	4	1	2	4	3	1	2	3

11	12	13
4	3	1

問題2

14	15	16	17	18
3	1	3	4	3

問題3

19	20	21	22	23
3	1	4	2	4

問題4

24	25	26	27
4	2	4	4

問題 5

28	29	30	31	32	33
1	4	2	2	4	3

問題 6

34	35	36	37
3	2	4	3

問題 7

38	39
2	4

●聴解

問題 1

例	1	2	3	4	5	6
2	4	2	2	3	4	1

問題 2

例	1	2	3	4	5	6
4	3	4	2	4	3	2

問題 3

例	1	2	3
3	3	3	1

問題 4

例	1	2	3	4
3	1	2	2	3

問題 5

例	1	2	3	4	5	6	7	8
3	3	1	1	2	2	3	1	2

聴解スクリプト

（M：男性　F：女性）

日本語能力試験聴解 N3　第一回

問題 1

例

男の人と女の人が家で話をしています。明日、女の人は何時に家を出ますか。

F：明日、早く家を出ないと。

M：めずらしいね。

F：会議だから、遅刻できないの。

M：大阪で会議？

F：うん。10 時には大阪駅に着いてなきゃ。

M：新幹線の切符は？

F：それは買ってあるの。ええと…ちょうど 7 時発だわ。

M：それなら 6 時半に家を出れば間に合うんじゃない？

F：無理よ。あなたなら大丈夫だけど、私は発車の 1 時間前には出るわ。

M：まあ、確かに、早めに出た方がいいね。

明日、女の人は何時に家を出ますか。

1番

男の人と女の人が話しています。男の人は、グラスをいくつ買いますか。

M：僕たちのと、お客さん用だよね。全部でいくつ買っておく？

F：そうねえ、4 つじゃ足りないね。クリスマスや、お正月もあるし。

M：じゃあ、10 個ぐらい？

F：うちは狭いから、10 人も部屋に入らないよ。5 つで十分じゃない？

M：そうか。だけどちがう飲み物を飲むたびに洗うのもめんどうだよ。

F：まあ、それはいいけど…多分割れたりするよね。多めに買っておこうか。

M：そうだよ。おっ、この箱、6個入りで、ずいぶん安くなってる。

F：うん、じゃ、それ2箱買っておこう。

二人は、グラスをいくつ買いますか。

2番

女の人が店員と話しています。女の人はどのテーブルを買いますか。

M：いらっしゃいませ。テーブルをお探しですか。

F：ええ、この丸いのもいいですね。何人座れるかしら。

M：4人用です。同じ形で黒もございまして。こちらは少し大きめで、6人は大丈夫です。

F：うちは4人家族だけど、両親が遊びに来るときは6人は座れる方がいいな。でも、黒は部屋に合わないな…。

M：それでしたら、…こちらの形はいかがでしょうか。

F：ああ、いいですね。丸もいいけど、これだと6人座れますよね。

M：はい、十分お座りになれます。

F：ああ、やっぱり落ち着いていて、いいわ。これにします。

女の人はどのテーブルを買いますか。

3番

男の人と女の人が話しています。女の人はこれから、まず何をしますか。

F：（ドアのチャイム）おはよう。あれ、兄さん、まだ寝てたの？ お父さんとお母さん、迎えに行くんじゃないの。

M：いや、昨日は飲み過ぎて、すぐ寝ちゃったんだよ。（あくび）これから準備する。

F：ええっ、時間大丈夫？そうだ、車は？

M：8時に借りに行く予約をしたから、これから行くよ。ええと、飛行機は何時に着くんだっけ？

F：10時半。二人ともきっと疲れてるから、待たせないようにしないと。早く行こうよ。

M：大丈夫だよ。じゃ、車を借りに行ってくるから、おまえは朝ごはんの支度を頼むよ。

F：でも、その前に、この部屋なんとかきれいにしないと。

135

M：そうだね。あんまりきたないとお母さんたち久しぶりに帰ってきてびっくりするからね。

女の人はまず何をしますか。

4番

男の人と女の人が話しています。男の人は、今年を表すのはどの字だと言っていますか。

F：私はこの字。今年は。いろいろ変化があったから。

M：うん。加奈子も小学校に入ったし、君の仕事も変わったしね。

F：ほんと。いろいろ大変だったよ。引っ越しもしたし。

M：そうだね。

F：あなたは、どの漢字？

M：これ…じゃないな。まあ、楽しいことも多かったけど。

F：じゃ、これ？

M：そうだね。うん。これこれ。とにかく、止まっていることがなかったって感じだからな。

F：そうね。常に動いていたわね。

男の人は、今年を表すのはどの字だと言っていますか。

5番

男の学生と女の学生が、バスの時間について話しています。二人は何時のバスに乗りますか。

F：集合は11時だから、10時23分のバスに乗ればいいね。11分のはもう行っちゃったから。

M：いや、23分でもだいぶ早く着くよ。道がすいてれば10分かからないから。

F：ただ、23分の次は49分だよ。これだと、あっちで道に迷ったら遅刻するよ。

M：そうか。あれ、ちがうぞ。今日は土曜日だ。

F：あ、そうすると、…23分はないのね。

M：うん。これで行くしかない。向こうに着いたら走ろう。

F：そうね。じゃ、私、コンビニに行って来る。

二人は何時のバスに乗りますか。

6番

男の人と女の人が、映画館の席について話しています。二人はどの席を予約しますか。

F：まだ、席は残ってる？

M：もうほとんどいっぱいだから、早く予約した方がいいよ。どこがいい？

F：一番前の席は、疲れるよね。

M：でも、端は見にくいよ。

F：そうね。別に、映画の途中で外に出たりしないんだから、ここにしようか。

M：ううん…もう少し前がいいな。ここはどう？　ちょっと右に寄っているけど、背が高い人に前に座られる心配がないから。

F：そうか。じゃ、そうしよう。

二人はどの席を予約しますか。

問題2

例

男の学生と女の学生が話をしています。男の学生は、昨夜何をしていたから眠いのですか。

M：あ〜（あくびの音）…ああ眠たい。

F：遅くまでレポート書いてたのね。

M：いや、レポートはけっこう早く終わったんだよ。

F：へえ。じゃ、あっ、ゲームでしょう。

M：ちがうよ。レポートが9時ごろ終わって、すぐ寝ようとしたんだよ。だけど、眠れなかったんだんだ。おなかすいちゃってさ。

F：まあ。

M：で、コンビニに行ったら、田中に会って。一緒に近くの店に行って2時まで飲んでたんだ。

F：なーんだ。

男の学生は、昨夜何をしていたから眠いのですか。

1番

男の人と女の人が話をしています。女の人は男の人に、これから何に気をつけてほしいと言っていますか。

F：がんばっていますね。仕事を覚えるのが早いって店長が言っていましたよ。

M：ああ、そうっすか。

F：まだ入ったばかりなのに、よく努力しているって。声も元気があって気持ちがいいし。

M：はい。まあ。

F：だけど、その髪の毛と、ひげ。

M：だめっすか。長いっすかね。じゃ、もっと切ります。

F：いいえ、長さじゃなくて、清潔に見えるかどうかなのよ。お客様にいい印象を持たれるように
　　してほしいんです。うちは食べ物を売っている店ですからね。爪にも、気をつけてくださいよ。

M：はあ…。わかりました。

女の人は男の人に、これから何に気をつけてほしいと言っていますか。

2番

女の人が話をしています。女の人は、どんなことが病気になりやすい体を作ると言っていますか。

F：例えば、毎日、暗い気持ちで過ごすと病気になりやすい体を作ってしまいますので、あまり笑
　　わないというのはよくありません。一日一回はおもしろいテレビ番組を見たり人と話したりし
　　て、大笑いしたほうがいいですね。そして、毎日1時間は歩くことです。一日中パソコンの前
　　に座っているのはよくないです。あとは、あれをしてはいけない、これをしちゃダメだ、と、
　　自分に厳しくしてばかりいるのもよくありませんね。

女の人は、どんなことが病気になりやすい体を作ると言っていますか。

3番

男の人と女の人が話をしています。男の人は、女の人のために何をしますか。

F：明日は孝の学校に行かなきゃならないんだけど、困ったわ。

M：どうしたの。

F：うん、午後、会議があるのよ。

M：ああ、それなら、ぼくが学校へ行こうか。明日なら、午前中は休めるから。

F：時間は大丈夫なんだけどね。このパソコンと書類全部持って行かないといけないの。

M：えっ、それ全部？

F：そうなのよ。それに、英語クラブのボランティアの集まりだから、私が行かないと。

M：ああ、おれ、英語は苦手だからな。

F：荷物、どうしよう…。そうだ。悪いけど、私の会社の受付に持って行っておいてくれない？

M：ああ、それならできるよ。明日はちょうど車だし。朝、早くてもいいならね。

F：早くてもだいじょうぶよ。助かるわ。ありがとう。

男の人は、女の人のために何をしますか。

4番

男の人が会議室の予約の仕方について説明しています。会議室を予約する時に必要のないことはどれですか。

M：会議室A、B、Cは、どれも、予約が入っていなければ、その日に申し込めます。予約は1か月前からできます。インターネットでも、電話でもできます。同じ日に同じ部屋にいくつも予約が入った時は、一番早く申し込んだ人に決まります。申し込み代表者は一人決めて、後で変えたりしないでください。予約ができた場合は、その方に確認のメールをします。予約ができなかった場合も、断りのメールをします。どの会議室が空いているかは、ホームページで確認してください。なお、申し込みをした後でキャンセルする場合は、必ず連絡をしてください。

会議室を予約する時に必要のないことはどれですか。

5番

女の人が、料理の作り方について話しています。この料理に使わないものはどれですか。

F：玉ねぎは弱火でゆっくりまぜながら火を通します。

M：それから？

F：今日は、ここでトマトを使います。夏の野菜スープですから。

M：肉は、牛肉ですか。それとも鳥肉ですか。

F：このスープには牛肉は使いません。鳥肉は大きめに切って、塩とコショウをふっておきます。

そして、ポテトを入れます。

M：ああ、ここでじゃがいもを入れるのですね。

F：ええ。味付けには、砂糖を少しとしょうゆを少し入れます。

この料理に使わないものはどれですか。

6番

女の人が男の人と話しています。女の人は、なぜ謝っていますか。

F：社長、昨日は、すみませんでした。

M：まあ、田中君がすぐに必要な書類を渡してくれたから大丈夫だったけどね。今度から気をつけ

てくれればいいですよ。

F：本当に申し訳ありません。山下さんに頼んでおいたのですが。

M：山下さんって？

F：ああ、先月入社したばかりの、新入社員です。書類を社長にお渡しするように、と伝えておい

たのですが、慣れていないので、わからなかったようです。

M：ああ、そうだったのか。新入社員なら仕方がないな。

F：はい、でも、これからもっと気をつけるように山下さんにもよく言っておきます。

女の人は、なぜ謝っていますか。

問題3

例

男の人と女の人が、休み時間に話をしています。

M：あのう、キムさん、来週の金曜日、時間ある。

F：金曜日？　国から友だちが来るから、迎えに行くつもりだけど。

M：そうか。じゃ、無理だよな。

F：でも、午後は空いてるよ。その友だちとランチを食べて大学に案内するだけだから。どうして？

M：実は、日本語学校の先生から通訳を頼まれたんだけど、その時間、ちょうどバイトがあるんだ。

だから、誰かに変わってもらえないかと思って。

F：午後2時からでいいの。

M：ああ、もし、頼めたら助かるよ。

F：いいわよ。この前代わってもらったし。

男の人は、女の人に何を頼みましたか。

1　友だちを飛行場に迎えに行くこと

2　友だちを大学に案内すること

3　日本語学校の先生の通訳をすること

4　アルバイトを代わってもらうこと

1番

男の人と女の人が携帯電話で話しています。

M：山口さん、今、家にいる？

F：うん、いるよ。もうすぐ出かけるけど。

M：何時に出かけるの。

F：あと30分ぐらいかな。図書館に本を借りに行くの。

M：じゃ、その前にそっちに行っていいかな？　この前借りたノートを返そうと思って。

F：ええ、いつでもいいよ。でも、今、ちょうど雪が降っているし、大丈夫？

M：いや、僕もバイトで、ちょうど君の家の近くを通るから。最近、和田先生の授業が休みだから、
　めったに会えないしね。

男の人がこれから女の人の家に行くのは、どうしてですか。

1　本を借りたいから

2　ノートを返したいから

3　雪が降っているから

4　和田先生の授業が休みだから

2番

男の人が、人々の前で話しています。

M：栄養のあるものを食べているし、じゅうぶん眠っている。病気や怪我もしていない。友だちや
　家族とけんかをしたり、困ったことがあるわけでもないのに、元気が出ない。そんな時はあり

ません。その原因は、運動不足のことが多いです。最近スポーツをしたのは、いつでしょうか。すぐに答えられる人は問題ないですが、いつスポーツをしたか思い出せない人は、運動不足かもしれません。そのままにしておくと、頭痛や肩こりなど、体の調子が悪くなることもあります。多少のストレスは、一回友だちとテニスをしただけで解決することもあります。

この男の人は、何について話していますか。

1　風邪の原因

2　友だちや家族の大切さ

3　運動の大切さ

4　ストレスの原因

3番

男の人と女の人が店で話しています。

M：僕はもうすこし大きい方がいいと思うよ。窓の上にかけるんでしょ。

F：そう。だけど……。もっと部屋が広かったら大きくてもいいんだけど。

M：ずっと壁にかけとくなら、邪魔にならないんじゃないの。それより、見やすい方がいいよ。

F：確かに、すぐ時間がわからなくちゃ意味ないんだけど、部屋が狭いのに、大きいのって、変じゃない？

M：そんなことないよ。これなんか数字も大きいし、いいんじゃない？　なんか、昔っぽくて好きだな。

F：ああ、おばあちゃんの家にあったなあ、こういうので、大きい音がするの。コチコチ、コチコチって。…これは音がしないけど。思い出すなあ。

M：じゃ、これにしよう。

男の人と女の人は何を選んでいますか。

1　時計

2　カレンダー

3　テレビ

4　電話

例

友_{とも}だちに借_かりた傘_{かさ}をなくしました。なんといいますか。

F：1　借_かりた傘_{かさ}、なかったの。ごめんなさい。

　　2　借_かりた傘_{かさ}、なくなったみたいなの。ごめんなさい。

　　3　借_かりた傘_{かさ}、なくしちゃったの。ごめんなさい。

1番

同僚_{どうりょう}より先_{さき}に帰_{かえ}る時_{とき}、何_{なん}と言_いいますか。

F：1　お先_{さき}に

　　2　お待_またせ

　　3　お帰_{かえ}り

2番

友_{とも}だちを映画_{えいが}に誘_{さそ}いたいです。何_{なん}と言_いいますか。

F：1　映画_{えいが}、行_いかない？

　　2　映画_{えいが}、行_いきたい？

　　3　映画_{えいが}、行_いっていい？

3番

部屋_{へや}が寒_{さむ}いので、窓_{まど}を閉_しめたいです。何_{なん}と言_いいますか。

M：1　寒_{さむ}いですね、窓_{まど}を閉_しめるといいですか。

　　2　寒_{さむ}いですね、窓_{まど}を閉_しめたらいいですか。

　　3　寒_{さむ}いですね、窓_{まど}を閉_しめてもいいですか。

4番

田中さんに用があるので、会社に電話します。電話に出た人になんと言いますか。

F：1　田中さんをお願いしますか。

　　2　田中さんはいらっしゃいますか。

　　3　田中さんはいらっしゃいましたか。

問題5

例

M：日本語がお上手ですね

　　　　　、

F：1　いいえ、けっこうです。

　　2　いいえ、そうはいきません。

　　3　いいえ、まだまだです。

1番

M：仕事が終わらないから、まだ帰れないよ。先に帰って。

F：1　そう。さっさと仕事しないからじゃない。

　　2　そう。よかったね。私はお先に。

　　3　そう。大変ね。お疲れ様。

2番

F：あれ？　小野寺課長は？

M：1　どこかにいますよ。

　　2　さあ、どうでしょうか。

　　3　今、銀行に行かれました。

3番

M：忙しそうだね。手伝おうか。

F：1　うん、もっと一生懸命やってね。
　　2　うん、そうしてもらえると助かるわ。
　　3　うん、早く助けてあげて。

4番

F：これ、しまっておいてくれる？

M：1　難しい問題ですね。
　　2　でも、どこにしまうのか、わかりません。
　　3　はい。この引き出しでいいですか？

5番

F：ちょっとお尋ねしたいんですが、よろしいですか。

M：1　いえ、いいですよ。
　　2　はい、どんなことでしょうか。
　　3　ええ、どこでもどうぞ。

6番

F：もっと丁寧に仕事をしてください。これじゃ困ります。

M：1　これで、かまいませんよ。
　　2　申し訳ありません。これから気をつけます。
　　3　これからも、よろしくお願いいたします。

7番

M：国に帰ったら、まず、何がしたいですか。

F：1　母が待っています。

　　2　果物を食べます。

　　3　友だちに会いたいです。

8番

F：映画、どうでした？

M：1　とても悲しいからです。

　　2　おもしろいです。

　　3　すごくおもしろかったです。

日本語能力試験聴解 N3　第二回

問題1

例

男の人と女の人が家で話をしています。明日、女の人は何時に家を出ますか。

F：明日、早く家を出ないと。

M：めずらしいね。

F：会議だから、遅刻できないの。

M：大阪で会議？

F：うん。10時には大阪駅に着いてなきゃ。

M：新幹線の切符は？

F：それは買ってあるの。ええと…ちょうど7時発だわ。

M：それなら6時半に家を出れば間に合うんじゃない？

F：無理よ。あなたなら大丈夫だけど、私は発車の1時間前には出るわ。

M：まあ、確かに、早めに出た方がいいね。

明日、女の人は何時に家を出ますか。

1番

先生と学生が話しています。学生はこの後、何をしますか。

F：レポートを持ってきました。

M：ああ、ありがとう、横山さん。そこに置いてください。ちゃんと全員出していますか。

F：竹内さんが欠席しているので、出していません。あとは全員出しました。

M：そうですか。では、全員のレポートのコピーを取って山口先生に渡さないとね。

F：コピー、しましょうか。

M：いや、それはいいよ。こちらでやります。横山さんは、竹内さんに連絡して、いつまでに出せるか聞いてください。

F：はい、すぐにメールをします。あ、でも、竹内さんのアドレスは…。

M：ああ、山口先生が知っています。聞いてみてください。

学生はこの後、何をしますか。

2番

女の人が区役所の人と、電話で話しています。女の人は、まず何をしなければなりませんか。

F：引っ越してきたんですが、そちらに何を持って行けばいいですか。

M：前に住んでいた所の役所で、住所が変わるという証明書をもらいましたか。

F：それが、忙しくて、まだ…。

M：そうですか。まず、前に住んでいたところでそれをもらってきてください。

F：わかりました。

M：それと、本人だと確認できるパスポートかなんかを持ってきてくださいね。

F：はい。わかりました。写真はいりませんか？

M：いりません。パスポートがあればいいです。

女の人は、まず何をしなければなりませんか。

3番

男の人と女の人が話しています。女の人はこの後まず、何をしますか。

F：今日は、すごくおいしいケーキを買ってきたわ。

M：へえ、どこで？

F：おいしいと評判の有名なケーキ屋さん。30分も歩いて行ってきたの。

M：へえ。で、ケーキ買えたの？

F：みんな並んで買っていたけど、なんとか2個買えたわ。

M：よかったじゃない。食べようよ。

F：ちょっと待って。

M：ああ、コーヒーをいれるんだね。

F：いや、そうじゃない。

M：じゃあ、紅茶？

F：ううん。最近太ってしまったから、体重計って、昨日より減っていたら食べるわ。

女の人は、この後まず何をしますか。

4番

男の人が女の人に薬の飲み方を説明しています。女の人は薬を飲む時、どうするといいですか。

M：こちらの白い薬は朝と晩に2つずつ、こちらの粉薬は朝、昼、晩に一袋ずつ飲んで下さい。

F：はい。わかりました。

M：どちらも、食後ですが、何も食べたくない時は、無理して食べなくてもいいです。

F：これを飲むと眠くなりますか。

M：大丈夫です。車の運転も問題ないですよ。

F：この粉薬の方も大丈夫ですか。

M：はい。でも、白い薬を飲んだ後30分は、何も食べないでください。

F：はい、わかりました。

女の人は薬を飲む時、どうするといいですか。

5番

男の人と女の人が話しています。女の人は今日中に何をしなければなりませんか。

F：おみやげも買ったし、着るものも全部用意したけど、銀行にも行っておいた方がいいわね。

M：ああ、そうだね。明日は土曜日だから、たのむよ。で、歯医者は？

F：うん、もう昨日行ってきた。あ、でも、そうだ、車にガソリンを入れてこなくちゃ。

M：ああ、それは明日の朝、入れて行けばいいよ。

女の人は今日中に何をしなければなりませんか。

6番

女の人と男の人が、食事をする店について相談しています。女の人はどの店を予約しますか。

M：今晩、スミスさんをお連れする店を予約しておいて。

F：日本料理がいいでしょうか？

M：うん。日本の料理を楽しみにしていたから、いいと思うよ。だけど、スミスさんは、確か和食は初めてだから、お肉も食べられる店がいいな。

F：はい。わかりました。

M：ああ、それと、日本酒が大好きだと言っていたよ。

F：では、こちらの店はいかがですか。

M：ああ、いいね。すぐ予約しておいてくれる？

女の人はどの店を予約しますか。

問題2

例

男の学生と女の学生が話をしています。男の学生は、昨夜何をしていたから眠いのですか。

M：あ〜（あくびの音）…ああ眠たい。

F：遅くまでレポート書いてたのね。

M：いや、レポートはけっこう早く終わったんだよ。

F：へえ。じゃ、あっ、ゲームでしょう。

M：ちがうよ。レポートが9時ごろ終わって、すぐ寝ようとしたんだよ。だけど、眠れなかったんだんだ。

　　おなかすいちゃってさ。

F：まあ。

M：で、コンビニに行ったら、田中に会って。一緒に近くの店に行って2時まで飲んでたんだ。

F：なーんだ。

男の学生は、昨夜何をしていたから眠いのですか。

1番

男の人と女の人が車について話をしています。男の人は、どんな車がいいと言っていますか。

F：おとなりの田中さん、車買ったんだね。

M：うん。さっき届いたみたいだよ。

F：いいね。かわいいし、小さいからガソリンもそれほど消費しないんじゃない？

M：僕は小さいのは買いたくないな。

F：へえ。なんで。

M：車の中が狭いと荷物をたくさんのせられないし、太っている人はきつくないか？

F：あなたらしいね。そんな心配をするなんて。

M：まあ、ぼくも太っているから、わかるんだよ。車も、ゆったりしていた方がいいな。

F：私は、運転が下手だから運転しやすい車がいいな。

男の人は、どんな車がいいと言っていますか。

2番

女の人と男の人が話をしています。男の人は、猫を飼っていて、どんなことがありがたいと言っています
か。

F：鈴木君は、なんかペットを飼ってるの？

M：ああ、猫を飼っているよ。

F：へえ。一人暮らしなのに、世話が大変じゃない？

M：そうでもないよ。うちの猫は一日中部屋にいるよ。

F：でも、猫の餌の缶詰って高いんでしょ。

M：まあね。だけど、お金がなくても、猫には好きなものを食べさせたいって思うよ。僕が家に帰ると、
　　玄関まで飛び出してくるんだ。かわいいよ。

F：へえ。まるで自分の子どもみたいね。

M：そうだね。何より、猫がいると健康でいられるんだ。

F：えっ、どうして？

M：一人だと、僕なんか家に帰らないで仕事ばかりしているかもしれないけど、猫がいると必ず家
　　に帰るからね。

男の人は、猫を飼っていて、どんなことがありがたいと言っていますか。

3番

レストランで、店の人と男の人が話しています。店の中で何をしてはいけませんか。

M：すみません。ここでスマートフォンは使えますか。

F：はい。お使いになれます。ただ、メールはいいですが、ゲームはやめていただきたいのです。
　　音がうるさくてほかのお客様の迷惑になりますので。

M：あ、そうですか。インターネットを見るのはいいのですね。

F：はい。でも、音の出るものはやめてください。

M：ああ、わかりました。

店の中で何をしてはいけませんか。

4番

女の人が食事について話しています。この女の人は、なぜ一人で食事をしに行くのですか。

F：最近、一人でも気軽に食事ができる店が増えてきたようで、うれしいです。実は私もよく一人
　　で食事をします。会社の昼休みにも、なるべく一人で出かけます。誰かと一緒だと、時間を合
　　わせたりしなければならないので、面倒なのです。それに、食べるお店も一人では決められな
　　いでしょう。自分の都合のいい時間に行って、その日自分が食べたい物を食べたいのです。でも、
　　もちろん、旅行に行ったり、スポーツの後食事をしたりする時は、友だちと一緒の方が楽し
　　いですね。

この女の人は、なぜ一人で食事をしに行くのですか。

5番

学生と先生が話しています。学生はどうして遅刻をしましたか。

F：今日はどうして授業に遅れたんですか。連絡もしないで。

M：すみません。いつもより早く起きたんですが。

F：何時頃？

M：7時には起きていました。でも、トイレに行ったら、窓の外で自分の携帯が鳴っているんです。で、変だなと思って見てみたら、携帯が庭に落ちていて…。

F：なんで、携帯が庭に？

M：ゆうべ、酔っぱらって帰った時に、庭に落としたみたいで、割れていました。で、修理を頼みに行ったら、遅くなりました。

F：まったく、困りますね！

学生はどうして遅刻をしましたか。

6番

女の人が話しています。女の人が、子どもを叱る時にしていることは何ですか。

F：最近子どもを叱らない親が増えたそうです。叱ってはいけない、ほめて育てるほうがいいとか、いろいろな考え方があるので、親もどうしたらいいか分からず、疲れてしまっているような気がします。しかし、本当に子どものことを考えるなら、しっかり叱った方がいい場合もあると思います。そんな時、私が気をつけているのは、3回、大きく呼吸をしてから叱ることです。そうすることで、冷静になれるのです。感情に任せて叱っては決してよい結果は得られません。子どもにもイヤな気持ちだけが残ってしまうので、反抗的になってしまうのです。

女の人が、子どもを叱る時にしていることは何ですか。

問題 3

例

<ruby>男<rt>おとこ</rt></ruby>の<ruby>人<rt>ひと</rt></ruby>と<ruby>女<rt>おんな</rt></ruby>の<ruby>人<rt>ひと</rt></ruby>が、<ruby>休<rt>やす</rt></ruby>み<ruby>時間<rt>じかん</rt></ruby>に<ruby>話<rt>はなし</rt></ruby>をしています。

M：あのう、キムさん、<ruby>来週<rt>らいしゅう</rt></ruby>の<ruby>金曜日<rt>きんようび</rt></ruby>、<ruby>時間<rt>じかん</rt></ruby>ある。

F：<ruby>金曜日<rt>きんようび</rt></ruby>？　<ruby>国<rt>くに</rt></ruby>から<ruby>友<rt>とも</rt></ruby>だちが<ruby>来<rt>く</rt></ruby>るから、<ruby>迎<rt>むか</rt></ruby>えに<ruby>行<rt>い</rt></ruby>くつもりだけど。

M：そうか。じゃ、<ruby>無理<rt>むり</rt></ruby>だよな。

F：でも、<ruby>午後<rt>ごご</rt></ruby>は<ruby>空<rt>あ</rt></ruby>いてるよ。その<ruby>友<rt>とも</rt></ruby>だちとランチを<ruby>食<rt>た</rt></ruby>べて<ruby>大学<rt>だいがく</rt></ruby>に<ruby>案内<rt>あんない</rt></ruby>するだけだから。どうして？

M：<ruby>実<rt>じつ</rt></ruby>は、<ruby>日本語学校<rt>にほんごがっこう</rt></ruby>の<ruby>先生<rt>せんせい</rt></ruby>から<ruby>通訳<rt>つうやく</rt></ruby>を<ruby>頼<rt>たの</rt></ruby>まれたんだけど、その<ruby>時間<rt>じかん</rt></ruby>、ちょうどバイトがあるんだ。

だから、<ruby>誰<rt>だれ</rt></ruby>かに<ruby>変<rt>か</rt></ruby>わってもらえないかと<ruby>思<rt>おも</rt></ruby>って。

F：<ruby>午後<rt>ごご</rt></ruby>2<ruby>時<rt>じ</rt></ruby>からでいいの。

M：ああ、もし、<ruby>頼<rt>たの</rt></ruby>めたら<ruby>助<rt>たす</rt></ruby>かるよ。

F：いいわよ。この<ruby>前<rt>まえ</rt></ruby><ruby>代<rt>か</rt></ruby>わってもらったし。

<ruby>男<rt>おとこ</rt></ruby>の<ruby>人<rt>ひと</rt></ruby>は、<ruby>女<rt>おんな</rt></ruby>の<ruby>人<rt>ひと</rt></ruby>に<ruby>何<rt>なに</rt></ruby>を<ruby>頼<rt>たの</rt></ruby>みましたか。

1　<ruby>友<rt>とも</rt></ruby>だちを<ruby>飛行場<rt>ひこうじょう</rt></ruby>に<ruby>迎<rt>むか</rt></ruby>えに<ruby>行<rt>い</rt></ruby>くこと

2　<ruby>友<rt>とも</rt></ruby>だちを<ruby>大学<rt>だいがく</rt></ruby>に<ruby>案内<rt>あんない</rt></ruby>すること

3　<ruby>日本語学校<rt>にほんごがっこう</rt></ruby>の<ruby>先生<rt>せんせい</rt></ruby>の<ruby>通訳<rt>つうやく</rt></ruby>をすること

4　アルバイトを<ruby>代<rt>か</rt></ruby>わってもらうこと

1 番

<ruby>日本<rt>にほん</rt></ruby>に<ruby>留学<rt>りゅうがく</rt></ruby>している<ruby>男<rt>おとこ</rt></ruby>の<ruby>学生<rt>がくせい</rt></ruby>と<ruby>女<rt>おんな</rt></ruby>の<ruby>学生<rt>がくせい</rt></ruby>が<ruby>話<rt>はなし</rt></ruby>をしています。

F：<ruby>日本<rt>にほん</rt></ruby>の<ruby>電車<rt>でんしゃ</rt></ruby>はきれいだけど、お<ruby>酒臭<rt>さけくさ</rt></ruby>い<ruby>時<rt>とき</rt></ruby>があるよね。アルバイトの<ruby>帰<rt>かえ</rt></ruby>りの<ruby>時間<rt>じかん</rt></ruby>の<ruby>方<rt>ほう</rt></ruby>がすごいよ。

M：ああ、ひどいね。<ruby>酔<rt>よ</rt></ruby>ってる<ruby>人<rt>ひと</rt></ruby>がいっぱいいる。<ruby>僕<rt>ぼく</rt></ruby>なんか、この<ruby>前<rt>まえ</rt></ruby>、<ruby>足<rt>あし</rt></ruby>を<ruby>踏<rt>ふ</rt></ruby>まれた。<ruby>迷惑<rt>めいわく</rt></ruby>だよね、

まったく。

F：<ruby>私<rt>わたし</rt></ruby>は、<ruby>何度<rt>なんど</rt></ruby>も<ruby>話<rt>はな</rt></ruby>しかけられた。「<ruby>何人<rt>なにじん</rt></ruby>ですか？」って。

M：みんな<ruby>迷惑<rt>めいわく</rt></ruby>そうにしてるよね。<ruby>酒臭<rt>さけくさ</rt></ruby>いし。

F：だけど、みんな<ruby>慣<rt>な</rt></ruby>れているみたいよ。

M：うん。あ、この<ruby>前<rt>まえ</rt></ruby>、<ruby>何度<rt>なんど</rt></ruby>も<ruby>同<rt>おな</rt></ruby>じことを<ruby>言<rt>い</rt></ruby>っている<ruby>会社員<rt>かいしゃいん</rt></ruby>がいて、おもしろかったよ。

F：<ruby>私<rt>わたし</rt></ruby>も<ruby>見<rt>み</rt></ruby>たことある。おかしくて、ちょっと<ruby>笑<rt>わら</rt></ruby>っちゃった。

二人は、電車の中にいる、どんな人が迷惑だと言っていますか。

1　お酒に酔っている人

2　ふらふらして人の足を踏む人

3　何度も同じことばかり言う会社員

4　女の人に話しかけたがる人

2番

男の人が、大勢の人の前で話しています。

M：初めてコンビニエンスストアができたのは、1927年だそうです。アメリカで氷を売っていた小さな店の主人が、お客さまから「氷を売ってくれるのは確かに便利だけど、卵や牛乳、パンなども扱ってくれると、もっと便利になる」といわれたことから誕生しました。時代やお客さまの細かい希望を実現していくことで生まれたわけです。日本にできたのは1974年ですが、今では、物を買うだけでなく、荷物を送ったり、公共料金を払うなど、いろいろなサービスが利用できて、生活をしていくために、なくてはならない店になりました。

男の人は、何について話していますか。

1　氷を売る店をコンビニという理由

2　パン屋の歴史

3　コンビニの歴史と現在の状況

4　コンビニにはどんなサービスがあるか

3番

男の人と女の人が話しています。

M：なかなか、来ないね。

F：うん。遅れてる。雨で道が混んでるからね。

M：いつもこんなに遅れるの？

F：ええ、バスは電車と違って道路の事情で遅れることがあるのよ。あなたは引っ越してきたばかりだから知らないでしょうね。時々遅れるのよ。

M：もっと近いアパートを探していたんだけどなあ。

F：でもこの辺、静かだし、いつもは大学まで自転車で行けるんだからいいじゃない。加奈子なんて、家から大学まで2時間もかかるそうよ。

M：それは大変だね。

F：地下鉄の駅まではお母さんに車で送ってもらうらしいけど。…ああ、もう10分も遅れてる。早く来ないかなあ。遅刻しちゃうよ。

二人は何を待っていますか。

1　タクシー
2　バス
3　電車
4　地下鉄

問題4

例

友だちに借りた傘をなくしました。なんといいますか。

F：1　借りた傘、なかったの。ごめんなさい。
　　2　借りた傘、なくなったみたいなの。ごめんなさい。
　　3　借りた傘、なくしちゃったの。ごめんなさい。

1番

友だちとの待ち合わせの時間に少し遅れました。何と言いますか。

F：1　遅れちゃった。困ったな。
　　2　お待たせして、ごめんなさい。
　　3　お先にごめんなさい。

2番

挨拶をして帰る女性に、あなたは何と言いますか。

M：1　お疲れさま。
　　2　もう帰りますか。
　　3　失礼しました。

3番

アルバイトの最初の日です。みんなに何と言いますか。

M：1　田村です。覚えておいてください。
　　2　田村です。よろしくお願いします。
　　3　田村です。頑張ってください。

4番

友だちが、あなたの読みたい本を持っています。何と言いますか。

F：1　その本、貸してくれない？
　　2　この本、借りてくれない？
　　3　この本、貸してあげてもいい？

問題5

例

M：日本語がお上手ですね

F：1　いいえ、けっこうです。
　　2　いいえ、そうはいきません。
　　3　いいえ、まだまだです。

1番

M：では、今日の仕事はこれで終わりです。

F：1　はい、どうも疲れました。
　　2　はい、お疲れさまでした。
　　3　はい、お疲れになりました。

2番

F：この書類のコピー、三時までに、よろしくお願いします

M：1　はい、承知しました。
　　2　はい、承知します。
　　3　こちらこそ、よろしくお願いします。

3番

M：この椅子、ちょっと借りていい？

F：1　うん、かまわないよ。
　　2　うん、おかまいなく。
　　3　うん、借りて。

4番

F：この荷物を預けたいんですが。

M：1　はい、かしこまりました。こちらが預けます
　　2　はい、かしこまりました。こちらに預けます
　　3　はい、かしこまりました。こちらでお預かりします。

5番

F：ちょっとおたずねしたいんですが。

M：1　それはありがとうございます。
　　2　どんなことでしょうか。
　　3　どちらにいらっしゃいますか。

6番

F：公園では禁煙ですよ。

M：1　はい、知っていました。

　　2　いいえ、気にしないでください。

　　3　すみません。以後注意します。

7番

F：地下鉄よりタクシーのほうが、時間がかかりますよ。

M：1　じゃ、急ぐから地下鉄で行きます。

　　2　じゃ、急ぐからタクシーで行きます。

　　3　じゃ、急ぐからタクシーで帰ります。

8番

F：この服、私には子どもっぽいかな。

M：1　そんなことないよ。よく似合うよ。

　　2　そんなことないよ。あまり似合わないよ。

　　3　そんなことないよ。子どもみたいだよ。

日本語能力試験聴解 N3　第三回

問題1

例

男の人と女の人が家で話をしています。明日、女の人は何時に家を出ますか。

F：明日、早く家を出ないと。

M：めずらしいね。

F：会議だから、遅刻できないの。

M：大阪で会議？

F：うん。10時には大阪駅に着いてなきゃ。

M：新幹線の切符は？

F：それは買ってあるの。ええと…ちょうど7時発だわ。

M：それなら6時半に家を出れば間に合うんじゃない？

F：無理よ。あなたなら大丈夫だけど、私は発車の1時間前には出るわ。

M：まあ、確かに、早めに出た方がいいね。

明日、女の人は何時に家を出ますか。

1番

先生の研究室で、先生と学生が話しています。学生はこの後、まず何をしますか。

F：先生、おはようございます。

M：ああ、おはよう。安倍さん、君が今年のリーダーだったね。じゃ、今年の授業について説明しますよ。

F：はい、よろしくお願いします。

M：僕が教室に行く前に、教室の机を、コの字型に並べておいてください。今日は僕が並べておいたから、来週からみんなでやっておいて。

F：わかりました。

M：それと、授業で使う資料を毎回取りに来てください。今日のはこれです。これを教室に持って行っておいてください。

F：はい、宿題の方はコピーしましょうか？

M：いや、それは後で田口さんがやってくれるからいいよ。資料は、順番を決めて誰かが一人取りにくればいいです。あと、学生全員の連絡先リストを作ってもらえますか。メールアドレスと携帯の番号だけでいいから。

F：はい。では、授業の後で連絡先を聞いて、今晩、作ります。

M：うん。悪いけど、よろしく。

学生はこの後、まず何をしますか。

2番

男の人と女の人が話しています。女の人が今日買うものは何ですか。

F：明日からいよいよ台湾に行くのね〜。楽しみ〜。

M：そうだね。だけど、一週間も家にいないんだから、その準備が大変だよ。

F：だいじょうぶ。冷蔵庫には、もうビールしか入ってないし。だから、夕ご飯はコンビニのお弁当でいい？　私、買ってくるから。

M：もちろんいいよ。で、新聞は？

F：ああ、1週間配達しないようにって新聞屋に電話すればいいのよね。やっておく。それから、私は明日、仕事の帰りに、おみやげを買ってくるわ。お菓子がいいかな。それとも…。

M：でも、それは明日、空港でもいいんじゃない。僕もいっしょに選ぶよ。

F：赤ちゃんのおみやげは、おもちゃがいいかな。

M：そうだね。

女の人が今日買うものは何ですか。

3番

歯医者で女の人と男の人が話しています。男の人はいつ予約をしますか。

F：次の予約はいつがいいですか。

M：ええと、水曜日がいいんですけど。

F：そうしますと、来週の18日ですね。空いているのは、午前9時から10時までと、夕方6時から6時半までになりますが…。

M：そうですか。…間に合うかな。じゃ、土曜日の3時はどうですか。

F：ああ、土曜日の午後は、お休みなんです。

M：そうですか。

F：その次の週はどうでしょうか。この日なら夜7時から9時まで空いていますが。

M：ああ、その日は出張なので…いいです。この日に来ます。早く治したいから。仕事が終わったら急いできます。

F：わかりました。では6時で大丈夫ですか。

M：はい。お願いします。

男の人はいつ予約をしますか。

4番

男の人と女の人がお客を迎える準備をしています。女の人は、何を買いに行かなければなりません
か。

F：さあ、これで準備はできたわ。

M：何か、僕が手伝うことある？

F：そうね。ビールもワインも買ってきたし、お料理もできたし。そうだ、玄関のお掃除をしてお
いてくれる？

M：ああ、わかった。

F：私は、玄関に花を飾るわ。

M：ああ、このバラの花だね。

F：そう。

M：ところで、今日は誰と誰が来ることになっているの？

F：谷川さんご夫妻がお子さんたちを連れて。あ、しまった。大人の飲み物だけしかないわ。買っ
てこなくちゃ。

女の人は、何を買いに行かなければなりませんか。

5番

男の学生と女の学生が話しています。男の学生は、今日まず、何をしますか。

M：ああ、大変だ〜

F：どうしたの？

M：金曜日までに、レポートを提出しなければならないだろう。もう、半分以上書いたんだけどさ。

F：じゃ、大丈夫じゃない。今日は水曜日だから十分間に合うでしょう。

M：でも、明日は歴史の試験があるし、明後日は漢字の試験なんだ。まったく勉強してないから、
今日と明日は歴史と漢字の勉強をしなくちゃならないし、レポート書く時間がないよ。

F：レポートは、水曜日に連絡すれば、来週の月曜日までに提出すればいいって、先生おっしゃっ
てなかった？

M：そ、そうだった。いいこと教えてくれてありがとう。

男の学生は、今日まず、何をしますか。

6番

男の人が、店員と話しています。男の人はどのネクタイを買いますか。

M：色は、なるべく明るい方がいいんですが。

F：こちらはいかがでしょう。明るくてちょっと変わった面白いデザインですよ。

M：うーん、ただ、あんまり変わった模様が入っているのもちょっとね…。

F：では、こちらはいかがですか。

M：うん…あ、水玉模様だね。ただ、同じ水玉なら、こっちがいいかな。そっちは暗い所だと模様
　　が見えないから。

F：そうですね。小さい水玉より、こちらの水玉の方がはっきりしていて明るくていいですね。

M：そうだね。落ち着いた感じだから、仕事で出かけるときにもいいな。これください。

男の人はどのネクタイを買いますか。

問題2

例

男の学生と女の学生が話をしています。男の学生は、昨夜何をしていたから眠いのですか。

M：あ〜（あくびの音）…ああ眠たい。

F：遅くまでレポート書いてたのね。

M：いや、レポートはけっこう早く終わったんだよ。

F：へえ。じゃ、あっ、ゲームでしょう。

M：ちがうよ。レポートが9時ごろ終わって、すぐ寝ようとしたんだよ。だけど、眠れなかったん
　　だんだ。おなかすいちゃってさ。

F：まあ。

M：で、コンビニに行ったら、田中に会って。一緒に近くの店に行って2時まで飲んでたんだ。

F：なーんだ。

男の学生は、昨夜何をしていたから眠いのですか。

1番

案内の人が、美術館の見学について話しています。この美術館の中で、してはいけないことはどれですか。

F：この美術館では、作品がガラスケースに入っていません。手で触ってもいいことになっているのです。お子さんにも、赤ちゃんにも、どんどん触らせてあげてください。また、靴を脱いで中に入れる作品もあります。中に入らないとその素晴らしさがわからないかもしれませんね。写真やスケッチも、もちろんかまいません。ただ、他のお客さまのじゃまにならないようにしてください。美術館の中は禁煙ですから、喫煙所もありません。食べる場所は、2階のレストランと、地下に、売店と食堂があります。そこでお願いします。

この美術館の中で、してはいけないことはどれですか。

2番

女の人と男の人が車について話をしています。男の人が車を買いたくない理由は何ですか。

F：子どもたちがいると、車があると便利だよね。

M：だけど、君は運転しないじゃない。まあ、僕も運転嫌いじゃないからいいけど。

F：この前みたいにプリンターなんか買っても、車だと、自分たちで持って帰れるよ。

M：お店に配達してもらわなくてもいいしね。ただ、車は環境によくないんじゃない。

F：じゃ、新しく出た、ガソリンがいらない自動車はどう？

M：うーん。それはいいけど、家の家賃の上に駐車場代もいるし…。

F：それもそうね。

M：そうだよ。この近所は高いんだろう。

F：2万円ぐらいだね。

M：ううん。やっぱりやめよう。荷物は僕が持つよ。

男の人が車を買いたくない理由は何ですか。

3番

先生と母親が話しています。先生は、今の子どもたちには何が足りないと言っていますか。

M：貴くんは、最近学校のことを何か話していますか。

F：はい、サッカーを始めてから友だちがたくさんできて楽しいと言っています。ただ、家ではゲームばかりやって。

M：そうですか。

F：宿題も勉強も、自分からはすすんでやろうとしないんですよ。

M：そうですか。人に言われてではなく、自分で、やろうという気持ちになって欲しいですね。そのためには、何か、勉強の目標があるといいのです。

F：それはないですね。

M：最近の子どもたちは、みんなそうですよ。

先生は、今の子どもたちには何が足りないと言っていますか。

4番

男の人がカバンについて話しています。男の人は、どんなカバンがいいと言っていますか。

M：学生の頃は、とても大きいカバンを持っていました。テキストやノートだけでなく、毎日、ノートパソコンも持っていっていたので。しかし、会社に勤めてからは、それほど大きいカバンはいらなくなりました。第一、満員電車では人の邪魔になりますからね。一番いいのは、たくさん入るけれど、何も入れない時も形がくずれない、しっかりした丈夫なカバンです。大学の頃のように、毎日荷物が多いわけではないですが、たまには、本やパソコンを入れることもありますので。値段は少しぐらい高くても、そんなカバンがいいですね。

男の人は、どんなカバンがいいと言っていますか。

5番

女の社員と、男の新入社員が話しています。新入社員はどんな失敗をしましたか。

F：先週の金曜日だけど、田中君、そのまま帰っちゃったよね。

M：はい、川上さんも、課長ももういらっしゃらなかったので。

F：何時頃？

M：たしか、7時頃です。

F：それはまずいよ。土曜日は、システムサービスの人が来る日なんだから。

M：はい、だから全部のパソコンを準備しておきましたけど。

F：それはいいけど、部屋の鍵は田中君がもっているんでしょう。

M：ああ、そうか、パソコンのある部屋の鍵を閉めて帰っちゃいけなかったんですね。

F：そうよ。下の管理人室にも、誰もいなかったから、私が来て鍵を開けたのよ。

M：そうか…すみませんでした。

新入社員はどんな失敗をしましたか。

6番

女の人が話をしています。「食育」とは何ですか。

F：日本でも"食育"が注目されています。食育とは、子どもたちが健康で安全な食生活を送れるように、食べものに関する知識や判断力を身につけさせる教育のことです。食育には、自分の食べるものは他人まかせにせず、自分で判断できる人になってほしいという願いがこめられています。テレビや雑誌、広告で「この食べ物は健康にいい」「この食べ物を食べたら病気が治った」などと紹介されているのを見たことがあると思いますが、このような食に関する情報の中には役に立つものもあるけれど、全部が正しいとは限りません。見たこと聞いたことをそのまま信じてしまうのは、実は危険なことだということを判断するのも食育のねらいです。

「食育」とは何ですか。

問題3

例

男の人と女の人が、休み時間に話をしています。

M：あのう、キムさん、来週の金曜日、時間ある。

F：金曜日？ 国から友だちが来るから、迎えに行くつもりだけど。

M：そうか。じゃ、無理だよな。

F：でも、午後は空いてるよ。その友だちとランチを食べて大学に案内するだけだから。どうして？

M：実は、日本語学校の先生から通訳を頼まれたんだけど、その時間、ちょうどバイトがあるんだ。だから、誰かに変わってもらえないかと思って。

聴解

165

F：午後2時からでいいの。

M：ああ、もし、頼めたら助かるよ。

F：いいわよ。この前代わってもらったし。

男の人は、女の人に何を頼みましたか。
1　友だちを飛行場に迎えに行くこと
2　友だちを大学に案内すること
3　日本語学校の先生の通訳をすること
4　アルバイトを代わってもらうこと

1番

男の学生と女の学生が授業について話をしています。

F：田中先生は、出席にはきびしいけど、テストはやさしいって。

M：へえ。テスト、簡単なのか。

F：中本先生も、テストはやさしいそうよ。出席もそんなに厳しくないって。

M：うーん。ぼくはやっぱり、話がおもしろい先生がいいな。

F：長谷川先生は、めったに一番いい成績をつけないけれど、授業がすごく面白いんだって。高橋
　　先輩、去年、成績は悪かったけど、あの授業が一番よかったって話してたよ。

M：じゃ、ぼくも、その授業をとろうかな。

F：でも、テストは難しいってことだよね。

M：長谷川先生は、出席もとらないらしいよ。

F：つまり、授業に出ているだけじゃだめだ、ってことだよね。どうしようかな。

男の学生は、どんな先生の授業を受けたいと言っていますか。
1　宿題を出さない先生の授業
2　出席をとらない先生の授業
3　授業が面白い先生の授業
4　テストが簡単な先生の授業

2番

新しい商品の説明会で男の人が話しています。

M：こちらの製品は、今までですと、なかなか取れなかった、少し濡れているごみまで乾かして吸ってしまうパワーがあります。たとえば、洗面所の髪の毛や、泥なども、乾かすスイッチをオンにすれば、このように、すぐ吸い込んでしまうわけです。もちろん、窓の埃も大丈夫です。テレビの後ろなども、吸い込み口をとりかえれば、ほら、この通り、きれいになります。ふとんにもお勧めです。ただ、水で濡れた床は、雑巾で拭いてから使ってください。また、水をそのまま吸い込むと、故障の原因になるので、気をつけて下さい。

男の人は、どんな商品について話していますか。

1　ヘアドライヤー
2　洗濯機
3　掃除機
4　テレビ

3番

女の人が、写真を注文しています。

M：こちらの写真は、あと2時間ほどで出来上がりますが、お待ちになりますか。

F：そうね、…もう少し早くできませんか。

M：空いていれば1時間ほどでできることもあるんですが、今日はあいにく混んでいますので2時間はかかると思います。

F：そうですか…。

M：特急料金だと500円高くなりますが、30分ぐらいでできます。

F：30分ね…近くでコーヒーを飲んで待っていてもいいけど、どうしようかなあ。

M：どちらでも…。

F：まあ、今日はそんなに急がないし、買い物もあるから、いいです。2時間たったらまた来ます。

M：はい。申し訳ございません。

女の人は、いつ写真を受け取りに来ますか。
1　2時間後
2　1時間後
3　30分後
4　明日

例

友_{とも}だちに借_かりた傘_{かさ}をなくしました。何_{なん}といいますか。

F：1　借_かりた傘_{かさ}、なかったの。ごめんなさい。

　　2　借_かりた傘_{かさ}、なくなったみたいなの。ごめんなさい。

　　3　借_かりた傘_{かさ}、なくしちゃったの。ごめんなさい。

1番

あなたの後_{うし}ろでエレベーターに乗_のろうとしているお年寄_{としよ}りがいます。何_{なん}と言_いいますか。

F：1　お先_{さき}にどうぞ

　　2　すみません

　　3　どうも失礼_{しつれい}します

2番

デパートで、出口_{でぐち}がわからなくなったので、店員_{てんいん}に聞_ききます。何_{なん}と言_いいますか。

F：1　出口_{でぐち}がわからないです。

　　2　出口_{でぐち}はどちらでしょうか？

　　3　出口_{でぐち}に行_いきたいです。

3番

電話_{でんわ}の相手_{あいて}の声_{こえ}が聞_きこえない時_{とき}、何_{なん}と言_いいますか。

M：1　もっと大_{おお}きい声_{こえ}で話_{はな}せませんか。

　　2　少_{すこ}しお電話_{でんわ}が遠_{とお}いようですが。

　　3　大_{おお}きい声_{こえ}を出_だしてください。

4番

服を買う前に1度着たいです。店員に何と言いますか。

F：1　この服が着たいです。

　　2　この服を着せてみていいですか。

　　3　この服、着てみていいですか。

問題5

例

M：日本語がお上手ですね

F：1　いいえ、けっこうです。

　　2　いいえ、そうはいきません。

　　3　いいえ、まだまだです。

1番

M：いつも何で来るんですか

F：1　いつもとは限りません。

　　2　何でもありません。

　　3　地下鉄とバスで来ます。

2番

F：日本語、どこで勉強したのですか。

M：1　私の国の日本語学校です。

　　2　あまり上手じゃありません。

　　3　いえ、そんなに勉強はしていません

3番

M：今日は野球の試合なのに、雨だね。

F：1　うん。がっかりだよ。

　　2　うん。そっくりだよ。

　　3　うん。失敗だよ。

4番

F：あなたは何時頃こちらにいらっしゃいますか。

M：1　10時にいらっしゃいます。

　　2　10時に参ります。

　　3　10時までです。

5番

F：酒井先生をご存知ですか。

M：1　はい、知りません。

　　2　いいえ、存じません。

　　3　はい、ご存知です。

6番

F：あのチーム、なかなか強いね。

M：1　うん。練習しなかったんじゃない？

　　2　うん。きっと負けるんじゃない？

　　3　うん。ずいぶん練習したんじゃない？

7番

M：山村<ruby>山村<rt>やまむら</rt></ruby>さん、<ruby>交通事故<rt>こうつうじこ</rt></ruby>にあったらしいよ。

F ：1　えっ、まさか！さっきまでそこで<ruby>話<rt>はな</rt></ruby>していたんだよ。

　　2　えっ、わざわざ？さっきまでそこで<ruby>話<rt>はな</rt></ruby>していたのに。

　　3　えっ、さっきまでそこで<ruby>話<rt>はな</rt></ruby>していたからね。

8番

F ：<ruby>冷<rt>つめ</rt></ruby>たいうちにどうぞ。

M：1　いただきます。…ああ、あたたかくておいしいです。

　　2　いただきます。…ああ、<ruby>冷<rt>つめ</rt></ruby>たくておいしいです。

　　3　いただきます。…ああ、<ruby>体<rt>からだ</rt></ruby>が<ruby>温<rt>あたた</rt></ruby>かくなりました。

JLPT N3

かいとう　かいせつ
解答と解説

STS

1

| 解 答 | 2 |

日文解題

【一　イチ・イツ　ひと・ひと - つ】
【方　ホウ　かた】
【通　ツウ・ツ　かよ - う・とお - る】
【行　コウ・ギョウ・アン　い - く・ゆ - く・おこな - う】

「一」の音読みは「いち」「いつ」だが、ここでは「いち」が、発音がかわって「いっ」となる。「方」の音読みは「ほう」だが、発音が変わって「ぽう」になる。「通」の音読みは「つう」「つ」だが、ここでは「つう」と読む。「行」の音読みは「こう」「ぎょう」「あん」だが、ここでは「こう」と読む。

特に「いっぽう」の読み方に注意する。

他の例：一本　×いちほん　○いっぽん

一字一字、小さい「っ」やのばす音の「う」が間違っていないか確認しよう。

「一方通行」は「道路で、車や人がある方向でしか行けないこと」。

中文解說

【一　イチ・イツ　ひと・ひと - つ】
【方　ホウ　かた】
【通　ツウ・ツ　かよ - う・とお - る】
【行　コウ・ギョウ・アン　い - く・ゆ - く・おこな - う】

「一」可以唸作「いち」和「いつ」，雖然在這裡應該唸為「いち」，但用於此處發音會產生音變，所以應唸為「いっ」。「方」雖唸作「ほう」，但發音也會產生音變，所以應唸作「ぽう」。「通」的念法有「つう」、「つ」，這裡應唸為「つう」。「行」的念法有「こう」、「ぎょう」、「あん」，這裡應唸為「こう」。請特別注意「いっぽう」的念法。

其他例子：一本不唸作いちほん，應唸作いっぽん。

請注意不要把促音的「っ」和長音的「う」弄錯了。

「一方通行／單向通行」是指「道路で、車や人がある方向でしか行けないこと／在道路上，汽車和人只能朝某個方向前進」。

2

| 解 答 | 1 |

日文解題

【祭　サイ　まつ - り】

4「かざり」は漢字で書くと「飾り」。

「祭り」は「にぎやかなもよおし」のこと。

中文解說

【祭　サイ　まつ - り】

選項4「かざり／裝飾」寫成漢字是「飾り／裝飾」。

「祭り／祭典」是「にぎやかなもよおし／熱鬧的活動」。

3

| 解　答 | 4 |

| 日文解題 |

【派　ハ】
【手　シュ　て・た】
「手」の訓読みは「て」「た」だが、ここでは「て」。しかし、発音が「で」になることに注意する。1は「手」を音読みの「しゅ」と読んでいるので不適切。2は「で」に変化していないので不適切。
「派手」は「色、もよう、動作などがはなやかで目立つ様子」。

| 中文解説 |

【派　ハ】
【手　シュ　て・た】
「手」的訓讀有「て」、「た」，在這裡唸作「て」。但請注意發音要變成「で」。選項1把「手」唸成音讀的「しゅ」，所以不正確。選項2的「手」讀音沒有變成「で」，所以也不正確。
「派手／華麗」是指「色、もよう、動作などがはなやかで目立つ様子／顔色、圖案、動作等引人注目的樣子」。

4

| 解　答 | 3 |

| 日文解題 |

【美　ビ　うつく‐しい】
【容　ヨウ】
【師　シ】
1は「美」を「ぴ」と読んでいるので不適切。2は「容」の、のばす音が「よお」となっているので不適切。4は「よう」の「よ」が小さい「ょ」になっているので不適切。

| 中文解説 |

「美容師」は「かみの毛の形や顔を、美しくする人」のこと。
【美　ビ　うつく‐しい】
【容　ヨウ】
【師　シ】
選項1把「美」唸成了「ぴ」所以不正確。選項2「容」的長音唸成了「よお」所以不正確。選項4「よう」的「よ」寫成了小字的「ょ」，所以不正確。
「美容師／造型師」是指「かみの毛の形や顔を、美しくする人／替別人做頭髮造型或美容的人」。

5

| 解　答 | 2 |

| 日文解題 |

【努　ド　つと‐める】
【力　リョク・リキ　ちから】
「力」の音読みは「りょく」「りき」だが、ここでは「りょく」と読む。1は「力」の小さい「ょ」の字がないので不適切。3は大きい字「よ」になっているので不適切。小さい字「ょ」に注意しよう。
「努力」は「いっしょうけんめいやること」。

中文解說 【努　ド　つと‐める】
【力　リョク・リキ　ちから】
「力」的音讀是「りょく」、「りき」，在這裡唸作「りょく」。選項1「力」沒有寫到小字「ょ」，所以不正確。選項3寫成了大字的「よ」所以不正確。請特別注意小字的「ょ」。
「努力／努力」是「いっしょうけんめいやること／拼命去做」的意思。

6

解　答　3

日文解題 【方　ホウ　かた】
【法　ホウ】
1は「法」の、のばす音が「ほお」となっているので不適切。のばす音の書き方に注意する。
「方法」は「ものごとを行うときのやり方」。

中文解說 【方　ホウ　かた】
【法　ホウ】
選項1「法」的長音寫成了「ほお」所以不正確。請注意長音的寫法。
「方法／方法」是「ものごとを行うときのやり方／處理事物的方式」。

7

解　答　1

日文解題 【本　ホン　もと】
【日　ニチ・ジツ　ひ・か】
「日」の音読みは「にち」「じつ」だが、ここでは「じつ」と読む。
2「きょう」は漢字で書くと「今日」。3は「日」の読み方を間違えている。4は「日」の読み方を訓読みしているので不適切。「日」の読み方に注意しよう。
「本日」は「『今日（きょう）』の改まった言い方」。

中文解說 【本　ホン　もと】
【日　ニチ・ジツ　ひ・か】
「日」的音讀有「にち」和「じつ」，在這裡唸作「じつ」。
選項2「きょう」寫成漢字是「今日」。選項3把「日」的讀音寫錯了。選項4把「日」的念法寫成訓讀，所以不正確。請特別注意「日」的念法。
「本日／本日」是「『今日（きょう）』の改まった言い方／『今天』的鄭重表現方式」。

8

解　答　3

日文解題 【無　ム・ブ　な‐い】
【駄　ダ】
「無」の音読みは「む」「ぶ」だが、ここでは「む」と読む。
1「ぶじ」は漢字で書くと「無事」。2と4は「無」の読み方を間違えている。
「無駄」は「役に立たないこと」。

【無　ム・ブ　な‐い】
【駄　ダ】
「無」的音讀是「む」「ぶ」，在這裡唸作「む」。
選項1「ぶじ」寫成漢字是「無事」。選項2和4把「無」的念法寫錯了。
「無駄／徒勞」是指「役に立たないこと／沒有助益」。

第1回　言語知識（文字・語彙）　問題2　P21

9

解答 1

日文解題 「致し（いたし）」は、辞書形は「致す」で、「『する』『…する』のへりくだった（自分を低くあつかって相手をうやまう）言い方」。
例：1　その仕事は私が致します。

中文解説 「致し（いたし）」的辭書形是「致す」，這是『する』『…する』的謙讓語，是降低自己以提高對方地位的說法。
選項1的例句：その仕事は私が致します。（那份工作由我來做。）

10

解答 4

日文解題 「入場（にゅうじょう）」は「会場などに入ること」。2「入浴」は「にゅうよく」と読み、「ふろに入ること」。3は「入」の字が「人」になっているので不適切。「入」を「人」にしないように注意する。

中文解説 「入場（にゅうじょう）／入場」是指「会場などに入ること／進入會場」。選項2「入浴／入浴」唸作「にゅうよく」，意思是「ふろに入ること／進入浴室」。選項3把「入」寫成「人」所以不正確。請注意不要把「入」誤認成「人」字。

11

解答 2

日文解題 「発車（はっしゃ）」は「電車やバスなどが走り出すこと」。3「発射」も「はっしゃ」と読むが、「ロケットなどを打ち出すこと」。1「発行（はっこう）」は「本・新聞・雑誌などを世に出すこと」。
例：1　新聞を発行する。
2　電車は5分後に発車する。
3　ロケットが発射された。

中文解説 「発車（はっしゃ）／發車」是「電車やバスなどが走り出すこと／電車或巴士出發」的意思。選項3「発射／發射」也唸作「はっしゃ」，意思是「ロケットなどを打ち出すこと／發射火箭等物體」。選項1「発行（はっこう）／發行」是指「本・新聞・雑誌などを世に出すこと／書報雜誌等刊物的上市」。

選項例句：

選項1　新聞を発行する。（報紙發行。）

選項2　電車は5分後に発車する。（電車五分鐘後發車。）

選項3　ロケットが発射された。（火箭發射了。）

12

| 解　答 | 3 |

日文解題

「罪（つみ）」は「してはいけない悪いこと」。

1「罰（ばつ）」は、「悪いことをしたことに対するこらしめ」。「罪」と「罰」の意味の違いに注意する。「罰に問われる」という言い方はしない。

例：1　宿題をしなかった罰として、掃除をさせられた。

3　交通規則を守らなかったため、罪に問われた。

中文解說

「罪（つみ）／罪」是指「してはいけない悪いこと／不被容許的壞事」。

選項1「罰（ばつ）／懲罰」是「悪いことをしたことに対するこらしめ／對做壞事者的懲戒」。請注意「罪」和「罰」的不同含意。沒有「罰に問われる」這種說法。

選項例句：

選項1　宿題をしなかった罰として、掃除をさせられた。（因為沒寫作業，所以被罰打掃了。）

選項3　交通規則を守らなかったため、罪に問われた。（因為不遵守交通規則，結果被處以罰則了。）

13

| 解　答 | 2 |

日文解題

「判断（はんだん）」は「よいか悪いか、本当かうそかなどを、考えて決めること」。文の意味に合う正しいことばは2だけである。

中文解說

「判断（はんだん）／判斷」是「よいか悪いか、本当かうそかなどを、考えて決めること／斷定某事是好是壞、是真是假等等」。和題目句意思相符的正確詞語只有選項2。

14

| 解　答 | 1 |

日文解題

「書類（しょるい）」は「必要なことを書いてある文書」。「類」の字の形に注意する。

中文解說

「書類（しょるい）／文件」是指「必要なことを書いてある文書／書寫必要的資訊的文書」。請注意「類」的字形。

15

解答 1

日文解題 「芝居」は「演劇」のこと。すばらしい演劇を見て、感激して表す動作は1「拍手」。手を打って「パチパチ」と音を出す動作である。

2「大声」は「大声が止まない」とは言わないので不適切。3「足音」、4「頭痛」では文の意味が変になる。

例：1　きれいなコーラスに、みんなは拍手をした。

中文解說 「芝居／戲劇」是「演劇／戲劇」的意思。看了精彩的戲劇，而表示感動的動作是選項1「拍手／拍手」，這是拍打雙手發出「パチパチ／劈啪」聲音的動作。

選項2的「大声／大聲」，沒有「大声が止まない」這種說法，所以不正確。選項3「足音／腳步聲」、選項4「頭痛／頭痛」與句子文意不符。

例句：選項1　きれいなコーラスに、みんなは拍手をした。（聽了動人的合唱後大家都拍手鼓掌。）

16

解答 1

日文解題 様子や状態を表すことば（擬態語）の問題。「涙がこぼれる」は「涙がいっぱいになって、あふれて落ちる」こと。この状態に合うことばは、1「ぽろぽろ」である。

2「するする」は「簡単にする様子」。3「からから」は「声を高くして笑う様子」。4「きりきり」は「激しく痛む様子」。

例：1　悲しい映画を見て、涙がぽろぽろ流れた。

2　せまい道を自転車でするする走る。

3　おかしいテレビ番組を見て、からからと笑う。

4　胃がきりきり痛む。

中文解說 這題問的是表示樣子或狀態的擬態語。「涙がこぼれる／流淚」是指「涙がいっぱいになって、あふれて落ちる／眼淚很多滿溢流下」。符合這個狀態的詞語是選項1「ぽろぽろ／撲簌簌」。

選項2「するする／順利的」是指「簡単にする様子／簡單進行的樣子」。選項3「からから／哈哈」是指「声を高くして笑う様子／高聲大笑的樣子」。選項4「きりきり／劇痛」是「激しく痛む様子／強烈疼痛的樣子」。

選項例句：

選項1　悲しい映画を見て、涙がぽろぽろ流れた。（我觀賞悲傷的電影，眼淚撲簌簌地流了下來。）

選項2　せまい道を自転車でするする走る。（在狹窄的道路上飛快地騎著自行車。）

選項3　おかしいテレビ番組を見て、からからと笑う。（我看了滑稽的電視節目，不禁大笑起來。）

選項4　胃がきりきり痛む。（我的胃激烈劇痛。）

17

| 解　答 | 3 |

日文解題

「お巡りさん」は「警察官」のこと。お巡りさんは３「派出所」で働いている。派出所は「交番」ともいう。

１「消防署」は「火事を消したり、けが人や急病人などを助けたりする仕事をする所」。２「郵便局」、４「市役所」もお巡りさんの働く所ではない。

中文解說

「お巡りさん／巡警」是「警察官／警察」的意思。警察的工作地點是選項３「派出所／派出所」。派出所也稱作「交番／派出所」。

選項１「消防署／消防局」是「火事を消したり、けが人や急病人などを助けたりする仕事をする所／負責撲滅火災、救助傷患和急診病患等工作的單位」。選項２「郵便局／郵局」、選項４「市役所／市政府」都不是警察工作的地點。

18

| 解　答 | 4 |

日文解題

（　　）の後の「〜な仕事」とあることに注目する。また、「引き受けてしまった」とあることから、その仕事を引き受けたのを後悔していることがわかる。

１「批判」は「批判な」とは言わないので不適切。２「懸命」は「懸命な仕事」とは言わないので不適切。３「必要」は「必要な仕事」を引き受けた時は、後悔しないので不適切。

４「面倒」は「やりづらい。やっかいな」こと。「面倒な仕事」を引き受けてしまったということである。したがって４「面倒」が入る。

例：４　雨が降っているので、買い物に行くのが面倒だ。

中文解說

請注意（　　）後的「〜な仕事／〜的工作」。另外，因為題目中提到「引き受けてしまった／接受了（很糟糕）」，因此可知是接受了這份工作後感到後悔。

選項１「批判／批評」，沒有「批判な」的說法，所以不正確。選項２「懸命／拼命」，沒有「懸命な仕事」的說法，所以不正確。選項３「必要／必要」，接受「必要な仕事／必要的工作」時不會感到後悔，所以不正確。

選項４「面倒／麻煩」是指「やりづらい。やっかいな／很難做、麻煩」。題目的意思是接受了「面倒な仕事／麻煩的工作」後果很糟糕。因此應填入選項４「面倒／麻煩」。

例句：選項４　雨が降っているので、買い物に行くのが面倒だ。（下雨了，懶得出門買東西。）

19

| 解　答 | 2 |

日文解題

ことばの後に付くことばの問題。「理解」に付くことばは２「力」。「力」は「実力。力」。「理解力」は「理解する力」をいう。

１「面」は「方面。向き」。３「点」は「特に取り上げるところ」。４「観」は「見方。考え方」。

例：１　彼は勉強だけでなく、スポーツの面でも、すぐれている。

２　友だちは読解力がある。

３　私の悪い点は、忘れ物をすることだ。

4 この本を読んで、人生観が変わった。

這題問的是接在詞語後的字。可以接在「理解／理解」後的字是選項2「力／力」。「力／力」是指「実力。力／實力、力量」。「理解力／理解力」是指「理解する力／理解的能力」。

選項1「面／面」是指「方面。向き／方面、面向」。選項3「点／點」是指「特に取り上げるところ／特別舉出的地方」。選項4「観／觀」是指「見方。考え方／見解、想法」。

選項例句：

選項1 彼は勉強だけでなく、スポーツの面でも、すぐれている。（不單是學習方面，他連體育也很優秀。）

選項2 友だちは読解力がある。（我朋友擁有（優秀的）解讀能力。）

選項3 私の悪い点は、忘れ物をすることだ。（我的缺點是健忘。）

選項4 この本を読んで、人生観が変わった。（讀了這本書後，我的人生觀改變了。）

20

解 答　　1

日文解題　カタカナで書くことば（外来語）の問題。1「リサイクル〔英語 recycle〕」は「捨てるようなものを再び利用すること」。2「ラップ〔英語 wrap〕」は「食品などを包むもの」。3「インスタント〔英語 instant〕」は「手軽にできること」。4「オペラ〔イタリア語 opera〕」は「歌手が歌いながら演じる劇」。

（　）の前の「ペットボトル」に注目する。ペットボトルをどうするのかを表したことばは1「リサイクル」。ペットボトルをもう一度利用するのである。

例：1 新聞紙をリサイクルする。

2 肉をラップで包む。

3 インスタントラーメンを食べる。

4 「ロミオとジュリエット」のオペラを見て、感激する。

中文解說　這題問的是用片假名書寫的外來語。選項1「リサイクル〔英語 recycle〕／回收」是指「捨てるようなものを再び利用すること／將原本要丟棄的垃圾回收再利用」。選項2「ラップ〔英語 wrap〕／保鮮膜」是「食品などを包むもの／包裹食品等物件的東西」。選項3「インスタント〔英語 instant〕／速成」是指「手軽にできること／簡便完成的事物」。選項4「オペラ〔イタリア語 opera〕／歌劇」是指「歌手が歌いながら演じる劇／歌手以歌唱方式詮釋的戲劇」。

請注意（　）前的「ペットボトル／寶特瓶」。能表示“如何處理寶特瓶”的是選項1「リサイクル／回收」，意思是將寶特瓶再次利用。

選項例句：

選項1 新聞紙をリサイクルする。（回收報紙。）

選項2 肉をラップで包む。（用保鮮膜把肉包起來。）

選項3 インスタントラーメンを食べる。（吃泡麵。）

選項4 「ロミオとジュリエット」のオペラを見て、感激する。（看了戲劇《羅密歐與茱麗葉》後非常感動。）

21

解　答　4

日文解題　「オーケストラ〔英語 orchestra〕」は「大勢の人がいろいろな楽器を使って演奏すること」。したがって、4「演奏」が正しい。

1「出演」は「映画やテレビなどに出て、話をしたり、劇をしたり、歌ったりすること」。2「予習」は「これから習うところを前もって勉強しておくこと」。3「合唱」は「みんなで声をそろえて歌うこと」。楽器を使わないので不適切。

例：1　映画に出演する。

2　明日の授業の予習をする。

3　合唱コンクールに出る。

4　ピアノで名曲を演奏する。

中文解説　「オーケストラ〔英語 orchestra〕／管絃樂」是指「大勢の人がいろいろな楽器を使って演奏すること／許多人分別用各種樂器一同演奏」。因此，選項4「演奏／演奏」正確。

選項1「出演／登台」是指「映画やテレビなどに出て、話をしたり、劇をしたり、歌ったりすること／在電影或電視劇中出場說台詞、演戲、唱歌等等」。選項2「予習／預習」是指「これから習うところを前もって勉強しておくこと／將之後要學習的地方預先學習一遍」。選項3「合唱／合唱」是指「みんなで声をそろえて歌うこと／大家齊聲歌唱」，但因為不會用到樂器，所以不正確。

選項例句：

選項1　映画に出演する。（出演電影。）

選項2　明日の授業の予習をする。（先預習明天的上課內容。）

選項3　合唱コンクールに出る。（參賽合唱比賽。）

選項4　ピアノで名曲を演奏する。（用鋼琴演奏名曲。）

22

解　答　3

日文解題　様子や状態を表すことば（擬態語）の問題。「身の回り」は「ふだん身につけていたり、そばに置いて使ったりしている物」。身の回りをどのように整理するかを表したことばは3「きちんと」で「きれいに整えられている様子」を表す。1「にこりと」は「笑っている様子」。2「ずらっと」は「人や物がたくさん並んでいる様子」。4「がらりと」は「状態が、急にすっかり変わる様子」。

例：1　妹はお小遣いをもらってにこりとした。

2　駅前は商店がずらっと並んでいる。

3　机の上をきちんと整理する。

4　2年でこの町のふんいきはがらっと変わった。

＊「ふんいき」は「その場所で感じられる気分」。

中文解説　這題問的是表示様子或状態的擬態語。「身の回り／隨身物品」是指「ふだん身につけていたり、そばに置いて使ったりしている物／平時帶在身上或放在身邊用的物品」。表達如何整理隨身物品的詞語是選項3「きちんと／好好的」，意思是「きれいに整えられている様子／整理整齊的樣子」。

選項1「にこりと／莞爾」是指「笑っている様子／微笑的樣子」。選項2「ずらっと／一長排」是指「人や物がたくさん並んでいる様子／許多人或物品排列

的様子」。選項4「がらりと／驟變」是指「状態が、急にすっかり変わる様子／狀態忽然完全改變的樣子」。

選項例句：

選項1　妹はお小遣いをもらってにこりとした。（妹妹拿到零用錢後露出了微笑。）

選項2　駅前は商店がずらっと並んでいる。（車站前有著一整排商店。）

選項3　机の上をきちんと整理する。（好好的整理桌面。）

選項4　2年でこの町のふんいきはがらっと変わった。（這座城市的氣氛在這兩內突然變了。）

＊「ふんいき／氣氛」是指"在某個地方所感受到的氛圍"。

23

解　答	1

日文解題

（　　）の後の「病気に」と結び付く動詞を探す。1「かかる」は「病気などになる」こと。したがって、1が正しい。

2「せめる」、3「たかる」、4「すすむ」は「病気に」と結び付かない。

例：1　インフルエンザにかかる。

中文解説

請找出可以接在（　　）後面的「病気に／生病」的動詞。選項1「かかる／罹患」是「病気などになる／生病」的意思。因此選項1正確。

選項2「せめる／攻擊」、選項3「たかる／乞討」、選項4「すすむ／前進」都不能接「病気に／疾病」。

選項例句：

選項1　インフルエンザにかかる。（感染流行性感冒。）

24

解　答	1

日文解題

「訪問する」は「よその家などをたずねる」こと。したがって、1「たずねた」が正しい。なお、「たずねる」には、「よその家に行く」という意味と「わからないことを人にきく」という意味がある。前者は「訪ねる」、後者は「尋ねる」と漢字で書く。意味や漢字の違いに注意しよう。

例：1　おばの家を訪問する。

おばの家を訪ねる。

中文解説

「訪問する／拜訪」是指「よその家などをたずねる／拜訪別人家」。因此，選項1「たずねた」正確。另外，「たずねる／拜訪、詢問」含有「よその家に行く／拜訪別人家」和「わからないことを人にきく／詢問別人關於自己不知道的事」兩種意思。前者寫成漢字是「訪ねる」，後者則是「尋ねる」。請注意漢字不同，意思也不同。

例句：選項1　おばの家を訪問する。（去阿姨家拜訪。）

おばの家を訪ねる。（去阿姨家拜訪。）

25

解　答	1

日文解題

「愉快」は「楽しくて気分がよい様子」。したがって、1「たのしい」が正しい。
2「くらい」は性質や気分が「たのしそうでない様子」を表す。3「まじめ」は「真心がある様子」。
例：1　今日の集会は愉快だった。
今日の集会はたのしかった。

中文解説

「愉快／愉快」是指「楽しくて気分がよい様子／開心、心情好的様子」。因此，選項1「たのしい／開心」正確。
選項2「くらい」表示性情或心情「たのしそうでない様子／不太開心的様子」。
選項3「まじめ／認真」是「真心がある様子／真心誠意的様子」。
例句：選項1　今日の集会は愉快だった。（今天的聚會很愉快。）
今日の集会はたのしかった。（今天的聚會很開心。）

26

解　答	3

日文解題

「やる気」は「何かをやろうという気持ち」のこと。これは、自分で進んでものごとをやろうとする「積極的な気持ち」を表しているので、3が正しい。
4の「消極的」は「積極的」の反対語（反対の意味のことば）である。また、1「気分」は「やる気」の「気」だけの意味なので不適切。

中文解説

「やる気／幹勁」是指「何かをやろうという気持ち／興致勃勃地準備做某事的心情」，是表示自己主動想做某事的「積極的な気持ち／積極的態度」，因此選項3正確。
選項4「消極的／消極」是「積極的／積極」的反義詞（相反意思的詞）。另外，選項1「気分／心情」並不是「やる気／幹勁」的「気」的意思，因此不正確。

27

解　答	4

日文解題

「ぶつける」は「物を強く投げて当てる」こと。したがって、4「強く当てた」が正しい。
2「投げた」は、ただボールを投げただけなので不適切。
例：かべに石をぶつけた。

中文解説

「ぶつける／撞上」是指「物を強く投げて当てる／用力扔物品」。因此選項4「強く当てた／用力砸」正確。
選項2「投げた／投」只有"投"球的意思，所以不正確。
例句：かべに石をぶつけた。（朝牆壁扔了石頭。）

28

解　答	2

日文解題

「相談する」は「どうすればよいかを話し合ったり、ほかの人の意見を聞いたりする」こと。したがって、2「話し合った」が正しい。
4「命令する」は「言いつける」こと。
例：2　学園祭のことをみんなで相談する。

学園祭のことをみんなで話し合う。

中文解説「相談する／討論」是指「どうすればよいかを話し合ったり、ほかの人の意見を聞いたりする／和別人商量怎樣做才好、聽取別人的意見」。因此選項2「話し合った／商議」正確。

選項4「命令する／命令」是「言いつける／吩咐」的意思。

例句：選項2　学園祭のことをみんなで相談する。（大家討論校慶要舉辦的活動。）

学園祭のことをみんなで話し合う。（大家一起商量校慶要舉辦的活動。）

だい かい	げんご ち しき も じ ご い	もんだい	
第1回	**言語知識（文字・語彙）**	**問題5**	**P24**

▍29

解　答	2

日文解題　「まかせる」は「信用して、その人のするようにさせる」こと。2は「あなたに難しい仕事をさせる」ということである。

▼誤りの選択肢を直す

1　願いがかなうように、神社に行ってお祈りをした。

＊「かなう」は「望みどおりになる」こと。

3　つらい思い出を忘れることはなかなかできないだろう。

4　その料理はレシピを見れば、かんたんにできると思う。

中文解説　「まかせる／委託」是指「信用して、その人のするようにさせる／信任某人、託付某人辦某件事」。選項2的意思是「あなたに難しい仕事をさせる／讓你做困難的工作」。

▼更正錯誤選項

選項1　願いがかなうように、神社に行ってお祈りをした。（去了神社祈求，希望願望得以實現。）

＊「かなう／實現」是「望みどおりになる／願望成真」的意思。

選項3　つらい思い出を忘れることはなかなかできないだろう。（不太可能忘記痛苦的回憶吧。）

選項4　その料理はレシピを見れば、かんたんにできると思う。（看了食譜後，覺得那道料理很容易就能完成了。）

▍30

解　答	3

日文解題　「経営」は「会社や店などの事業を行うこと」。3は「父はラーメン店を開いている」ということである。

▼誤りの選択肢を直す

1　テレビを見ると知識が増える。

2　勉強をはやく終えたいと思っている。

4　お湯が早くわくように火を強くしなさい。

| 中文解説 | 「経営/經營」是指「会社や店などの事業を行うこと/經辦公司和商店等事業」。選項3的意思是「父はラーメン店を開いている/父親正在經營拉麵店」。 |

▼更正錯誤選項

選項1　テレビを見ると知識が増える。（看了電視後知識增加了。）

選項2　勉強をはやく終えたいと思っている。（我想早點把書唸完。）

選項4　お湯が早くわくように火を強くしなさい。（為了讓水快點沸騰，請把火開大一點。）

31

| 解　答 | 1 |

| 日文解題 | 「命令」は「言いつける」こと。立場や地位の上の者が、下の者に言うことが多い。1の「止まれ」は「止まる」の命令形。「止まりなさい」よりも強い言い方である。「命令」する時は、命令形にすることに注意する。
2「好きなようにしていいよ」は許可を求める言い方である。3「何時に起きたの」は時間を問う疑問文である。4「ごめんなさい」は謝る言い方である。 |

| 中文解説 | 「命令/命令」是指「言いつける/吩咐」。通常是立場或地位較高的上位者對下位者用的說法。選項1「止まれ/停下」是「止まる/停止」的命令形。是比「止まりなさい/請停下」更強勢的說法。請注意，命令他人時要用命令形。
選項2「好きなようにしていいよ/想做什麼就做什麼」是徵求許可的說法。選項3「何時に起きたの/你幾點起床」是詢問時間的疑問句。選項4「ごめんなさい/對不起」是道歉的說法。 |

32

| 解　答 | 1 |

| 日文解題 | 「煮える」は「煮ているものが、よく熱が通って、食べられるようになる」こと。「煮る」は「食べ物を水の中に入れ、火にかけて熱し、食べられるようにする」こと。「煮る」「焼く」「揚げる」「蒸す」「いためる」「ゆでる」などの調理方法を覚えておこう。
1は野菜を煮ている。
2は「魚を焼く」である。3と4は「煮える」「煮る」とは関係のない内容で、不自然な文である。 |

| 中文解説 | 「煮える/煮至熟透」是指「煮ているものが、よく熱が通って、食べられるようになる/把要煮的食材充分加熱，使食材變成可以吃的食物」。「煮る/燉煮」是指「食べ物を水の中に入れ、火にかけて熱し、食べられるようにする/把食材放入水中，放到火上加熱，使食材變成可以吃的食物」。把「煮る/燉煮」、「焼く/烤、煎」、「揚げる/炸」、「蒸す/蒸」、「いためる/炒」、「ゆでる/汆燙」等料理方式的說法記下來吧！
選項1的意思是正在煮青菜。
選項2，應改為「魚を焼く/烤魚」。選項3、4是和「煮える/煮」、「煮る/煮」不相關的內容，因此句子不合邏輯。 |

33

解 答 4

日文解題 「苦手」は「得意でなく上手でないこと」。4は「漢字を書くのが得意ではない」ということである。

▼誤りの選択肢を直す

例：1　これからよい方法を説明します。

2　さっそく、全力でとりかかります。

3　彼女はピアノの先生になるほど、ピアノが上手だ。

中文解說 「苦手／不擅長」是指「得意でなく上手でないこと／不拿手、不擅長的事」。選項4是「漢字を書くのが得意ではない／不擅長寫漢字」的意思。

▼更正錯誤選項

選項例句：

選項1　これからよい方法を説明します。（接下來我要說明更佳的方式。）

選項2　さっそく、全力でとりかかります。（馬上開始全力以赴。）

選項3　彼女はピアノの先生になるほど、ピアノが上手だ。（她很擅長彈鋼琴，幾乎可以當鋼琴老師了。）

第1回　言語知識（文法）　問題1　P25-26

1

解 答 4

日文解題 問題文は、「暑くなるにつれて、元気になる」ということ。「〜につれて」に当たることばは4「したがって」である。「〜にしたがって」の形で使われる。

例：

4　森の中に入るにしたがって、辺りがだんだん暗くなってきた。

中文解說 題目的意思是「隨著天氣變熱，也變得有精神了」。相當於「〜につれて／隨著」的詞語是選項4「したがって／隨著」，亦即「〜にしたがって／隨著」的句型。

例句：

4　隨著進入森林越深，周圍也逐漸暗了下來。

2

解 答 2

日文解題 自分の行為なので謙譲語を使う。「行きます」の謙譲語は「伺います」と「参ります」だが、3「参りました」は明日のことに過去形（「た形」）」を使っているので不正解。

したがって、2「伺います」が正しい。

4「いらっしゃる」は「行く」「来る」「いる」の尊敬語である。

例：

2　明日、お宅へ伺います。

（「行く」の謙譲語。）

3　母は、すぐに参りますので、こちらでお待ちください。

（「来る」の謙譲語。）

4　東京には何日間いらっしゃいますか。

（「いる」の尊敬語。）

中文解説　因為是敘述自己的行為，所以用謙讓語。「行きます／去」的謙讓語是「伺います／去」和「参ります／去」，但是題目說的是說明天的事情，而選項3「参りました／前去了」是過去式（た形），所以不正確。

因此，正確案是選項2「伺います／前去拜訪」。

選項4「いらっしゃる／到訪」是「行く／去」、「来る／來」、「いる／在」的尊敬語。

例句：

2　明天將前往拜訪貴府。

（「行く／去」的謙讓語。）

3　媽媽很快就來，請在這裡稍待。

（「来る／來」的謙讓語。）

4　請問您將在東京暫留幾天呢？

（「いる／在」的尊敬語）

3

解　答　3

日文解題　問題文は、「体が大きいからといって、必ず力が強いとは言えない。強くないこともある」ということである。このような状況を「～とは限らない」という言い方をする。したがって、3「とは限らない」が適切。前に「必ずしも」を付けて、「必ずしも～とは限らない」という言い方もする。

1「はずがない」は「絶対に～でないと思う」ということ。強い否定を表す。

2「～はずだ」は「きっと～と思う」ということ。4「に決まっている」は「まちがいなく～する」ということ。

例：

1　Aチームが負けるはずがない。

（絶対に負けるはずがない。）

2　彼はもうすぐ来るはずだ。

（きっと来る。）

3　みんなが賛成するとは限らない。

（必ずみんなが賛成するとは言えない。反対する人もいる。）

4　いたずらをしたら、しかられるに決まっている。

（まちがいなくしかられる。）

中文解説　題目的意思是「即使體格好，也不見得一定力氣大。也有可能沒什麼力氣」。遇到這種狀況可以用「～とは限らない／未必」的句型。因此，選項3「とは限らない／未必」最合適。也可以在前面加上「必ずしも／未必」，變成「必ずしも～とは限らない／未必」的句型。

選項1「はずがない／不可能」是指「我認為絕對不會～」，表示強烈否定。選項2「～はずだ／應該」的意思是「我認為一定～」。選項4「～に決まっている／肯定是」的意思是「絕錯不了～一定是～」。

例句：

1　A隊<u>不可能輸</u>。

（絕對不可能輸。）

2　他<u>應該</u>馬上就<u>來了</u>。

（一定會來。）

3　大家<u>未必都會贊成</u>。

（無法肯定大家一定會贊成。也會有反對的人。）

4　惡作劇的話，<u>肯定會挨罵</u>。

（肯定要挨罵。）

4

解　答　1

日文解題　問題文は「忙しい主婦の場合は、とてもうれしいことだ」ということ。「～の場合は」に当たる言い方は「～にとって」である。したがって、1が正しい。2「～（に）ついて」は「～に関して」ということ。3「～（に）しては」は「とは思えないくらい」ということ。意外な気持ちを表す。4「～（に）おいて」は「～で」に言い換えることができる。

例：

1　<u>学生にとって</u>、勉強は大切です。

（＝学生の場合は）

2　<u>環境問題について</u>話し合います。

（＝環境問題に関して）

3　あの子は、<u>子どもにしては</u>、よく気がつきます。

（＝子どもとは思えないくらい）

4　<u>わたしの責任において</u>、計画を変更します。

（＝わたしの責任で）

中文解說　題目的意思是「對於忙碌的家庭主婦而言，是非常開心的事」。與「～の場合は／～的情況」語意相同的句型是「～にとって／對於～而言」。因此選項1是正確答案。

選項2「～（に）ついて／針對～」是「關於～」的意思。選項3「～（に）しては／算是」的意思是「簡直令人不敢相信」，表示感到意外。選項4「～（に）おいて／在～上」可以替換成「～で／在」。

例句：

1　<u>對學生而言</u>，讀書很重要。

（＝就學生來說）

2　<u>針對環境問題</u>討論。

（＝關於環境問題）

3　那個孩子，<u>以小孩子來說算是</u>，非常細心了。

（＝令人不敢相信他只是個小孩）

4　變更計畫，<u>由我全權負責</u>。

（＝我來負責）

5

解　答	2

日文解題　問題文は「（試験で忙しくても、）ご飯の片付けならできる」ということ。このように何かを例示して、それが、極端な場合であることを示すことばは、2「ぐらい」である。「くらい」とも言う。

例：

1　あなたまで、私を信じないの。

（あなたさえ。）

2　掃除ぐらいしなさい。

（せめて掃除を。）

3　この問題は、小学生の妹でもわかる。

（小学生の妹だって。）

4　さいふには 10 円しかない。

（10 円だけある。）

中文解說　題目的意思是「（即使準備考試很忙，）收拾餐具還是做得到吧」。像這樣舉出某個例子，並且是描述某種極端的情況，可以用選項2「ぐらい／區區」。也可以說「くらい」。

例句：

1　連你都不相信我嗎？

（就連你也⋯⋯。）

2　至少要打掃吧！

（最低限度是打掃。）

3　這個問題，即使是還在念小學的妹妹也知道。

（就算是讀小學的妹妹也⋯⋯。）

4　錢包裡只有 10 圓。

（就只有 10 圓。）

6

解　答	4

日文解題　10 年間続くという意味のことばは「わたる」。「～にわたって」というように助詞「に」が付く。したがって、4 が正しい。

2「までに」は「～から～まで」の範囲を表すことばで、「まで」の前に「に」は付かないので不正解。

例：

4　半年にわたって、南アメリカを旅行します。

中文解說　表達持續 10 天的詞語是「わたる／持續」。前面要加上助詞「に」，變成像「～にわたって／持續」的句型。因此，正確答案是選項4。

選項2「までに／直到」是表示「從～到～」的範圍，但是「まで／到」的前面不會用「に」，所以不正確。

例句：

4　我要到南美洲旅行長達半年。

解　答　2

日文解題　問題文は１学期の範囲と２学期の範囲の両方から出るということである。一つに限定しない言い方は「～だけでなく～」である。したがって、２が正しい。
１「だけ」は一つに限った言い方。３「くらい」はおよその数や程度を表す（例文の意味）。４「ほどでない」は「～のようでない」という気持ちを表す。
例：
１　引っ越しを<u>自分だけで</u>する。
（自分一人。）
２　このかばんは<u>軽いだけでなく</u>、丈夫だ。
（軽いし、丈夫。）
３　料理を<u>半分くらい</u>残した。
（だいたい半分。）
４　今年の暑さは、<u>去年ほどでない</u>。
（去年よりも暑くない。）

中文解說　題目的意思是考試的出題範圍包括第一學期和第二學期這兩部分。不限於一項的句型是「～だけでなく～／不僅～還～」。因此，正確答案是選項２。
選項１「だけ／只限」是只限於其中一項的詞語。選項３「くらい／大約」用於表示大約的數量或程度（請參考例句的用法）。選項４「ほどでない／沒有那麼～」用於表達「不像～那麼」的感覺。
例句：
１　我將<u>自己一個人</u>搬家。
（獨自一人）
２　這只提包<u>不僅輕巧</u>，還很耐用。
（輕巧又耐用。）
３　菜餚剩了<u>大約一半</u>。
（大約一半。）
４　今年<u>沒有去年那麼</u>熱。
（不比去年熱。）

8

解　答　3

日文解題　問題文はぼくが決める、ぼくが決めたいということである。このような依頼の表現は使役形を使う。したがって、「決める」の使役形の３「決めさせて」が正しい。後に「ください」をつけた依頼の文を覚えよう。
４「決められて」は受身形なので不正解。
例：
３　次はわたしに<u>歌わせてください</u>。
（使役形）
４　たばこを吸っていい場所は<u>決められて</u>います。
（受身形）

中文解說 題目的意思是我來決定、希望由我決定。像這樣表示請託時要用使役形。因此，正確答案是「決める／決定」的使役形，也就是選項3「決めさせて／讓～決定」。請記住請託句型的最後面要接「ください／請」。至於選項4「決められて／被決定」是被動式，所以不正確。

例句：

3　接下來請讓我為大家獻唱一曲。

（使役形）

4　吸菸必須在指定區域之內。

（被動形）

9

解答　1

日文解題 問題文は、「日本に来たばかりだと（ふつうは）日本語は上手ではないが、彼女は上手だ」ということである。このような、予想されることと違ったことを後で言うことばは「のに」である。

2「ので」は原因や理由を表すことば。3「なんて」は何かを例にあげることば。4「など」はいくつかの例をあげて、ほかにもあることを表すことば。

例：

1　春になったのに、まだ寒い。

（予想と違っている。）

2　雪なので、外出はやめよう。

（雪のため。）

3　おみやげにケーキなんてどうかな。

（たとえばケーキ。）

4　鉛筆や消しゴムなどは、文房具だ。

（鉛筆、消しゴムのほかに、ノート・ボールペン…などがある。）

中文解說 題目的意思是「如果剛來日本不久（一般而言）日語可能不太好，但她卻說得很好」。像這樣要在後文敘述與預想相左的事項，可用「のに／雖是」。

選項2「ので／因為」表示原因或理由。選項3「なんて／之類的」用於舉例時。選項4「など／等等」用於舉出數個事例，並且還有其他項目的時候。

例句：

1　明明已經春天了，卻還很冷。

（和預想不同。）

2　因為下雪，不要外出了吧。

（下雪的緣故。）

3　買蛋糕之類的伴手禮不知道好不好呢？

（例如蛋糕。）

4　鉛筆或橡皮擦等等屬於文具。

（除了鉛筆、橡皮擦，其他還有筆記本、原子筆……等等。）

解　答	4

| 日文解題 | 問題文は、「ゴルフをするためには、早起きも平気だ」ということ。4「ため なら」の「ため」は目的、「なら」は「もしそうであれば」という気持ちを表 すことば。 |

2と4の「せい」はある結果になった原因。

例：

1　研究のために、外国へ行く。

（研究の目的で。）

3　弟のいたずらのせいで、携帯が壊れた。

（携帯が壊れた原因。）

4　彼女のためなら、何でもやるよ。

（彼女のためだったら。）

| 中文解說 | 題目的意思是「為了打高爾夫球，早起也沒關係」。選項4「ためなら／如果是 為了」的「ため／為了」表示目的，「なら／如果」則表達出「如果是這樣」的 想法。 |

選項2和4的「せい／因為」指出造成某種結果的原因。

例句：

1　為了研究而出國。

（目的為研究。）

3　都怪弟弟惡作劇，手機壞了。

（手機壞了的原因。）

4　只要是為了她，我什麼都願意做。

（如果是為了她……。）

解　答	1

| 日文解題 | 「ところにより」は天気予報で使われる用語である。覚えておこう。「ところ」 は「地域、地方」のこと。地域によっては雨だというのである。 |

例：

1　明日は、ところにより、雪になるでしょう。

| 中文解說 | 「ところにより／根據不同地區」是氣象預報的常用語，請記下來吧！「ところ ／地區」是指「地域、地方／地區、地方」。題目的意思是因地區的不同某些地 區會下雨。 |

例句：

1　明天部分地區可能會下雪。

解　答	2

| 日文解題 | 「てしまった」は、なにか失敗した時に言うことばである。悪いことをしたと いう気持ちを表す。 |

3「～てみた」は「ためしに～した」ということ。4「～ておいた」は「準備 のために、前もって～した」ということ。

例：

2　友達の本を破いて<u>しまった</u>。

3　さしみを食べて<u>みた</u>。

4　宿題をすませて<u>おいた</u>。

中文解說　「てしまった／〜了」是在搞砸某事時說的話，表現出做錯事的心情。

選項3「〜てみた／嘗試」的意思是「試著做〜」。選項4「〜ておいた／（事先）做好〜」的意思是「為了準備，事先做了〜」。

例句：

2　弄破朋友的書<u>了</u>。

3　<u>嘗試</u>吃了生魚片。

4　<u>已經先把</u>作業寫完了。

13

解　答　3

日文解題　問題文は、この計画についての意見を聞いている。「〜について」の意味にあたることばは3「対して」である。

例：

1　事故<u>によって</u>、道路は渋滞している。

（渋滞の原因。）

2　子ども<u>にしては</u>、しっかりしています。

（子どもとは思えないくらい。）

3　彼の意見<u>に対して</u>、どう思いますか。

（彼の意見について。）

4　それ<u>にしても</u>、なぜ彼はうそを言ったのでしょう。

（前に述べたことはそれとして、次に述べることが大切だという時に使うことば。だけど。それでも。）

中文解說　題目的意思是想聽取針對這個計畫所提出的意見。與「〜について／對於〜」意思相同的詞語是選項3「対して／對於」

例句：

1　<u>因為</u>交通事故導致路上塞車了。

（塞車的原因。）

2　<u>以</u>小孩子<u>來說</u>，他真精明。

（令人不敢相信他是小孩子。）

3　<u>對於</u>他的意見，你怎麼看？

（針對他的意見。）

4　<u>雖說如此</u>，他為什麼要說謊呢？

（用於表達前面說的事暫且不管，接下來說的事才重要。有「不過」、「即便如此」之意。）

14

解　答　3

日文解題　正しい語順：明日から試験なので、今夜は　勉強　しない　わけには　いかない。
「〜わけにはいかない」の言い方に注目する。この「〜わけ」の言い方は、動詞の連体形、「ない形」、「ている形」、使役形に接続する。問題文は「勉強する」を「ない形」にした「勉強しない」に続く。「勉強しないことはできない」という意味になる。
このように考えていくと、「4→1→3→2」の順となり、問題の＿★＿には、3の「わけには」が入る。

中文解説　正確語順：明天就要開始考試了，所以今晚總不能不念書。
請留意「〜わけにはいかない／不能〜」的用法。這裡「〜わけ」的用法是接在動詞的連體形、「ない形」、「ている形」、使役形之後。題目中將「勉強する／念書」，接在「ない形」的「勉強しない／不念書」後面，意思是「勉強しないことはできない／總不能不念書」。
如此一來順序就是「4→1→3→2」，＿★＿應填入選項3「わけには／總（是）」。

15

解　答　1

日文解題　正しい語順：なんと言われても、気に　しない　ことに　して　いる。
問題文の最後が「いる」なので、その前は「て形」の「して」が入ることがわかる。また、「〜ことにする」は、動詞の連体形、「ない形」に接続するので、ここでは「気にする」を「ない形」にした、「気にしない」が入る。
このように考えていくと、「4→1→2→1」の順となり、問題の＿★＿には、1の「しない」が入る。

中文解説　正確語順：不管別人說什麼，我都不在意。
因為題目最後有「いる」，由此可知前一格要填入「て形」的「して／在」。另外，因為「〜ことにする／決定」要接在動詞的連體形、「ない形」的後面，這裡要將「気にする／在意」改成「ない形」，填入「気にしない／不在意」。
如此一來順序就是「4→1→2→3」，＿★＿應填入選項1「しない／不」。

16

解　答　3

日文解題　正しい語順：姉が作るお菓子　ぐらい　おいしい　もの　は　ない。
「Aぐらいβはない」の言い方に注目する。A、βには名詞が来て、「Aがいちばんβだ」という意味になる。ここでは、Aに当たるのは「（姉が作る）お菓子」で、βに当たるのは「もの」である。したがって、「お菓子」に続くのは「ぐらい」だとわかる。「おいしい」は形容詞なので「もの」に係る。問題文は、「姉が

作るお菓子がいちばんおいしい」ということである。

このように考えていくと、「2→4→3→1」の順となり、問題の ＿★＿ には、
3の「もの」が入る。

| 中文解説 | 正確語順：再沒有像姊姊做的點心那樣好吃的了。

請留意「Ａぐらいはない／沒有像Ａ那樣～的Ｂ了」的句型。Ａ處和Ｂ處應填
入名詞，意思就是「ＡがいちばんＢだ／Ａ是最Ｂ的」。選項之中，符合Ａ的是
「（姊が作る）お菓子／（姊姊做的）點心」，而符合Ｂ的是「もの／的」。由
此可知「お菓子／點心」之後應該是「ぐらい／那樣」。由於「おいしい／好吃」
是形容詞，也就是用來形容「もの／的」。題目的意思是「姊が作るお菓子がい
ちばんおいしい／姐姐做的點心是最好吃的」。

如此一來順序就是「2→4→3→1」，＿★＿ 應填入選項3「もの／的」。

17

| 解　答 | 4

| 日文解題 | 正しい語順：今ちょうど母から　電話　が　かかった　ところ　です。

ちょうどそのときの意味を表す「ところ」の問題である。「ところ」の前は過
去形（「た形」）になる。したがって、「電話がかかる」を過去形にした「電
話がかかった」が、「ところ」の前に来る。

このように考えていくと、「2→3→1→4」の順となり、問題の ＿★＿ には、
4の「ところ」が入る。

| 中文解説 | 正確語順：現在正好母親打了電話來。

本題學習的是「ところ／就在那個時候」的用法。「ところ」的前面必須是過去
式（た形）。因此將「電話がかかる／打電話」改為過去式的「電話がかかった
／打了電話」，放在「ところ」的前面。

如此一來順序就是「2→3→1→4」，＿★＿ 應填入選項4「ところ」。

18

| 解　答 | 4

| 日文解題 | 正しい語順：毎日　練習する　ように　する　と　ピアノも上手に弾けるよう
になります。

「～ようにする」の言い方に注目する。この言い方は、習慣や努力を表し、動
詞などの連体形に接続する。したがって、「練習するようにする」となる。また、
条件を示す「と」は、前が普通形になるので、「すると」になる。

このように考えていくと、「3→1→4→2」の順となり、問題の ＿★＿ には、
4の「する」が入る。

| 中文解説 | 正確語順：如果努力做到每天練習，就能把鋼琴彈得很好。

請留意「～ようにする／努力做到～」的句型，接在動詞之類的連體形之後，用
於表達習慣或努力。連接之後變成「練習するようにする／如果努力做到練習」。
另外，表示條件的「と／如果」前面是普通形，也就是「すると／如果做到」。

如此一來順序就是「3→1→4→2」，＿★＿ 應填入選項4「する」。

文章翻譯

以下文章是留學生薩里納寄給旅途中結識的鈴木先生的信。

夏天到了，您最近好嗎？

登山的時候受到您許多照顧。下山後，肚子忽然痛了起來，就在不知所措的時候，多虧您開車送我回旅館，真的幫了大忙。第二天，我去了醫院，醫生說：「應該是由於天氣忽然變熱，喝了太多冷飲，導致身體不舒服了。我想這屬於某種類型的感冒。」經過休息一天之後就痊癒了，隔天也可以和平時一樣去大學上課。託您的福，我現在非常健康。

我就讀的大學即將舉辦校慶，每個學生都為了各項準備而忙得不可開交。我還是一年級生，所以不像高年級生那麼辛苦，即使如此，還是需要製作校慶的邀請函和宣傳海報，以及練習演奏等等，每天都非常忙碌。

鈴木先生來到本地的時候，請務必和我聯繫。期待能再次見到您。

薩里納・蘇里納赫

19

解　答	4

日文解題

「おなかが痛い」を「おなかが痛くなる」の形にする。そして、空欄の後の「困って」に続くように「て形」にする。「～なる」は「それまでとはちがった状態にかわる」こと。

例：

4　台風が近づいて、風が強くなってきた。

中文解說

這題是將「おなかが痛い／肚子痛」改為「おなかが痛くなる／肚子痛了起來」的句型。並且，為了接續空格後面的「困って／不知所措」，必須寫成「て形」。至於「～なる／變成～」的意思是「變成和以往不同的狀態」。

例如：

4　颱風逼近，風勢轉強。

20

解　答	1

日文解題

「冷たい飲み物」に限るという意味のことばは「ばかり」。

2「だけ」も同じような意味を表すが、「だけ」だと100%それという限定を表すのでここでは不正解。3「しか」も限定を表すが、「しか」は後に「～ない」などの否定の語がくるので不正解。4「ぐらい」はだいたいの程度を表す語なので不正解。

例：

1　弟は漫画ばかり読んでいる。　　　2　朝食はパンだけだった。

3　さいふには100円しかなかった。　4　駅まで10分ぐらいかかる。

中文解說

表示喝的東西都是「冷たい飲み物／冷飲」之意的詞語是「ばかり／光是」。

選項2「だけ／只有」雖然也是相同的意思，但因為「だけ／只有」表示100%的限定，所以在本題不正確。選項3也表示限定，但「しか／只有」後面要接「～ない／不」等否定詞，所以不正確。選項4「ぐらい／大約」是表示大約程度的詞語，所以也不正確。

例句：
1 弟弟一天到晚<u>光是</u>看漫畫。　　　　2 早餐<u>只</u>吃了麵包<u>而已</u>。
3 錢包裡<u>只有</u> 100 圓<u>而已</u>。　　　　4 到車站大約要 10 分鐘<u>左右</u>。

21

解答 2

日文解題
「～すると、その結果～になった」の意味を表す語は「たら」。前の語「休む」が「たら」に続く場合は「休んだら」のように、「だら」になる。
1「休めば」は仮定の言い方で、後は「治るだろう」などの形になるので不正解。3「休むなら」は「すっかり治って」に続かないので不正解。4「休みなら」では、意味が通じない。
例：
1 薬を飲め<u>ば</u>治るだろう。
2 薬を飲ん<u>だら</u>熱が下がった。
3 薬を飲む<u>なら</u>、食後がいいよ。

中文解說
表示「做了～就變成～的結果」之意的詞語是「たら／之後」。前面的「休む／休息」連接「たら」之後則變成「休んだら／休息後」。
選項1「休めば／只要休息」是假設句型，後面應該接「治るだろう／會痊癒吧」之類的句子，所以不正確。選項3「休むなら／如果休息」後面不會接「すっかり治って／痊癒了」，所以不正確。選項4「休みなら／如果睡覺」不合語法邏輯。
例句：
1 <u>只要</u>吃藥的話就會痊癒了吧。　　　2 吃藥<u>後</u>燒退了。
3 <u>如果</u>要吃藥，飯後吃比較好哦。

22

解答 2

日文解題
空欄のすぐ前の助詞「が」に注意。自動詞が入ることがわかる。したがって、2「始まります」が適切。
1「始めます」、4「始めています」は他動詞なので不正解。3「始まっています」は、この手紙を書いた時点では、まだ始まっていないので不正解。
例：
1 ドアを<u>閉める</u>。（他動詞）
2 風でドアが<u>閉まる</u>。（自動詞）
3 入り口のドアが<u>閉まっている</u>。（自動詞）
4 係りの人がドアを<u>閉めている</u>。（他動詞）

中文解說
請留意空格前的「が」，由此可知空格應填入自動詞。因此，選項2「始まります／舉辦」最合適。
選項1「始めます／舉辦」和選項4「始めています／正舉辦」是他動詞，所以不正確。選項3「始まっています／正被舉辦」也不正確，因為寫這封信的當下，校慶還沒開始。
例句：
1 把門<u>關上</u>。（他動詞）　　　　　2 門被風吹得<u>關上</u>。（自動詞）
3 入口的大門是<u>關著</u>的。（自動詞）　4 負責人把門<u>關上</u>。（他動詞）

23

日文解題　鈴木さんが行くのは、この手紙を書いたサリナさんの所。つまり、書き手に近い所。書き手（自分）に近い方向や場所を指す指示語は2「こちら」である。1「あちら」は自分からも相手からも遠く離れた方向や場所を表す指示語なので不正解。3「そちら」は相手がいる方向や場所、相手に近いものなどを指す指示語なので不正解。4「どちら」ははっきり決まらない方向や場所を表す指示語なので不正解。

例：

1　あちらにベンチがあるよ。
2　くつの売り場はこちらです。
3　そちらの天気はどうですか。
4　あなたの国はどちらですか。

中文解說　鈴木先生要去的地方是寫下這封信的薩里納那邊。也就是距離寫信者較近的地方。要指出離寫信者（自己）較近的方向或場所的指示語是選項2「こちら／這邊」。選項1「あちら／那邊」是用於表示離自己和對方都很遠的方向或場所時的指示語，所以不正確。選項3「そちら／那邊」是指對方所在的方向或場所、或離對方比較近的物品等等時的指示語，所以不正確。選項4「どちら／哪邊」是表達沒有明確指出的方向或場所時的指示語，所以不正確。

例句：

1　那邊有長椅耶！
2　鞋子的櫃位在這邊。
3　那邊的天氣如何呢？
4　請問你的國家在哪裡呢？

24

文章翻譯　(1)

在日本，東京與橫濱之間的電話於 1890 年開通。據說當時電話接通後，人們說的不是「欸／もしもし」，而是「說話／もうす、もうす（申す、申す）」、「講話／もうし、もうし（申し、申し）」，或是「喂／おいおい」。那時候，只有財力相當雄厚的人才裝得起電話，因此用「喂／おいおい」聽起來似乎有點傲慢。後來不知道什麼時候，接通後改成了「もしもし」。可能是當愈來愈多人使用電話以後，逐漸變成了這種用法。

關於「もしもし」這句話，如今除了撥接電話時，很少用在其他場合，但是如果當我們發現走在前方的人車票掉落的時候，可以採取「欸，您車票掉了喔」這樣的用法。

答えは **4**

「そうなっていた」の「そう」のさす内容を前の部分から探す。前の文に「いつごろ『もしもし』に変わったかについては、よくわかっていません」とある。いつのまにか、電話をかける時、「もしもし」と言うようになったということである。したがって、4が適切である。

正確答案是 4

可以往前尋找「そうなっていた」（變成了這種用法）的「そう」（這種）所指的內容。前面的文章提到「いつごろ『もしもし』に変わったかについては、よくわかっていません」（不知道什麼時候，接通後改成了「もしもし」）。意思是不知道什麼時候開始，接起電話時就變成回答「もしもし」了。所以，選項4是最適切的答案。

25

4

(2)

「保特瓶（PET bottle）」的「保特（PET）」是指什麼意思呢？這當然和動物的pet（寵物）沒有任何關係。

保特瓶是用一種名為聚對苯二甲酸乙二酯（Polyethylene terephthalate）的塑膠原料製作而成的。其實，保特瓶的「保特（PET）」就是這個字的簡稱。順帶一提，「保特瓶」這個名稱似乎只在日本這樣用，其他多數國家都稱為「塑膠瓶（Plastic bottle）」。

在日本，保特瓶是從 1982 年起通過得以用來盛裝飲料，現在也被廣泛當成茶飲、果汁、醬油或含酒精飲料等等的容器，成為日常生活中不可或缺的用品。

答えは **4**

1・×…「動物のペットとはまったく関係がない」とある。

2・×…「plastic bottle」と呼ばれているのは、日本以外の国である。

3・×…1892 年は、ペットボトルを飲料用に使用することが認められた年である。

4・○…「ポリエチレン・テレフタラート（Polyethylene terephthalate）を材料として作られている」とある。また、「『ペット（pet）』は、この語の頭文字をとったもの」と述べられている。

正確答案是 4

1. ×…文中提到「動物のペットとはまったく関係がない」（和動物的pet〈寵物〉沒有任何關係）。

2. ×…把保特瓶稱作「plastic bottle」的是日本以外的其他國家。

3. ×…1892 年發生的事是通過得以用保特瓶來盛裝飲料。

4. ○…文中提到保特瓶「ポリエチレン・テレフタラート（Polyethylene terephthalate）を材料として作られている」（是用一種名為聚對苯二甲酸乙二酯（Polyethylene terephthalate）的塑膠原料製作而成的），並且說明「『ペット（pet）』は、この語の頭文字をとったもの」（「保特（PET）」就是這個字的簡稱）。

26

解　答　2

文章翻譯　(3)

餐廳的門口張貼著一張告示：

敬告顧客

自 2018 年 8 月 1 日至 10 日，本大樓的室外階梯將進行修繕工程。

非常抱歉造成各位來店顧客的不便，敬請多多包涵。

此外，於施工期間點餐的顧客，本店將致贈咖啡。

由衷期待您的光臨。

餐廳 日落・克魯茲

店長 山村

日文解題　答えは 2

1・×…工事期間中でもレストランは開いている。

2・○…「2018 年 8 月 1 日から 10 日まで」とある。つまり 10 日間である。

3・×…食事を注文したお客に「コーヒーをサービス」するのであって、「コーヒーしか飲めない」わけではない。

4・×…「お食事をご注文のお客様に」とあることから、食事ができることがわかる。

中文解說　正確答案是 2

1. ×…施工期間餐廳仍然照常營業。

2. ○…告示上表明修繕工程是「2018 年 8 月 1 日から 10 日まで」（2018 年 8 月 1 日至 10 日）。也就是 10 天。

3. ×…告示上寫的是將「コーヒーをサービス」（致贈咖啡）給點餐的客人，而不是「コーヒーしか飲めない」（只供應咖啡）。

4. ×…告示上提到「お食事をご注文のお客様に」（點餐的顧客），由此得知仍然可以在餐廳內用餐。

解 答	1

| 文章翻譯 | (4) |

這是寄給野口先生的一封電子郵件：

結婚祝賀酒會相關事宜

[koichi.mizutani @xxx.ne.jp]

日期：2018/8/10（五）10:14

收件地址：2018danceclub@members.ne.jp

山口友之先生與三浦千惠小姐將要結婚了！

我們即將為這對新人舉行祝賀派對。

日期　　2018 年 10 月 17 日（三）18:00 ～

地點　　夏威夷餐廳 HuHu（新宿）

出席費　　5000 圓

敬請於 8 月 28 日（二）前，通知水谷 koichi.mizutani @xxx.ne.jp 您是否出席。

竭誠邀請您一起來為他們辦一場充滿歡樂的派對！

幹事

水谷高一

koichi.mizutani @xxx.ne.jp

| 日文解題 | 答えは 1 |

メールが届いたのが 8 月 10 日。「山口知之さんと三浦千惠さんが結婚されることになりました」とあることから、まだこのとき結婚していないことがわかる。したがって、1 がメールの内容が正しくないものである。

2・×…「日時　2018 年 10 月 17 日（水）18:00 ～」とある。

3・×…「出席か欠席かのお返事は、8 月 28 日（火）までに、<u>水谷 koichi.mizutani@xxx.ne.jp</u> に、ご連絡ください」とある。「水谷さん」はこのメールを出した人である。

4・×…「会費　5000 円」とある。

| 中文解說 | 正確答案是 1 |

寄送郵件的日期是 8 月 10 日，而郵件中提到「山口知之さんと三浦千惠さんが結婚されることになりました」（山口友之先生與三浦千惠小姐將要結婚了），因此可知此時兩人還沒有結婚，所以選項 1 是不正確的。

2. ×…郵件確實提到結婚祝賀酒會將於「日時　2018 年 10 月 17 日（水）18:00 ～」（日期　2018 年 10 月 17 日（三）18:00 ～）舉行。

3. ×…郵件上提到「出席か欠席かのお返事は、8 月 28 日（火）までに、<u>水谷 koichi.mizutani@xxx.ne.jp</u> に、ご連絡ください」（敬請於 8 月 28 日（二）前，通知水谷 koichi.mizutani @xxx.ne.jp 您是否出席），由此可知「水谷さん」（水谷先生）是寄送郵件的人。

4. ×…郵件上確實提到「会費　5000 円」（出席費 5000 圓）。

文章翻譯　(1)

　　日本每天都有數千萬人行經車站或搭乘電車，①理所當然地，幾乎每天都會出現許多遺失物。

　　請教ＪＲ東日本※的相關人員後得知，最常見的遺失物是圍巾、帽子、手套等衣物，接著是傘。每年大約有多達三十萬支傘被忘在車上。儘管下雨天和雨過天晴的時候，總是一再播放車廂廣播「請記得帶走您的傘」，可惜②效果仍然不大。

　　順帶一提，距今 100 年前，也就是電車開始營運的明治時代，當時出現了非常大量的遺失物是③現代人所難以想像的。

　　您不妨猜猜看，是什麼樣的遺失物呢？

　　答案是鞋子（鞋履）。當時的人們還不習慣搭乘電車，因此很多人誤在車站脫下鞋子後才上了電車。結果到站下車後，這才發現沒有鞋子可穿了。

　　應該是由於日本人進入房屋時習慣脫下鞋子，以致於一不留神就把鞋子脫下來，走進電車車廂裡了。

※ ＪＲ東日本：日本的鐵路公司名稱

28

解　答	2

日文解題　答えは 2

「もちろんのこと」とは、前の内容を受けて、当然、後の結果になるということ。「毎日、数千万人もの人が電車や駅を利用している」から、どうなるか。それはすぐ後にある「毎日のように多くの忘れ物が出て」くるということ。したがって、2 が正しい。

中文解說　正確答案是 2

「もちろんのこと」（理所當然地）是指得知前項內容的事實後，必然會發生後面的結果。「毎日、数千万人もの人が電車や駅を利用している」（每天都有數千萬人行經車站或搭乘電車），因此會發生什麼事呢？這句話後面提到「毎日のように多くの忘れ物が出て」（每天都會出現許多遺失物）。所以選項 2 是正確的。

29

解　答	3

日文解題　答えは 3

「効果は期待できない」とは、効果はないということ。具体的には、何度も車内アナウンスをしても傘の忘れ物は減らないということ。したがって、3 が正しい。

正確答案是 3

「効果は期待できない」（效果仍然不大）是指沒有效果。具體而言，即使再三播放車廂廣播，被遺忘的傘也沒有減少，所以選項 3 是正確的。

30

解　答	3

日文解題　答えは 3

「現代では考えられないような忘れ物」とは何かをまずとらえる。後に「それは靴（履き物）です」とある。次になぜ靴が「現代では考えられない」のかをとらえる。100 年以上も前は、駅で靴を脱いで列車に乗った人たちがいたので、降りる時、靴がないと気づいたのだ。それに対して現代は、靴を脱いで列車に乗る人はいないので、靴を忘れるということはなくなったのである。したがって、3 が正しい。

中文解說　正確答案是 3

首先要找出「現代では考えられないような忘れ物」（現代人所難以想像的遺失物）這句話指的是什麼。這句話是指後面的「それは靴（履き物）です」（鞋子〈鞋履〉）。接下來要找出為什麼鞋子是「現代では考えられない」（現代人所難以想像的）。後文接著說明因為在距今 100 年前，人們會在車站脫鞋後再搭乘電車，直到下車時才發現沒有鞋子可以穿。相較之下，現在已經不會有人脫鞋搭車了，所以也不會有忘記把鞋子帶走的情形。因此選項 3 是正確答案。

(2)

　　　問候是世界各國共通的行為。不過，隨著社會與文化的差異，以及場合的不同，問候的方式也不一樣。在日本，最具代表性的問候方式要算是鞠躬 ※1，而在西方社會則是握手。另外，在泰國是將雙手合掌放在胸前。最特別的，要算是玻里尼西亞人的問候了。玻里尼西亞的現代問候方式雖然逐漸演變為西方社會的問候方式，但是①傳統的問候方式是互相摩蹭彼此的鼻子。

　　　在日本，隨著雙方見面的時間與場合的不同，問候的方式也經常不一樣。

　　　據說，早上互道「おはよう（早）」或「おはようございます（早安）」，這是從「お早くからご苦労様です（一早就辛苦您了）」簡化而來的；而白天時段的「こんにちは（您好）」是「今日はご機嫌いかがですか（您今天感覺如何呢）」的簡略說法；至於從黃昏到晚上的「こんばんは（晚上好）」，則是將「今晚は良い晚ですね（今晚是個美好的夜晚哪）」縮短成簡短的問候語。

　　　如上所述，日本的問候語是源自於表達感謝或慰勞 ※2 對方的心意，或是對其健康狀態的關心 ※3 而來，有助於增進雙方的人際關係。即使時代演進，鞠躬和寒暄仍然是日本人最重要的習俗 ※4，殷切盼望能夠流傳後世。

※1 お辞儀：低頭行禮。
※2 いたわり：表示慰問之意。
※3 気遣い：關心對方。
※4 慣習：社會公認的習慣。

31

解　答	4

日文解題	答えは 4

1・×…「お辞儀」は日本の代表的な挨拶。
2・×…「握手」は西洋で行われている挨拶。
3・×…「両手を合わせる」のはタイで行われている挨拶。
4・○…①＿＿のすぐ後に「鼻と鼻を触れ合わせる」とある。

中文解說	正確答案是 4

1.×…「お辞儀」（低頭行禮）是日本很具代表性的問候方式。
2.×…「握手」（握手）是西方社會使用的問候方式。
3.×…「両手を合わせる」（雙手合掌）是泰國使用的問候方式。
4.○…①＿＿的後面提到「鼻と鼻を触れ合わせる」（互相摩蹭彼此的鼻子）。

32

解　答	1

日文解題	答えは 1

1・○…最後の段落に「お互いの人間関係をよくする働きがある」とある。
2・×…「相手を良い気持ちにさせる」とは書かれていない。
3・×…「相手を尊重する」とは書かれていない。
4・×…「日本の慣習をあとの時代に残す」は筆者が将来希望していることである。

中文解說　正確答案是 1

1.○…最後一段提到「お互いの人間関係をよくする働きがある」(有助於增進雙方的人際關係)。

2.×…文中沒有寫到「相手を良い気持ちにさせる」(使雙方的心情愉快)。

3.×…文中沒有寫到「相手を尊重する」(尊重對方)。

4.×…「日本の慣習をあとの時代に残す」(使日本的習俗流傳後世)是作者對未來寄予的期盼。

33

解　答　　3

日文解題　答えは 3

1・×…1 段落に「社会や文化の違い、挨拶する場面によって異なる」とある。

2・×…「おはよう」「こんにちは」「こんばんは」の挨拶を例にして、「長い言葉が略されたもの」であることを説明している。

3・○…「目上の人には、挨拶しなければならない」とは書かれていない。

4・×…この文章の最後に「お辞儀や挨拶は、最も基本的な日本の慣習として、ぜひ残していきたい」とある。

中文解說　正確答案是 3

1.×…因為文中第一段提到「社会や文化の違い、挨拶する場面によって異なる」(隨著社會與文化的差異,以及場合的不同,問候的方式也不一樣)。

2.×…文中有說明「おはよう」(早)、「こんにちは」(您好)、「こんばんは」(晚上好)這些問候語都是「長い言葉が略されたもの」(從長句簡化而成的)。

3.○…文中沒有寫到「目上の人には、挨拶しなければならない」(對於身分地位比較高的人,一定要向他請安)。

4.×…本文最後提到「お辞儀や挨拶は、最も基本的な日本の慣習として、ぜひ残していきたい」(鞠躬和寒暄仍然是日本人最重要的習俗,殷切盼望能夠流傳後世)。

文章翻譯

　　有一句話叫做「需要為發明之母」。這句話的意思是，當感覺到不方便時，會想到需要某種東西來幫忙，就此誕生了一項發明，也就是說，需要如同催生出某項發明的母親。包括電動洗衣機和冰箱等等，幾乎所有的物件都是基於需要應運而生的。

　　但是到了現代，在人們感覺到需要之前，新產品已經接連面市了。尤其是電腦和行動電話這類資訊裝置※更是如此。至於造成這種狀況的①理由，應該有許多因素。

　　第一個能夠想像得到的原因應該是，有許多人在不具明確目的之情況下就使用這類裝置了。在詢問購買了新產品的人為何要買下它，答案是「因為新產品搭載了新功能，感覺很方便」，或是「因為朋友有這種新產品」等等。亦即，並不是因為需要那種功能而購買，只是基於稀奇的理由，就跟隨一窩蜂的熱潮也買了。

　　第二個原因是在於企業端的問題，也就是②企業不斷競相製造出新產品。亦即，企業比起滿足人們的需要，更重視銷售的目標，不惜製造出搭載不需要的功能的產品。結果是功能太多，反而造成人們的困擾。③有很多人儘管買了新產品，卻沒有辦法讓它發揮最大的效用，原因就在這裡。

　　由於接而連三研發出功能與眾不同的新產品，導致舊機型的行動電話與電腦被棄置，或是沉睡在家中的抽屜裡，形同嚴重的資源浪費。

　　的確，生活上的便利很重要，若是為了享有便利的生活而發明新的機器，當然很好；然而，真希望別再像這樣不停製造出人們根本不需要的新產品了。

※ 情報機器：諸如電腦和行動電話之類能夠傳遞資訊的裝置。

34

解　答	**4**

日文解題　答えは4

「その原因」の「その」の指す内容を前の部分から探す。①＿＿＿の前に、「特にパソコンや携帯電話などの情報機器がそうである」とある。この「そう」は前の文の、「必要を感じる前に次から次に新しい製品が生まれる」ということ。つまり、「その原因」とは、「次から次に新しい製品が生まれる原因」である。したがって、4が正しい。

中文解說　正確答案是4

可以從前文找出「その原因」（這個理由）的「その」（這個）所指的內容。①＿＿＿的前面提到「特にパソコンや携帯電話などの情報機器がそうである」（尤其是電腦和行動電話這類資訊裝置更是如此）。這個「そう」（如此）是指前面提到的「必要を感じる前に次から次に新しい製品が生まれる」（感覺到需要之前，新

產品已經接連面市了）。也就是說，「その原因」（這個理由）是「次から次に新しい製品が生まれる原因」（新產品接連面市的原因），因此選項 4 是正確答案。

35

解　答	**3**

日文解題　答えは 3

②＿＿＿の後に、「人々の必要を満たすことより、売れることを目指して」とある。つまり、3「多くの製品を売るため」が目的である。

中文解說　正確答案是 3

②＿＿＿的後面提到「人々の必要を満たすことより、売れることを目指して」（比起滿足人們的需求，更重視銷售的目標），也就是說選項 3「多くの製品を売るため」（為了大量銷售產品）才是目的。

36

解　答	**2**

日文解題　答えは 2

③＿＿＿の前に、「不必要な機能まで加えた製品を作る」「機能が多すぎてかえって困る」とある。つまり、不必要な機能が多くて困るということである。それに合うのは 2。

中文解說　正確答案是 2

③＿＿＿的前面提到「不必要な機能まで加えた製品を作る」（製造出搭載不需要的功能的產品），「機能が多すぎてかえって困る」（功能太多反而造成人們的困擾）。也就是說，因為不必要的功能太多而感到困擾。符合這段敘述的是選項 2。

37

解　答	**2**

日文解題　答えは 2

1・×…3 段落に「明確な目的を持たないまま機械を利用している人々が多い」とある。
2・○…「使い方をすぐにおぼえるべきだ」と述べたところはない。
3・×…4 段落に「企業が新製品を作る競争をしている」とある。
4・×…5 段落に「ひどい資源のむだ使いだ」とある。

中文解說　正確答案是 2

1. ×…請見第三段提到「明確な目的を持たないまま機械を利用している人々が多い」（許多人在不具明確目的之情況下就使用這類裝置）。
2. ○…文章中沒有提到「使い方をすぐにおぼえるべきだ」（應該立刻學會操作方式）。
3. ×…請見第四段提到「企業が新製品を作る競争をしている」（企業不斷競相製造出新產品）。
4. ×…請見第五段提到「ひどい資源のむだづかいだ」（嚴重的資源浪費）。

2018 年　第 29 屆夏令營留學生招募公告

北海道寄宿家庭體驗活動「夏令營^{※1}」

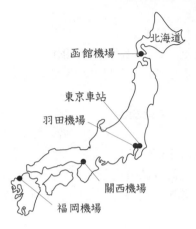

日程　8 月 20 日（一）～ 9 月 2 日（日）　15 天 14 夜	
參加人數	100 人
參加費用	A 方案 68,000 圓 （東京車站集合・關西機場解散） B 方案 65,000 圓 （東京車站集合・羽田機場解散） C 方案 70,000 圓 （福岡機場集合・福岡機場解散） D 方案 35,000 圓 （函館機場集合・同一地點^{※2} 解散^{※3}）
額滿人數	100 人
報名截止日期	6 月 23 日（六）之前

※ 每年本活動參加人數相當踴躍，可能會在截止日期前額滿，敬請提早報名。

洽詢單位：

財團法人北海道國際文化中心

〒 040-0054 函館市元町 xx ― 1

Tel 0138-22-xxxx　Fax 0138-22-xxxx　http://www.xxx.or.jp

E-mail: xxx@hif.or.jp

※1 つどい：集會。

※2 現地：現場。

※3 解散：團體的成員各自分開。

38

解　答	**4**

日文解題	答えは 4

ジャミナさんは北海道までは一人で行きたいと言っている。
1・×…A プランは東京駅集合・関西空港解散。
2・×…B プランは東京駅集合・羽田空港解散。
3・×…C プランは福岡空港集合・福岡空港解散。
4・○…D プランは函館駅集合・現地解散。

中文解說	正確答案是 4

題目說的是潔敏娜小姐想先一個人去北海道。

1. ×…因為 A 方案是在東京車站集合，關西機場解散。
2. ×…因為 B 方案是在東京車站集合，羽田機場解散。
3. ×…因為 C 方案是在福岡機場集合，福岡機場解散。
4. ○…因為 D 方案是在函館機場集合，然後在同一地點解散。

39

| 解　答 | 2 |

日文解題　答えは 2

1・×…8 月 20 日はこのプログラムが始まる日である。

2・○…締め切りは 6 月 23 日（土）。ただし、「締め切りの前に定員に達する場合もありますので、早めにお申し込みください」と付け加えてある。

3・×…「夏休み前に」という記述はない。

4・×…「6 月 23 日（土）まで」で、「後」ではない。

中文解說　正確答案是 2

1. ×…公告中提到 8 月 20 日是這個夏令營開始的日期。

2. ○…截止日期是 6 月 23 日（六），但是備註部分已說明「締め切りの前に定員に達する場合もありますので、早めにお申し込みください」（可能會在截止日期前額滿，敬請提早報名）。

3. ×…公告沒有標注要在「夏休み前に」（放暑假前）報名。

4. ×…是「6 月 23 日（土）まで」（到 6 月 23 日（六）），而非「後」（之後）。

| だい かい
第 1 回 | ちょうかい
聴解 | もんだい
問題 1 | P42-45 |

1 ばん

| 解・答 | 4 |

日文解題　1・不適切…「4 つじゃ足りない」と言っている。

2・不適切…5 つでは「ちがう飲み物を飲むたびに洗うのもめんどう」と言っている。

3・不適切…10 個でもいいかもしれないが、割れたりするかもしれないから、「多めに買っておこう」と言っている。したがって、10 個より多い。

4・適切…6 個入りの箱を 2 箱買っておこうと言っている。つまり 12 個である。

中文解說　選項 1 不正確…女士提到「4 つじゃ足りない／才四個還不夠」。

選項 2 不正確…男士提到只買五個的話「ちがう飲み物を飲むたびに洗うのもめんどう／每次換另一種飲料時還要清洗很麻煩」。

選項 3 不正確…買十個也可以，但有可能會摔破，女士說「多めに買っておこう／多買幾個吧」。因此要買 "多於十個"。

選項 4 正確…對話提到 "六個裝的箱子買兩箱"。也就是十二個。

2 ばん

解 答	4

日文解題　6 人座れるものを探しているので、2 と 3 は不適切。「黒は部屋に合わない」と言っているので、1 も不適切。したがって、4 が適切。

中文解說　要找的是六人座的桌子，因此選項 2 和 3 不正確。女士提到「黒は部屋に合わない／黑色和房間不搭」，因此選項 1 不正確。由此可知正確答案是選項 4。

3 ばん

解 答	3

日文解題　1・不適切…車を借りに行くのは男の人。
2・不適切…朝ごはんを作る前に部屋をきれいにしようと言っている。
3・適切…部屋の掃除をしてから朝ごはんを作る。
4・不適切…飛行場へ迎えに行くのは、部屋の掃除をして、朝ごはんを作ってからになる。

中文解說　選項 1 不正確…要去借車的是男士。
選項 2 不正確…女士說在做早飯之前要把房間打掃乾淨。
選項 3 正確…女士說打掃房間之後再做早餐。
選項 4 不正確…去機場接機是在打掃房間、做早飯之後的事。

4 ばん

解 答	4

日文解題　1・不適切…「いろいろ変化があった」「（女の人の）仕事も変わった」などから、「変」の漢字が当てはまるが、この字は女の人が言っているものである。
2・不適切…「これ…じゃないな。楽しいことも多かったけど」と言って、「楽」の字を否定している。
3・不適切…「とにかく、止まっていることがなかった」と言っている。つまり「止」の字を否定している。
4・適切…「常に動いていた」から、「動」が考えられる。

中文解說　選項 1 不正確…從「いろいろ変化があった／有了很大的變化」、「（女の人の）仕事も変わった／（女士的）工作換了」等等可知，「変」字雖然合適，但這個字是出自女士口中敘述的漢字。
選項 2 不正確…男士說「これ…じゃないな。楽しいことも多かったけど／這個…也不對啊。雖然有很多開心的事」，否定了"樂"字。
選項 3 不正確…男士提到「とにかく、止まっていることがなかった／總之，沒有什麼事情是靜止不動的」。也就是否定了"止"字。
選項 4 正確…從「常に動いていた／總是在動」可以推測出是"動"字。

5 ばん

解 答	3

日文解題　1・不適切…10 時 11 分のバスはもう行ってしまっている。
2・不適切…今日は土曜日なので、10 時 23 分のバスは、ない。
3・適切…23 分のバスはないので、次の 10 時 49 分のバスに乗るしかない。
4・不適切…11 時は集合時間である。

選項1不正確…10點11分的巴士已經開走了。
選項2不正確…因為今天是星期六，沒有10點23分的巴士。
選項3不正確…因為沒有23分的巴士，所以只能搭乘下一班10時49分的巴士。
選項4不正確…11點是集合時間。

6ばん

解 答	4

日文解題　1・不適切…「一番前の席は、疲れる」と言っている。
2・不適切…「端は見にくい」と言っている。
3・不適切…「もう少し前がいい」と言っている。
4・適切…「ちょっと右に寄っているけど、背が高い人に前に座られる心配がない」と言って、決めている。

中文解說　選項1不正確…對話中提到「一番前の席は、疲れる／坐最前面的座位，很累耶」。
選項2不正確…對話中提到「端は見にくい／最旁邊的座位看不清楚」。
選項3不正確…對話中提到「もう少し前がいい／再往前一點比較好」。
選項4正確…「ちょっと右に寄っているけど、背が高い人に前に座られる心配がない／雖然有點靠右，但就算坐在前面的人長得很高也不用擔心」。

第1回	聴解	問題2	P46-49

1ばん

解 答	4

日文解題　1・不適切…「声も元気があって気持ちがいい」と言っている。
2・不適切…「まだ入ったばかりなのに、よく努力している」と、店長が言ったことを伝えている。
3・不適切…「仕事を覚えるのが早い」と店長が言ったことを伝えている。
4・適切…髪の毛、ひげ、爪を清潔にして、「お客様にいい印象を持たれるようにしてほしい」と言っている。

中文解說　選項1不正確…對話中提到「声も元気があって気持ちがいい／聲音也有精神，感覺很好」。
選項2不正確…女士傳達了店長說的「まだ入ったばかりなのに、よく努力している／才剛進來就很努力」。
選項3不正確…女士傳達了店長說的「仕事を覚えるのが早い／工作內容學得很快」。
選項4正確…要讓頭髮、鬍子、指甲都保持整潔，女士提到「お客様にいい印象を持たれるようにしてほしい／希望能讓客人留下好印象」。

2 ばん

解 答	1

日文解題　1・適切…初めに「毎日、暗い気持ちで過ごすと病気になりやすい体を作ってしまいます」と話している。

2・不適切…「あまり笑わないというのはよくありません」「大笑いしたほうがいい」と話している。

3・不適切…「毎日1時間は歩くことです」と言って、歩くことをすすめている。

4・不適切…「自分に厳しくしてばかりいるのもよくありません」と話している。

中文解説　選項1正確…女士提到「毎日、暗い気持ちで過ごすと病気になりやすい体を作ってしまいます／每天都心情灰暗的過日子就會養成容易生病的體質」。

選項2不正確…女士提到「あまり笑わないというのはよくありません／不太笑的話（對身體）不好」、「大笑いしたほうがいい／大笑比較好」。

選項3不正確…女士提到「毎日1時間は歩くことです／每天走路一個小時」，女士建議大家走路。

選項4不正確…女士提到「自分に厳しくしてばかりいるのもよくありません／對自己太嚴格也不好」。

3 ばん

解 答	2

日文解題　1・不適切…女の人は学校へは「私が行かないと」と言っている。

2・適切…「悪いけど、私の会社の受付に持って行っておいてくれない」と頼んでいる。学校へは行けるけど、会社の午後の会議で使うパソコンと書類をどうしようか、困っていた。それで、男の人がその荷物を持って行くことになったのである。

3・不適切…「英語を教える」とは言っていない。

4・不適切…車で女の人の会社に荷物を持って行くが、女の人を会社まで送るとは言っていない。

中文解説　選項1不正確…女士說「私が行かないと／我必須去」學校。

選項2正確…女士拜託男士「悪いけど、私の会社の受付に持って行っておいてくれない／不好意思，你可以幫我拿去公司的接待處嗎？」女士雖然能去學校，但不知道該怎麼處理下午公司要用到的電腦和文件，於是由男士幫女士把東西拿過去。

選項3不正確…兩人並沒有說要「英語を教える／教英語」。

選項4不正確…男士說要開車送東西去女士的公司，並沒說要把女士送到公司。

4 ばん

解 答	3

日文解題　1・不適切…電話かインターネットでの予約が必要。

2・不適切…「申し込み代表者は一人決めて、後で変えたりしないでください」と説明している。

3・適切…メールで予約した後、「電話で確認する」必要はない。

4・不適切…「申し込みをした後でキャンセルする場合は、必ず連絡をしてください」と説明している。

中文解説	選項1不正確…必須用電話預約或網路預約。

選項2不正確…男士說明「申し込み代表者は一人決めて、後で変えたりしないでください／請推派一人為報名的代表人，確定之後請不要更換」。

選項3正確…用郵件預約後，沒有必要再「電話で確認する／以電話確認」。

選項4不正確…男士說明「申し込みをした後でキャンセルする場合は、必ず連絡をしてください／申請後若要取消，請務必與我們聯繫」。

5 ばん

解 答	2

日文解題	1・不適切…「玉ねぎは弱火でゆっくりまぜながら火を通します」と話している。

2・適切…「このスープには牛肉は使いません」と話している。

3・不適切…「味付けには、砂糖を少しとしょうゆを少し入れます」と話している。

4・不適切…「鳥肉は大きめに切って、塩とコショウをふっておきます」と話している。

中文解説	選項1不正確…女士說「玉ねぎは弱火でゆっくりまぜながら火を通します／洋葱用小火邊煮邊慢慢攪拌」。

選項2正確…女士說「このスープには牛肉は使いません／這種湯不會用到牛肉」。

選項3不正確…女士說「味付けには、砂糖を少しとしょうゆを少し入れます／加入少許砂糖和醬油來調味」。

選項4不正確…女士說「鳥肉は大きめに切って、塩とコショウをふっておきます／把雞肉切成大塊，然後撒上鹽和胡椒」。

6 ばん

解 答	2

日文解題	1・不適切…「社長のノートをなくした」とは言っていない。

2・適切…女の人は、新入社員の山下さんに、書類を社長にお渡しするように頼んだ。しかし、山下さんは慣れていないので、わからなくてお渡ししなかった。女の人は、その責任は、山下さんに頼んだ自分にあると思い、社長に謝っている。

3・不適切…「仕事に慣れていない」のは、先月入社したばかりの、新入社員である。

4・不適切…「社員にきびしすぎる」とは言っていない。

中文解説	選項1不正確…對話中並沒有提到「社長のノートをなくした／把總經理的筆記本弄丟了」。

選項2正確…女士拜託新進員工山下小姐把文件交給總經理。但是山下小姐對工作還不熟悉，所以沒有將文件送達。因為是女士將工作託付給山下小姐，所以女士認為責任在自己身上。她為此向總經理道歉。

選項3不正確…「仕事に慣れていない／對工作不熟悉」的是上個月剛進公司的新進員工。

選項4不正確…對話中沒有提到「社員にきびしすぎる／對員工太過嚴格」。

1 ばん

解 答　2

日文解題
1・不適切…図書館に本を借りに行くのは、女の人。
2・適切…「この前借りたノートを返そうと思って」と話している。
3・不適切…「雪が降っている」ことは理由ではない。
4・不適切…「和田先生の授業が休み」で、めったに会えないのは確かだが、これから女の人の家に行く、直接の理由ではない。

中文解説
選項1不正確…去圖書館借書的是女士。
選項2正確…對話中提到「この前借りたノートを返そうと思って／我想把之前借的筆記還給妳」。
選項3不正確…「雪が降っている／下雪了」並不是原因。
選項4不正確…因為「和田先生の授業が休み／和田老師停課」，所以不太有機會碰面，但這並不是男士去女士家的直接原因。

2 ばん

解 答　3

日文解題
栄養のあるものを食べているし、じゅうぶん眠っているし、病気や怪我もしていないのに、なぜか元気が出ない時、「その原因は、運動不足のことが多い」と話している。したがって、3「運動の大切さ」が適切。
1「風邪の原因」、2「友だちや家族の大切さ」、4「ストレスの原因」については話していない。

中文解説
吃了富含營養的食物，有充分的睡眠，也沒有生病或受傷，為什麼會沒有精神呢？男士說明「その原因は、運動不足のことが多い／其中原因很可能是運動不足」。因此，選項3「運動の大切さ／運動的重要」是正確答案。
選項1「風邪の原因／感冒的原因」、選項2「友だちや家族の大切さ／朋友或家人的重要性」、選項4「ストレスの原因／壓力的來源」。

3 ばん

解 答　1

日文解題
1・適切…「すぐ時間がわからなくちゃ意味ない」や「数字も大きい」「コチコチ、コチコチ」という音から、「時計」であることがわかる。
2・不適切…「カレンダー」は音がしない。
3・4・不適切…「窓の上にかける」「コチコチ、コチコチ」という音などから、3「テレビ」、4「電話」ではないことがわかる。

中文解説
選項1正確…從「すぐ時間がわからなくちゃ意味ない／如果不是一看馬上就能知道時間就不實用」和「数字も大きい／數字也很大」、「コチコチ、コチコチ／滴答滴答」的聲音可知是「時計／時鐘」。
選項2不正確…「カレンダー／行事曆」不會發出聲音。
選項3、4不正確…從「窓の上にかける／掛在窗戶上面」、「コチコチ、コチコチ／滴答滴答」的聲音可知並不是選項3「テレビ／電視」和選項4「電話／電話」。

聴解

1

2

3

CHECK

1

2

3

1 ばん

解答 1

日文解題
1・適切…同僚より先に帰る時は「お先に」「お先に失礼します」と言って帰る。
2・不適切…「お待たせ」は相手の人を待たせてしまった時に言うあいさつである。
3・不適切…「お帰り」は家に帰った時、家の人が言うあいさつである。

中文解説
選項1正確…比同事早下班時會先說「お先に／先走一步」「お先に失礼します／先告辭了」後才離開。
選項2不正確…「お待たせ／久等了」是讓對方等待時說的寒暄語。
選項3不正確…「お帰り／歡迎回來」是回到家的時候，家人說的寒暄語。

2 ばん

解答 1

日文解題
1・適切…文の終わりを上げて「行かない」と言うと誘いになる。
2・不適切…「行きたい」だと、「あなたは行きたいですか」と希望を聞く問いになる。
3・不適切…「行っていい」は、相手に許可を求める言い方になる。

中文解説
選項1正確…句子最後的「行かない／不去嗎」有邀請對方的意思。
選項2不正確…如果想問的是「行きたい／想去」，則應該以「あなたは行きたいですか／你想去嗎」來詢問對方的意願。
選項3不正確…「行っていい／可以去嗎」是徵詢對方許可的說法。

3 ばん

解答 3

日文解題
1・不適切…「閉めるといいですか」は許可を求める言い方ではない。
2・不適切…「窓を閉めたらいいですか」は許可を求める言い方ではない。
3・適切…「窓を閉めてもいいですか」は相手に許可を求める言い方である。

中文解説
選項1不正確…「閉めるといいですか」不是徵詢許可的說法。
選項2不正確…「窓を閉めたらいいですか」不是徵詢許可的說法。
選項3正確…「窓を閉めてもいいですか／可以關窗嗎？」是徵詢對方許可的說法。

4 ばん

解答 2

日文解題
1・不適切…まず、田中さんがいるかどうかを聞く。
2・適切…敬語を使って「いらっしゃいますか」と聞いている。
3・不適切…過去の形にしないで、現在形で聞く。

中文解説
選項1不正確…首先要問的是田中先生在不在。
選項2正確…詢問時應該使用敬語「いらっしゃいますか／在嗎」。
選項3不正確…應該使用現在式詢問而不是過去式。

1ばん

解答 3

日文解題 1・不適切…「さっさと仕事しないからじゃない」は相手に対するいたわりのない言い方である。

2・不適切…「よかったね」はまだ仕事が残って帰れない人に言うことばではない。

3・適切…「そう。大変ね」で同情の気持ちが出ている。それから、いたわりのことばの「お疲れ様」を言うとよい。

中文解説 選項1不正確…「さっさと仕事しないからじゃない／不是因為你動作太慢嗎」是沒有顧及對方感受的說法。

選項2不正確…「よかったね／太好了」不是對還有工作沒完成、不能回家的人應該說的話。

選項3正確…先用「そう。大変ね／是喔，真辛苦」表達同情，再接著表示慰問「お疲れ様／辛苦您了」會更好。

2ばん

解答 3

日文解題 1・不適切…どこにいるかわからない時でも、他人ごとのような言い方はしない。「ここにはいらっしゃいません」などにする。

2・不適切…小野寺課長がいるかどうか問われているのに、「さあ、どうでしょうか」は冷たい言い方。「さあ、存じません」「さあ、知りません」などにする。

3・適切…「たった今、〜したばかりだ」というときは、過去形を使ってこのように言う。

例：今、スイッチを入れました。

中文解説 選項1不正確…即使不知道他人在哪裡，也不可以表示事不關己。應該說「ここにはいらっしゃいません／他不在這裡。」

選項2不正確…對方問小野寺科長在不在，如果回答「さあ、どうでしょうか／這個嘛，誰知道啊」顯得很冷淡。應該說「さあ、存じません／這個嘛，我不清楚」、「さあ、知りません／這個嘛，我不知道」。

選項3正確…要表達「たった今、〜したばかりだ／剛剛才〜」時，應該使用過去式。

例句：今、スイッチを入れました。（才剛打開了開關。）

3ばん

解答 2

日文解題 1・不適切…「もっと一生懸命やってね」は、軽い命令の言い方である。手伝ってもらいたい気持ちが表れていない。

2・適切…手伝ってもらえると「助かる」という、感謝の気持ちが出ている。

3・不適切…手伝ってもらうのは自分なのに「早く助けてあげて」は変である。

選項1不正確…「もっと一生懸命やってね／再努力一點吧」是略帶命令的說法，並沒有明確表達需要對方幫助的心情。

選項2正確…表示如果對方幫忙的話就用「助かる／幫大忙了」，如此可表達感謝的心情。

選項3不正確…需要幫忙的明明是自己，卻說「早く助けてあげて／我快點幫你吧」不合邏輯。

4ばん

解答　3

日文解題
1・不適切…頼まれたことができない時、すぐに、「難しい問題ですね」と答えるのは、冷たい感じがする。できない時は、まず、「すみません」と謝る。

2・不適切…どこにしまうかわからない時、すぐ「でも」と答えないで、「はい」と承諾したい気持ちを言ってから、「でも〜」と続けるとよい。

3・適切…「この引き出しでいいですか」と、どこにしまうのか、確認している。

中文解說
選項1不正確…被對方拜託而無法做到時，馬上回答「難しい問題ですね／這是很難的問題呢」會給人冷淡的感覺。辦不到的時候，首先應該以「すみません／不好意思」來道歉。

選項2不正確…不知道該收到哪裡時，也不要馬上回答「でも／但是」，應該先說「はい／好」來表達想幫忙的心情，後面再接「でも〜／不過〜」。

選項3正確…回答「この引き出しでいいですか／放在這個抽屜裡可以嗎？」以確認"該收到哪裡"。

5ばん

解答　2

日文解題
1・不適切…「よろしいですか」と言われたら、承諾の場合、「はい」で答える。

2・適切…「はい」で答え、どんなことかを聞いている。

3・不適切…「お尋ねする」は、ここでは「お聞きする」という意味である。どこかに行かれるという意味の「お訪ねする」ではない。「尋ねる」「訪ねる」の意味の違いに注意しよう。

中文解說
選項1不正確…如果對方問「よろしいですか／可以嗎」，同意時應回答「はい／好」。

選項2正確…先回答「はい／好」，再詢問對方有什麼事。

選項3不正確…「お尋ねする／請教一下」在這裡表示「お聞きする／打聽」的意思。並不是表示"要去哪裡"的「お訪ねする／拜訪」的意思。請注意「尋ねる／打聽」、「訪ねる／拜訪」意思上的差別。

6ばん

解答　2

日文解題
1・不適切…「これでかまいません」は、反省の気持ちがない言い方である。

2・適切…注意された時、まず「申し訳ございません」と謝る。そして、「これから気をつけます」と言うとよい。

3・不適切…「よろしくお願いいたします」は注意されて謝ることばではない。

中文解說　選項1不正確…「これでかまいません／這樣沒關係」不是反省的說法。

選項2正確…被對方提醒時，首先應該以「申し訳ございません／非常抱歉」來道歉，然後再說「これから気をつけます／我以後會注意」。

選項3不正確…「よろしくお願いいたします」並不是被提醒時用來道歉的說法。

7 ばん

| 解　答 | 3 |

日文解題
1・不適切…「何がしたいですか」なので、自分の気持ちを言う。

2・不適切…自分の希望を表す「～たい」をつけて、「果物を食べたいです」にする。

3・適切…自分の希望を言っている。

中文解說
選項1不正確…對方問的是「何がしたいですか／想做什麼？」，所以應該回答自己的想法。

選項2不正確…表達自己的意願時應該接「～たい／想要～」，因此應該回答「果物を食べたいです／想吃水果」。

選項3正確…這句話回答了自己想做的事。

8 ばん

| 解　答 | 3 |

日文解題
1・不適切…「から」は理由を答える言い方。映画の感想を聞かれているので、「から」を付けるのは変である。「とても悲しかったです」にするとよい。

2・不適切…「どうでしたか」なので、「おもしろいです」を過去形（「た形」）にする必要がある。「おもしろかったです」にする。

3・適切…「おもしろかったです」と過去形（「た形」）になっている。

中文解說
選項1不正確…「から／因為」是表示理由的回答方式。因為對方問的是對電影的感想假如用「から／因為」回答不合邏輯。如果回答「とても悲しかったです／非常悲傷」就是正確的說法。

選項2不正確…因為對方問的是「どうでしたか／怎麼樣」，所以應該以「おもしろいです／很有趣」的過去式「おもしろかったです／享受了一段很有趣的時光」來回答。

選項3正確…「おもしろかったです／享受了一段很有趣的時光」是過去式的說法，這是正確答案。

1

解答 4

日文解題
【毛 モウ け】
【布 フ ぬの】
1は「毛」の、のばす音が「もお」になっているので不適切。2「ふとん」は漢字で書くと「布団」である。
「毛布」は「動物の毛などでおった厚い布。寝る時などに使う」。

中文解說
【毛 モウ け】
【布 フ ぬの】
選項1把「毛／毛」的長音寫成「もお」所以不正確。選項2「ふとん」寫成漢字是「布団／棉被」。
「毛布／毛毯」是指「動物の毛などでおった厚い布。寝る時などに使う／動物的毛皮等製作的厚布，在睡覺時使用」。

2

解答 2

日文解題
【筋 キン すじ】
【肉 ニク】
1「からだ」は漢字で書くと「体」。
「筋肉」は動物の体を動かすはたらきをする、のびちぢみをする器官。うでや足の骨のまわりについているものと、内臓のかべを作っているものとがある。

中文解說
【筋 キン すじ】
【肉 ニク】
選項1「からだ」寫成漢字就是「体／身體」。
「筋肉／肌肉」是透過收縮與舒展作用協助動物進行肢體運動的組織，有的肌肉附著在手骨或腳骨上，有的肌肉形成內臟的壁層。

3

解答 2

日文解題
【讓 ジョウ ゆず-る】
3「まける」は漢字で書くと「負ける」。4「けずる」は漢字で書くと「削る」。
「讓る」はここでは「自分のことはおいて、ほかの人を先にする」こと。

中文解說
【讓 ジョウ ゆず-る】
選項3「まける」寫成漢字是「負ける／輸」。選項4「けずる」寫成漢字是「削る／削減」。
「讓る／禮讓」在這裡表示「自分のことはおいて、ほかの人を先にする／暫不考慮自己，先禮讓給其他人」。

4

解　答	1

日文解題

【喜　キ　よろこ‐ぶ】

「喜び」は、動詞「喜ぶ」が名詞になったもの。4「せつび」は漢字で書くと「設備」。

「喜び」は「喜ぶこと。うれしく思うこと」。

中文解說

【喜　キ　よろこ‐ぶ】

「喜び／欣喜」是由動詞「喜ぶ／高興」變化詞性之後的名詞。選項4「せつび」寫成漢字是「設備／設備」。

「喜び／欣喜」是「喜ぶこと。うれしく思うこと／高興、感到開心」。

5

解　答	3

日文解題

【留　リュウ・ル　と‐める】

【学　ガク　まな‐ぶ】

「留」の音読みは「りゅう」「る」だが、ここでは「りゅう」と読む。

1は「留」の読み方を間違えている。2は「りゆう」と、大きい「ゆ」になっているので不適切。4は「りゅ」と、のばす音「う」がないので不適切。小さく書く字やのばす音に注意しよう。

「留学」は「外国へ行って勉強すること」。

中文解說

【留　リュウ・ル　と‐める】

【学　ガク　まな‐ぶ】

「留」的讀音有「りゅう」、「る」，在這裡唸作「りゅう」。

選項1寫錯了「留」的念法。選項2寫成了大字的「ゆ」，變成了「りゆう」，所以不正確。選項4只寫了「りゅ」沒有寫到長音的「う」所以不正確。請特別留意小字或長音！

6

解　答	2

日文解題

【礼　レイ・ライ】

【儀　ギ】

「礼」の音読みは「れい」「らい」だが、ここでは「れい」と読む。

1は「儀」の読み方を間違えている。3と4は「礼」の読み方を間違えている。

「礼」は発音すると「れえ」に聞こえるが、書く時は、「れい」であることに、特に注意する。

「礼儀」は社会で生活をしていくうえで、必要な作法。

中文解說

【礼　レイ・ライ】

【儀　ギ】

「礼」的讀音有「れい」、「らい」，在這裡唸作「れい」。

選項1寫錯了「儀」的念法。選項3和4寫錯了「礼」的念法。雖然「礼」的發音聽起來像是「れえ」，但書寫時要寫「れい」，請特別注意。

「礼儀／禮儀」是在社會上生存的必要舉止。

7

解答 4

日文解題
【列　レツ】
【車　シャ　くるま】
「列」の音読みは「れつ」だが、ここでは「れっ」と読むことに注意する。
1は「列」も「車」も小さい字の「っ」「ゃ」になっていないので不適切。3は「列」が小さい字の「っ」になっていないので不適切。
「列車」は客車や貨車をつないだひとつづきの車両。

中文解說
【列　レツ】
【車　シャ　くるま】
「列」的讀音是「れつ」，但在這裡唸作「れっ」，請特別注意。
選項1沒有把「列」和「車」的讀音寫成小字的「っ」和「ゃ」所以不正確。選項3沒有把「列」的讀音寫成小字的「っ」所以不正確。
「列車／火車」是指一個車廂接著一個車廂的客車或貨車。

8

解答 3

日文解題
【作　サク・サ　つく‐る】
【法　ホウ】
「作」の音読みは「さく」「さ」だが、ここでは「さ」と読む。
1は「法」の、のばす音が「お」になっているので不適切。2は「作」の読み方を間違えている。「作」の読み方「さ」に注意しよう。
「作法」は日常の動作についてのきまり。

中文解說
【作　サク・サ　つく‐る】
【法　ホウ】
「作」的讀音有「さく」、「さ」，在這裡唸作「さ」。
選項1「法」的長音寫成「お」所以不正確。選項2寫錯了「作」的讀音。「作」的讀音是「さ」，請特別注意。
「作法／禮節」是指日常舉止的規則。

| 第2回 | 言語知識（文字・語彙） | 問題2 | P57 |

9

解答 3

日文解題
「起こる（おこる）」は、「ものごとが始まる。生じる」こと。
1「走る」は「はしる」、4「怒る」は「いかる・おこる」と読む。
例：1　駅まで走る。
3　争いが起こる。
4　弟のいたずらを怒る。

「起こる（おこる）／發生」是指「ものごとが始まる。生じる／開始某件事情。生成」。

選項1「走る／跑」唸作「はしる」、選項4「怒る／生氣」唸作「いかる・おこる」。

選項例句：

選項1　駅まで走る。（跑到車站。）

選項3　争いが起こる。（發生爭執。）

選項4　弟のいたずらを怒る。（為弟弟的惡作劇發怒。）

10

解 答　1

日文解題　「目標（もくひょう）」はものごとをするときのめあて。似た意味のことばに「目的（もくてき）」がある。

例：1　優勝を目標に毎日練習する。

中文解說　「目標（もくひょう）／目標」是指做某件事情時的目的。意思相近的詞有「目的（もくてき）／目的」。

例句：選項1　優勝を目標に毎日練習する。（以獲勝為目標每天練習。）

11

解 答　4

日文解題　「無料（むりょう）」は、「料金がいらないこと」。反対語（反対の意味のことば）は「有料（ゆうりょう）」。

例：4　入場料は、小学生以下は無料だ。

中文解說　「無料（むりょう）／免費」是指「料金がいらないこと／不用錢」。反義詞（相反意思的詞語）是「有料（ゆうりょう）／收費」。

例句：選項4　入場料は、小学生以下は無料だ。（小學以下兒童免入場費。）

12

解 答　2

日文解題　「評価（ひょうか）」は「物や人の値打ちを決めること」。

4「評判」は「ひょうばん」と読み、世間から注目されていて、うわさや話題になること。

例：2　新製品はとてもデザインがいいと評価された。

4　これが今評判の携帯電話だ。

中文解說　「評価（ひょうか）／評價」是指「物や人の値打ちを決めること／判斷事物或人的價值」。

選項4「評判／評價」唸作「ひょうばん」，是指受到社會關注，成為傳聞和話題。

選項例句：

選項2　新製品はとてもデザインがいいと評価された。（新產品的設計評價很好。）

選項4　これが今評判の携帯電話だ。（這是現在廣受矚目的手機。）

13

解答	3

日文解題　「保証（ほしょう）」はまちがいない、確かだと引き受けること。

例：3　この時計には保証書がついている。

中文解說　「保証（ほしょう）／保證」是確切肯定會承擔責任。

例句：選項3　この時計には保証書がついている。（這支手錶附有保固書。）

14

解答	1

日文解題　「費用（ひよう）」は何かをしたり、ものを買ったりするために必要なお金。

4「必要」は「ひつよう」と読み、「なくてはならない様子」。

例：1　旅行の費用を払う。

4　願書には、写真を貼る必要がある。

中文解說　「費用（ひよう）／費用」是指為做某事或買東西時必要的花費。

選項4「必要」唸作「ひつよう」，意思是不可或缺的樣子。

選項例句：

選項1　旅行の費用を払う。（支付旅遊的費用。）

選項4　願書には、写真を貼る必要がある。（申請書上必需貼照片。）

第2回　言語知識（文字・語彙）　問題3　P58

15

解答	4

日文解題　（　）の後の「～のため」に注目する。1「関心」、2「大事」、3「参考」は、「～のため」の形をとらないので不適切。

4「目的のため」とは、「目的を達成するため」ということ。問題文の「手段を選ばない」とは「どんなやり方でもする」ということ。決めていたことを最後までやり通す時の決意を表す。目的を達成するために、どんなことでもするということである。

中文解說　請注意（　）後面的「～のため」。選項1「関心／關心」、選項2「大事／重要」、選項3「参考／參考」後面都不能接「～のため」，因此不正確。

選項4「目的のため／基於目的」是指「目的を達成するため／為了達成目的」。題目中的「手段を選ばない／不擇手段」是指「どんなやり方でもする／無論用什麼方法都要去做」，用於表達對某事貫徹到底的決心，也就是為了達成目的而不擇手段的意思。

16

| 解　答 | 2 |

日文解題　様子や状態を表すことば（副詞）の問題。1「さっと」は「すばやく行う様子」。2「じっと」は「がまんして静かにしている様子」。3「きっと」は「必ず」。4「おっと」という副詞はない。

雨のやむのを待つ様子を表すことばは2「じっと」である。

例：1　部屋をさっと片づける。

2　足の痛みをじっとがまんする。

3　家賃は、明日、きっと払うよ。

中文解說　這題是關於表示樣子或狀態的副詞。選項1「さっと／迅速的」是「すばやく行う様子／迅速進行的樣子」。選項2「じっと／一動不動」是「がまんして静かにしている様子／忍耐著默不作聲的樣子」。選項3「きっと／一定」是「必ず／必定」的意思。選項4，「おっと」不是副詞。

表示等待雨停的樣子的詞語是選項2「じっと／一動不動」。

選項例句：

選項1　部屋をさっと片づける。（我迅速收拾房間。）

選項2　足の痛みをじっとがまんする。（一聲不響地忍受著腳痛。）

選項3　家賃は、明日、きっと払うよ。（明天一定要交房租哦。）

17

| 解　答 | 1 |

日文解題　どんな先輩に「相談にのってもらう」のかを考える。2「主張」、3「生産」、4「証明」は先輩のことをくわしく表すことばではないので不適切。

1「信頼」は「信じて頼りにすること」。信じて頼りになる先輩に、相談にのってもらうというのである。

例：1　信頼できる友人に自分の悩みを話す。

中文解說　看完題目後思考應該找什麼樣的前輩「相談にのってもらう／商量」。選項2「主張／主張」、選項3「生産／生産」、選項4「証明／證明」都不是進一步形容前輩的詞語，因此不正確。

選項1「信頼／信賴」是指「信じて頼りにすること／相信對方值得依靠」。也就是和可靠的前輩商量的意思。

例句：選項1　信頼できる友人に自分の悩みを話す。（和值得信賴的朋友談論了自己的煩惱。）

18

| 解　答 | 3 |

日文解題　（　）の前の「ますます雨が」に注意する。前よりも雨が強くなっていることを言っている。雨や風が強くなることを「激しくなる」と言う。

例：3　風が激しく吹いている。

中文解說　請注意（　）前面的「ますます雨が／雨下得愈來愈」。這句話的意思是雨勢比之前來得大。風雨變強的說法是「激しくなる／變大、轉強」。

例句：選項3　風が激しく吹いている。（風颳得很厲害。）

19

| 解　答 | 1 |

日文解題

（　）には丁寧な気持ちを表す語が入る。

2「尊」は尊敬の意味を表す語だが、「尊礼」ということばはないので不適切。

3「明」と4「多」も「礼」と結びつかないので不適切。

「満員御礼」は劇場や会場で、観客が満員の時、お礼の意味を表すことばで、すもうなどでよく使われる。

例：1　すもうは人気があって、今日も満員御礼だ。

中文解說

（　）中要填入表示鄭重的詞語。

選項2「尊」雖然是表示尊敬的詞語，但沒有「尊礼」這個說法，所以不正確。

選項3「明」和選項4「多」也都不能接「礼」，所以不正確。

「満員御礼／銘謝客滿」是在劇院或會場中，當觀眾爆滿時，用以表示感謝的詞語，經常用在相撲之類的會場。

例句：選項1　すもうは人気があって、今日も満員御礼だ。（相撲大受歡迎，今天又是高朋滿座。）

20

| 解　答 | 4 |

日文解題

カタカナで書くことば（外来語）の問題。1「チェック〔英語 check〕」は調べて間違いに印を付けること。2「イコール〔英語 equal〕」は二つの事柄が同じこと。3「ブログ〔英語 blog〕」は個人の日記などを、簡便な方法で作成し、公開することができるウェブサイト。4「ユーモア〔英語 humor〕」は「気のきいたおもしろみ」。

彼がみんなの人気者であるのは、どうしてかを考える。「ユーモアがある」ので、人気者なのである。したがって、4が正しい。

例：1　漢字の間違いをチェックする。

2　金持ちイコール幸せとは限らない。

3　ブログを作成して公開する。

4　先生の話はユーモアがある。

中文解說

這題是關於用片假名書寫的外來語。選項1「チェック〔英語 check〕」是指檢查時在錯誤處做上標記。選項2「イコール〔英語 equal〕／等於」是指兩件事情相同。選項3「ブログ〔英語 blog〕／部落格」是指能以簡便的方式架設的公開網站，可作為紀錄私人日記等等用途。選項4「ユーモア〔英語 humor〕／幽默」是指「気のきいたおもしろみ／詼諧的趣事」。

想一想他為什麼會成為最受歡迎的人。因為他「ユーモアがある／有幽默感」，所以受大家歡迎。因此選項4正確。

選項例句：

選項1　漢字の間違いをチェックする。（檢查漢字有無誤繕。）

選項2　金持ちイコール幸せとは限らない。（有錢人不一定幸福。）

選項3　ブログを作成して公開する。（架設部落格並可供大眾點閱。）

選項4　先生の話はユーモアがある。（老師說話很幽默。）

21

解 答　4

日文解題　「困っていたこと」がどうなると、「ほっとする（＝安心する）」のかを考えよう。困っていたことがなくなった時、うまくいった時、ほっとする。困っていることや問題になっていることがなくなる状態を表すことばを「解決」という。

例：4　犯人が捕まって、事件は解決した。

中文解説　看完題目後思考「困っていたこと／困擾的事」怎麼樣才能讓人「ほっとする（＝安心する）／放心」，也就是困擾的事情消失、解決後才會放心。表示困擾的事情或問題消失的詞語是「解決／解決」。

例句：選項4　犯人が捕まって、事件は解決した。（犯人遭到逮捕，解決了這起案件。）

22

解 答　2

日文解題　様子や状態を表す副詞の問題。（　）の前に「あれから」とあることから、どのくらい「待っていた」のかを表すことばを探す。2「ずっと」はある状態を長い間続けること。「あれから、長い間待っていた」のである。

「きっと」は「確かに。必ず」。3「はっと」は「急に気づく様子」。4「さっと」は「すばやくする様子」。

例：1　彼は時間通りどおりにきっとくるだろう。

2　テレビを3時間ずっと見ていた。

3　友だちと約束していたことをはっと思い出した。

4　宿題をさっとすませた。

中文解説　這題是關於表示樣子或狀態的副詞。因為（　）前面有「あれから／從那之後」，所以要找表示「待っていた／等待」了多久的詞語。選項2「ずっと／一直」是指長時間維持某個狀態。題目的意思是「あれから、長い間待っていた／從那之後，等了很久。」

「きっと／一定」是指「確かに。必ず／確實、必定」。選項3「はっと／突然發現」是「急に気づく様子／忽然注意到的樣子」。選項4「さっと／迅速的」是「すばやくする様子／迅速進行的樣子」。

選項例句：

選項1　彼は時間通りどおりにきっとくるだろう。（他一定會準時來的吧。）

選項2　テレビを3時間ずっと見ていた。（一直盯著電視看了三個小時。）

選項3　友だちと約束していたことをはっと思い出した。（我突然想起自己和朋友已經約好了。）

選項4　宿題をさっとすませた。（迅速地寫完了作業。）

23

| 解 答 | 3 |

日文解題　（　　）の前が「昨日の会議で決まったことを」とあることに注目する。

1「教育」、2「講義」、4「研究」は会議で決まったことと結びつかないので不適切。

3「報告」は「知らせること」。ここでは、会議で決まったことを知らせるということである。

中文解説　例：3　調査の結果を報告する。

請注意（　　）的前面有「昨日の会議で決まったことを／昨天會議中決定的事」。

選項1「教育／教育」、選項2「講義／講義」、選項4「研究／研究」都不能接會議中決定的事，所以不正確。

選項3「報告／報告」是指「知らせること／通知」。本題表示告知對方在會議中決定的事情。

例句：選項3　調査の結果を報告する。（報告調查結果。）

24

| 解 答 | 2 |

日文解題　「反対する」は「人の意見や案などに逆らう」こと。したがって、2「違う意見を言った」が正しい。

4「賛成した」は「反対した」の反対語（反対の意味のことば）である。

中文解説　「反対する／反對」是指「人の意見や案などに逆らう／反對他人的意見或提案」。因此，選項2「違う意見を言った／提出不同意見」是正確答案。

選項4「賛成した／贊成」是「反対した／反對」的反義詞（相反意思的詞）。

25

| 解 答 | 3 |

日文解題　「親しい」は「気持ちが通じ合っていて仲がいい」こと。したがって、3「仲がいい」が正しい。

2「つめたい」は、人に対しては思いやりや優しさがないという意味で使われる。

例：3　わたしは山田さんと、子どもの時から、親しくしている。

わたしは山田さんと、子どものときから仲がいい。

中文解説　「親しい／親密」是指「気持ちが通じ合っていて仲がいい／心意相通，感情融洽」。因此選項3「仲がいい／感情融洽」是正確答案。

選項2「つめたい／冷淡」用於形容對他人不體貼、不溫柔。

例句：選項3　わたしは山田さんと、子どもの時から、親しくしている。（我和山田先生從小就交情深厚。）

26

解 答	4

日文解題　「欠点」は「悪いところ。足りないところ。短所」。したがって、4「よくない
ところ」が正しい。
1「優れたところ」、2「よいところ」に近い意味のことばは「長所」である。
例：4　彼の欠点は、すぐ怒ることだ。
彼のよくないところは、すぐ怒ることだ。

中文解説　「欠点／缺點」是指「悪いところ。足りないところ。短所／不好的地方、不足
之處、短處」。因此，選項4「よくないところ／不好的地方」是正確答案。
和選項1「優れたところ」、選項2「よいところ」意思相近的詞語是「長所／
長處」。
例句：選項4　彼の欠点は、すぐ怒ることだ。（他的缺點是易怒。）
彼のよくないところは、すぐ怒ることだ。（他的短處是易怒。）

27

解 答	1

日文解題　「ゆれる」は「上下・左右・前後に動く」こと。1「ぐらぐら動いた」の「ぐら
ぐら」は、大きくゆれ動く様子を表すことばなので、1が正しい。
2「たおれる」は「立っているものが横になる」ことである。「ゆれる」と「た
おれる」の意味の違いに注意する。
例：1　強い風で木の枝がゆれた。
強い風で木の枝がぐらぐら動いた。

中文解説　「ゆれる／搖晃」是指「上下・左右・前後に動く上下、左右、前後晃動」。選
項1「ぐらぐら動いた／左搖右晃的」的「ぐらぐら」表示大力搖動的樣子，因
此選項1是正確答案。
選項2「たおれる／倒下」是指「立っているものが横になる／原本直立的物體
倒下來」。「ゆれる／搖晃」和「たおれる／倒下」的意思不同，請特別注意。
例句：選項1　強い風で木の枝がゆれた。（強風把樹枝吹得擺晃。）
強い風で木の枝がぐらぐら動いた。（樹枝被強風吹得左搖右擺的。）

28

解 答	1

日文解題　「見かける」は「偶然目にとまる」こと。
例：1　私の傘と同じものを見かけた。

中文解説　「見かける／目撃」是「偶然目にとまる／偶然看見」的意思。
例句：選項1　私の傘と同じものを見かけた。（偶然看見了和我一樣的傘。）

29

| 解答 | 3 |

日文解題 「履く」は「靴などのはきものを足につける」こと。また、ズボンなどを身につけるときにも「履く」を使う。

1「服」の場合は「着る」を使う。2「帽子」の場合は「かぶる」を使う。4「マスク」の場合は「する・つける」を使う。

中文解説 「履く/穿」是指「靴などのはきものを足につける/把鞋類物品穿在腳上」。另外，穿褲子時也用「履く/穿」這個詞。

選項1，如果是穿「服/衣服」則用「着る/穿」。選項2，如果是戴「帽子/帽子」則用「かぶる/戴」。選項4，如果是戴「マスク/口罩」則用「する・つける/戴」。

30

| 解答 | 4 |

日文解題 「注文」は「品物を作ったり売ったりしてくれるように、頼むこと」。4は「そば屋で、そばを頼んだ」ということである。

1は先生になりたいという自分の希望で、頼んでいるわけではないので不適切。2と3は「注文」とは関係のない文になっている。

中文解説 「注文/訂購」是指「品物を作ったり売ったりしてくれるように、頼むこと/委託對方製作物品，或請對方賣東西給自己」。選項4是指「そば屋で、そばを頼んだ/在蕎麥麵餐廳點了蕎麥麵」。

選項1，想成為老師是自己的願望，無法委託，所以不正確。選項2和3都是和「注文/訂購」沒有關係的句子。

31

| 解答 | 4 |

日文解題 「似合う」は「ふさわしくつり合う」こと。服や髪形などをいう場合が多い。4は「ピンクの服がふさわしくつり合う」ということである。

顔などが同じように見える場合は、「似合う」ではなく、「似る」を使うことに注意する。

▼誤りの選択肢を直す

1 「あなたの成績は非常によい。」と、先生に言われた。

2 「その兄弟は、顔がとても似ている。」と、みんなが言う。

3 「この薬はあなたの傷に効きます。」と、医者が言った。

中文解説 「似合う/適合」是指「ふさわしくつり合う/十分合襯」，多用於服裝和髮型等情形。選項4的意思是「ピンクの服がふさわしくつり合う/妳很適合粉紅色的衣服」。

形容長相相像不能用「似合う/適合」，而應該用「似る/相似」，請特別注意。

選項1　「あなたの成績は非常によい。」と、先生に言われた。（老師告訴了我：「妳的成績非常好」。）

選項2　「その兄弟は、顔がとても似ている。」と、みんなが言う。（大家都說「那對兄弟長得非常相像」。）

選項3　「この薬はあなたの傷に効きます。」と、医者が言った。（醫生說了，「這種藥對你的傷很有效」。）

32

解　答　1

日文解題

「済ませる」は予定していることなどを、終えること。「済ます」ともいう。1は「用事が終わった」ということである。

▼誤りの選択肢を直す

2　耳を澄ませると、かすかな波の音が聞こえてくる。

＊漢字に注意。「済ませる」ではなく「澄ませる」である。「澄ませる」はあることに心を集中させること。

3　夕ご飯を済ませたので、そろそろお風呂に入ろう。

＊「済ませる」は他動詞なので、助詞は「を」になる。

4　棚のお菓子を一人で食べた弟は、すました顔をしている。

＊「すます」は何でもないふりをする。平気でいる」こと。ふつう、ひらがなで書く。

中文解說

「済ませる／做完」是指完成了預定要做的事情，也寫作「済ます／做完」。選項1的意思是「用事が終わった／事情完成了」。

▼更正錯誤選項

選項2　耳を澄ませると、かすかな波の音が聞こえてくる。（仔細傾聽，就能隱約聽見海浪聲。）

＊注意漢字。不是「済ませる／做完」，而是「澄ませる／集中注意力」。「澄ませる／集中注意力」是指對某事集中精神。

選項3　夕ご飯を済ませたので、そろそろお風呂に入ろう。（晚餐吃飽了，該不多該洗澡了吧。）

＊「済ませる／做完」是他動詞，所以助詞應該用「を」。

選項4　棚のお菓子を一人で食べた弟は、すました顔をしている。（弟弟一個人吃掉架上的點心，還一副若無其事的表情。）

＊「すます／若無其事」是指裝作什麼事情都沒發生、滿不在乎的樣子。一般以平假名書寫。

33

解　答	3

日文解題　「新鮮」は「新しくて生き生きしている様子」。3は「新しくて生き生きしている野菜と果物を買ってきた」ということである。

1「洋服」の色やデザインなどには「新鮮」は使わない。2「森」「湖」などの景色にも「新鮮」は使わない。4は「新鮮な」ではなく、「新しい」という意味の「新品の」を使う。

中文解說　「新鮮／新鮮」是「新しくて生き生きしている様子／新的、生氣勃勃的樣子」。選項3是指「新しくて生き生きしている野菜と果物を買ってきた／買了新鮮的蔬菜和水果」。

選項1「洋服／西服」的顏色和設計等不會用「新鮮／新鮮」來形容。選項2「森／森林」、「湖／湖泊」等景色也不會用「新鮮／新鮮」形容。選項4，不會寫「新鮮な」，而應該用表示「新しい／新的」意思的「新品の／新品的」。

第2回	言語知識（文法）	問題1	P61-62

1

解　答	2

日文解題　問題文は、「一般に病気と言われるような病気はしたことがない」ということ。

このように、一般に認められる特徴をもっていることを表すことばは2「らしい」である。

1「らしく」は活用を間違えている。3「みたいな」、4「ような」は似ている様子を表すことば。

例：

2　最近、雨らしい雨は降っていない。

3　父は、グローブみたいな手をしている。

（グローブに似ている。）

4　お城のようなホテルに泊まった。

（お城に似ている。）

中文解說　題目的意思是「沒有得過被普遍認為是重病的疾病」。如本題，表示擁有普遍被認可的特徵的詞語是選項2「らしい／像」。

選項1「らしく／像是」的詞尾變化不正確。選項3「みたいな／似乎」和選項4「ような／好像」都用於表達相似的樣子。

例句：

2　最近沒下什麼大雨。

3　爸爸的手宛如棒球手套。

（像棒球手套。）

4　當時住在像城堡一樣的飯店。

（和城堡相似。）

2

解　答 3

日文解題 問題文は、「友だちが私の新しいアパートを探している」ということ。このように「人の親切によって、自分が得をする」意味を表すことばは3「もらう」。「～てもらう」の形で使う。

1「あげる」、2「差し上げる」は「やる」の謙遜した言い方。

「あげる」「差し上げる」「もらう」の使い方に注意しよう。

例：

1　老人の荷物を持って<u>あげて</u>、一緒に横断歩道を渡った。

2　お土産を<u>差し上げて</u>、喜ばれました。

3　道を教えて<u>もらって</u>助かった。

中文解説 題目的意思是「朋友正在幫我找新住處」。能夠表達「因為他人的好意而使自己受惠」意思的詞語是選項3「もらう／為我」。以「～てもらう／讓（為我）」的句型表示。

選項1「あげる／給」和選項2「差し上げる／獻上」是「やる／做」的謙遜用法。請留意「あげる」、「差し上げる」、「もらう」的使用方法！

例句：

1　<u>幫</u>老人提行李，陪他一起過了馬路。

2　<u>獻上</u>了紀念品給他，讓他很開心。

3　<u>妳為我</u>指路，真是幫了大忙！

3

解　答 4

日文解題 問題文は「先生がかかれた絵を見せてもらいたい」ということ。先生に対して敬意をはらい、敬語を使って依頼する言い方である。したがって、（　）には「見る」の謙譲語「拝見する」の使役形「拝見させる」が入る。また、後が「いただけますか」なので、「拝見させる」を「て形」にした「拝見させて」が入る。

例：

4　先生が撮られた写真を、<u>拝見させて</u>いただけますか。

中文解説 題目的意思是「想看老師畫的大作」。這是對師長表示敬意、使用敬語拜託對方的用法。「見る／看」的謙讓語是「拝見する／拜見」。因此，（　）應填入「拝見する／拜見」的使役形「拝見させる／使拜見」。另外，因為句尾是「いただけますか／可以嗎」，「拝見させる／讓拜見」應轉成「て形」，填入「拝見させて／讓拜見」。

例句：

4　<u>可以容我拜見</u>老師拍攝的照片嗎？

4

| 解　答 | 2 |

| 日文解題 |

（　）が「〜で（て）いる」に続いていることに注目する。「〜で（て）いる」に続くことばは2「最中に」である。問題文は、「友だちと遊んでいるちょうどその時」ということ。

1「ふと」、3「さっさと」、4「急に」は「〜で（て）いる」に続かないので不正解。

例：

2　試合をしている最中に、雨が降ってきた。

（「ている」になる。）

2　公園で遊んでいる最中に、雨が降りだした

（「でいる」になる。）。

| 中文解說 |

請留意（　）是接在「〜で（て）いる／正在」之後。可以接在「〜で（て）いる」之後的是選項2「最中に／正〜之時」。題目的意思是「正在和朋友玩的時候」。選項1「ふと／偶然」、選項3「さっさと／迅速地」、選項4「急に／突然」都不會接在「〜で（て）いる」的後面，所以不正確。

例句：

2　比賽進行得正精彩，卻下起雨來了。

（前面變成「ている」）

2　在公園玩得正高興，卻下雨了。

（前面變成「でいる」）

5

| 解　答 | 1 |

| 日文解題 |

「〜ようになる」は「〜の状態になる」ということ。「ようになる」の前の動詞は辞書形になる。したがって、1「歩ける」が正しい。「歩ける」は可能動詞で、「歩くことができる」ということ。

例：

1　ようやく、漢字を書けるようになった。

（書ける状態になった。）

1　日本の歌を歌えるようになった。

（歌える状態になった。）

| 中文解說 |

「〜ようになる／變得〜」的意思是「變成〜的狀態」。「ようになる／變得」前面的動詞必須是辭書形。因此，正確答案是選項1「歩ける／可以走」。「歩ける」是可能動詞，意思是「可以走路」。

例句：

1　終於會寫漢字了！

（變成了會寫的狀態。）

1　學會唱日本歌了！

（變成了會唱的狀態。）

6

解　答　4

日文解題　（　）の後が「お客様」であることに注意する。（　）には尊敬語が入ることがわかる。尊敬語を使っているのは4「いらっしゃる」である。「いらっしゃる」は「来る」「行く」「いる」の尊敬語。

2「伺う」は「行く」「訪問する」の謙譲語。

例：

2　父は午後に伺う予定です。

（「行く」の謙譲語。）

4　もうすぐ社長がこちらにいらっしゃるでしょう。

（「来る」の尊敬語。）

中文解說　請留意（　）的後面有「お客様／顧客」，由此可知（　）應該填入尊敬語。使用尊敬語的是選項4「いらっしゃる／光臨」。「いらっしゃる」是「来る／來」、「行く／去」、「いる／在」的尊敬語。

選項2「伺う／去、拜訪」是「行く／去」、「訪問する／拜訪」的謙讓語。

例句：

2　家父將於下午前往拜訪。

（「行く／去」的謙讓語。）

4　總經理即將蒞臨吧？

（「来る／來」的尊敬語。）

7

解　答　3

日文解題　問題文は「十分練習したけど、1回戦で負けた」ということ。したがって、（　）には逆接（前のことがらから、予想されることと違うことが起きたことを表す）の接続語が入る。逆接の接続語は3「はずなのに」の「のに」。「はず」は「きっとそうなる」ということ。「十分練習したのだから、勝つだろうと思っていたのに」という気持ちを表す。

1「はずだから」の「から」は順接（前に述べていることと、その後に述べることが、自然に続いている意味を表す）の接続語である。

例：

1　荷物を何度も確認しておいたはずだから、忘れ物はないでしょう。

（順接）

3　集合時間を何度も言っておいたはずなのに、彼は来なかった。

（逆接）

中文解說　題目的意思是「雖然拚命練習了，然而第一回合就輸了」。因此，（　　）應填入逆接（表示依照前面事項推測，應得到某種結果，然而卻發生了不同於預測的狀況）的連接詞。逆接的連接詞是選項3「はずなのに／明明應該是～」中的「のに／明明」。「はず／理應」意思是「一定會如此」。題目呈現的心情是「因為拚命練習了，所以我以為一定會贏」。

選項1「はずだから／應該是這樣所以」的「から／所以」是順接（表示前述事項可以自然連接到後述事項）的連接詞。

例句：

1　因為行李已經檢查過好幾遍了，應該沒有漏掉的物品吧。

（順接）

3　明明應該再三提醒過集合時間了，結果他卻沒來。

（逆接）

8

解答　2

日文解題　「お～になる」「ご～になる」は相手の動作を尊敬していることばである。「ください」は「そのようしてほしい」の丁寧な言い方。前のことばは「て形」である。したがって、2「になって」が適切。

例：

2　お好きなものをお食べになってください。

（「食べてください」の尊敬表現。）

3　お好みの色をお選びになってください。

（「選んでください」の尊敬表現。）

中文解說　「お～になる／請您做」「ご～になる／請您做」用於尊敬地描述對方的動作。「ください／請」是「希望你這樣做」的禮貌說法。「ください」前面必須是「て形」，因此，以選項2「になって」最恰當。

例句：

2　若有合您胃口的食物請盡情享用。

（「食べてください／請吃」的尊敬用法。）

3　敬請選擇您喜歡的顏色。

（「選んでください／請選擇」的尊敬用法。）

9

解答　3

日文解題　問題文は「朝早く起きたためか、眠かった」ということ。「ために」と同じ意味のことばは3「せい」。「せいか」の「か」は「はっきりしないけどたぶんそうだろうという気持ちを表すことば」。「朝早く起きたためだろう」と思っている。

4「だから」は「起きた」に続かないので不正解。前が動詞なので、「だ」は不要である。

例：

2　母が教えてくれたとおりに、料理を作った。

（母が教えてくれたのと同じに。）

3　歩きすぎたせいか、足が痛い。

（歩きすぎたためだろうか。）

4　雨だから、部屋で本を読もう。

（雨が降っているから。）

中文解說 題目的意思是「不知道是不是早起的緣故，很睏」。而和「ために／因為」意思相同的詞語是選項3的「せい／因為」。「せいか／可能是因為」的「か」帶有「雖然不肯定，但大概是這樣吧」的語感。題目意思是「大概是因為早起吧」。

選項4「だから／因為」的後面不會接「起きた／起床」，所以不正確。並且（　）前面的「起きた／起床」是動詞，因此「だから／因為」的「だ」是不需要的。

例句：

2　按照媽媽教的做了菜。

（和媽媽教過的一樣。）

3　不知道是不是因為走太久了，腳很痛。

（應該是因為走太久了。）

4　因為下雨，待在房間裡看書吧。

（因為正在下雨。）

10

解　答　4

日文解題　問題文は「今年の夏こそ、絶対にやせる」ということ。（　）には強い決意を表すことば4「みせる」が入る。「みせる」は「～てみせる」で使われる。

例：

4　今年こそ合格してみせる。

中文解說　題目的意思是「今年夏天絕對會瘦下來」。所以（　）應填入表達強烈決心的選項4「みせる／讓～看」。「みせる」此處是「～てみせる／做給～看」的句型。

例句：

4　今年絕對會合格給你看！

11

解　答　2

日文解題　（　）の前の「なんて」は意外な気持ち、前のことばを否定する気持ちを表す。後には否定的なことばが続く。否定的なことばは2「考えられない」である。

例：

2　まじめな彼女が遅刻するなんて、信じられない。

中文解說　（　）前面的「なんて／竟然～」表示意外的、否定前面事項的心情，後面要接否定的詞語。否定的詞語是選項2「考えられない／無法想像」。

例句：

2　認真嚴謹的她居然會遲到，真令人不敢相信。

12

| 解　答 | 1 |

日文解題　（　）の前が「認めて」と、「て形」になっていることに注意しよう。「て形」に続くことができるのは、1「もらわないわけにはいかない」である。「～わけにはいかない」という言い方で、「～することはできない」という意味を表す。問題文は「親に認めてもらわないと結婚できない」ということ。

例：

1　進学するには、<u>学費を親に出してもらわないわけにはいかない</u>。

（学費を親に出してもらわないと、進学できない。）

3　今日は試験があるから、<u>欠席するわけにはいかない</u>。

（欠席することはできない。）

中文解説　（　）前面是「認めて／同意」，請留意這是「て形」。可以接在「て形」後面的是選項1「もらわないわけにはいかない／不得不得到」。「～わけにはいかない／不能～」用於表示「不可以做～」的意思。題目的意思是「如果父母不同意的話就不能結婚」。

例句：

1　要升學，<u>就不得不麻煩父母出學費</u>。

（父母不出學費的話，就無法升學。）

3　因為今天有考試，所以<u>不能缺席</u>。

（不可以缺席。）

13

| 解　答 | 4 |

日文解題　（　）には「怒る」の使役形が入る。

また、「しまった」に続くので「て形」になる。したがって、4「怒らせて」が適切。

1「怒らさせて」は使役形の作り方を間違えている。「さ」はいらない。3「怒られて」は受身形である。

例：

3　遅刻して先生に<u>怒られて</u>しまった。

（受身形）

4　うそを言って、母を<u>怒らせて</u>しまった。

（使役形）

中文解説　（　）應填入「怒る／生氣」的使役形。

另外，因為後面接的是「しまった」，所以應該寫成「て形」。因此，選項4「怒らせて／惹～生氣」最恰當。

選項1「怒らさせて」這種使役形的活用變化是錯誤的，多了「さ」。選項3「怒られて／被訓斥」是被動形。

例句：

3　遲到挨了老師<u>罵</u>。

（被動形）

4　說謊惹媽媽<u>生氣</u>了。

（使役形）

14

| 解　答 | 4 |

日文解題　正しい語順：高校生の息子がニュージーランドにホームステイをしたいと言っている。私は、子どもが　したいと　思うことは　させて　やりたい　と思うが、やはり少し心配だ。

まず、選択肢1の「思う」の前は内容や引用を示す「と」が来ることに注目するとよい。すると、「したいと思うことは」になることがわかる。次に、使役形を使った「させてやりたい」の言い方をおさえよう。相手の行動を許可する言い方である。

このように考えていくと、「3→1→4→2」の順となり、問題の　★　には、4の「させて」が入る。

中文解説　正確語順：就讀高中的兒子說他想去紐西蘭住在寄宿家庭。我雖想讓孩子去做他想做的事，難免有點擔心。

首先，請留意選項1的「思う／想」前面應該是表示內容或引用的「と」。由此可知連接後變成「したいと思うことは／想做的事」。接著再掌握使役形「させてやりたい／讓他做」的用法，表示允許對方的行為。

如此一來順序就是「3→1→4→2」，　★　應填入選項4「させて／讓」。

15

| 解　答 | 1 |

日文解題　正しい語順：B「ああ、お店の　人に　勧められた　とおりに　注文したら　とてもおいしかったよ。」

「とおりに」の前は、過去形（「た形」）になる。したがって、「勧められたとおりに」になる。また、「勧められた」が受身形なので、誰によって勧められたかのかがわかる形にすると、「人に勧められた」になる。さらに、問題部分の前の「お店の」にも注意しよう。「お店の」の後に続くのは名詞で、「人に」であることがわかる。

このように考えていくと、「3→1→4→2」の順となり、問題の　★　には、1の「勧められた」が入る。

中文解説　正確語順：B「哦。只要按照店員推薦的點菜就很好吃哦！」

「とおりに」的前面應接過去式（「た形」）。因此會變成「勧められたとおりに／就如被推薦的那樣」。另外，因為「勧められた／被推薦」是被動形，如果要表示知道是被誰推薦的，就寫成「人に勧められた」。再者，也請注意題目句前面的「お店の」。「お店の」後接的應是名詞，由此可知要接的是「人に」。

如此一來順序就是「3→1→4→2」，　★　應填入選項1「勧められた／被推薦」。

16

解　答　4

日文解題　正しい語順：彼女は親友の　<u>私にも</u>　<u>相談できずに</u>　<u>一人で</u>　<u>悩んで</u>　いたに違いない。

問題部分の前後に注意して、正解のことばを探していこう。前は「親友の」なので、続くことばは名詞である。名詞は「私にも」か「一人で」のどちらかだが、意味が通るのは「私にも」である。したがって、「親友の私にも」となる。そして、「親友の私にも」どうなのかを示す動詞を探すと、「相談できずに」が見つかる。また、後の語は「いた」なので、その前は「て形」のことばになる。したがって、「悩んでいたに違いない」になる。残った「一人で」は「悩んでいた」の前に付ける。

このように考えていくと、「3→1→4→2」の順となり、問題の　<u>★</u>　には、4の「一人で」が入る。

中文解説　正確語順：她一定<u>連身為知心好友的我都無法商量</u>，<u>獨自一人煩惱不已</u>。

請觀察空格的前後部分，尋找正確答案吧！因為前面是「親友の／知心好友的」，所以下一格應該接名詞。名詞的選項有「私にも／連我」和「一人で／獨自一人」，符合文意的是「私にも／連我」，因此可知是「親友の私にも／連知心好友的我」。接著，尋找可以表示「親友の私にも」的動作的動詞，發現了「相談できずに／無法商量」。又因為最後一個空格之後接的是「いた」，所以前一格應為「て形」的詞語。由此可知是「悩んでいたに違いない／一定煩惱不已」。最後剩下的「一人で」就放在「悩んでいた／煩惱不已」的前面。

如此一來順序就是「3→1→4→2」，　<u>★</u>　應填入選項4「一人で」。

17

解　答　2

日文解題　正しい語順：さっき歯医者に行った　<u>のに</u>　<u>予約</u>　<u>の</u>　<u>時間を</u>　間違えていました。

逆接の意味を表す「のに」に注目する。「のに」の前は普通形になるので、「さっき歯医者に行った」に続くことがわかる。また、「の」は名詞と名詞をつなぐ語なので「予約の時間を」となる。問題文の最後の「間違えていました」の対象になるのは、「時間を」だけなので、「予約の時間を間違えていました」になる。

このように考えていくと、「2→4→3→1」の順となり、問題の　<u>★</u>　には2の「のに」が入る。

中文解説　正確語順：剛才<u>專程去了牙科</u>，沒想到<u>記錯預約的時間了</u>。

請留意表示逆接意思的「のに／專程」。「のに」的前面必須是普通形，由此可知「のに」的前面接的是「さっき歯医者に行った／剛才專程去了牙科」。又因為「の／的」的作用是連接兩個名詞，因此合起來就變成「予約の時間を／預約的時間」。題目最後「間違えていました／記錯」的對象只可能是「時間を／時間」，所以連接後變成「予約の時間を間違えていました／記錯預約的時間」。

如此一來順序就是「2→4→3→1」，　<u>★</u>　應填入選項2「のに」。

| 解　答 | 3 |

| 日文解題 | 正しい語順：あなたのことを　僕　ほど　愛している　人　はいないと思います。 |

「AほどBはいない」の言い方に注目する。A、Bは名詞である。問題文の最後が「～はいないと思います」なので、その前を「AほどB」の形にするとよい。Aには「僕」が入って、「僕ほど」となる。Bの名詞は「人」だが、その前に連体修飾語の「愛している」を付けて、「愛している人」にする。

このように考えていくと、「4→3→1→2」の順となり、問題の　★　には3の「ほど」が入る。

| 中文解說 | 正確語順：我認為不會有人像我這麼愛你。 |

請留意「AほどBはいない／不會有像A這麼～的B」的用法，A和B都是名詞。因為題目的句尾是「～はいないと思います／我認為不會有」，所以聯想到前面應該是「AほどB／像A這麼～的B」。A填入「僕／我」，變成「僕ほど／像我這麼」。B的名詞是「人／人」，但「人」的前面要再加上連體修飾語「愛している／愛你」，變成「愛している人／愛你的人」。

如此一來順序就是「4→3→1→2」，　★　應填入選項3「ほど／這麼」。

第2回　言語知識（文法）　問題3　P65-66

| 文章翻譯 | 以下文章是留學生陳同學回國後，寄給在日本時住的寄宿家庭的高木小姐的信。 |

高木家的大家，最近過得好嗎？

留宿府上時受大家的照顧了。因為大家的盛情款待，讓我感覺像是去親戚玩一樣的度過了開心的日子。與希美小姐和小俊一起去爬富士山非常開心，另外像是製作烏龍麵、沏茶等等，讓我幫忙各種事情，也都是非常美好的回憶。

其實，在到日本之前，我沒有考慮過要住在寄宿家庭。如果沒有住在寄宿家庭，只投宿旅館的話，不但無法結識高木家的各位，對於日本人的想法也將一無所知的就回國了。能夠寄宿府上，真的是太好了。

明年，我將作為交換學生前去日本。屆時請務必讓我再次拜訪尊府，希望能讓大家品嚐我國的料理。

就快要過年了呢。請大家注意身體健康，並預祝大家都能過個好年。

陳美琳

| 解　答 | 1 |

| 日文解題 | チンさんが高木家のみなさんにしてもらったことなので、「迎えた」を受身形 |

にした1「迎えられたので」が適切。

2「迎えさせたので」は使役形を使っているので不正解。3「迎えたので」は受身形でないので不正解。4「迎えさせられて」は使役受身なので不正解。

例：

1　妹にケーキを<u>食べられた</u>。（受身）

2　弟に魚を<u>食べさせた</u>。（使役）

3　私はカレーを<u>食べた</u>。（過去形）

4　母に野菜を<u>食べさせられた</u>。（使役受身）

| 中文解說 |

因為陳同學得到高木家的各位的照顧，所以應該選「迎えた／款待了」的被動式，正確答案也就是選項1「迎えられたので／由於（受到）款待」。

選項2「迎えさせたので／因為使款待」是使役形，所以不正確。選項3「迎えたので／因為款待了」不是被動式，所以不正確。選項4「迎えさせられて／被迫款待」是使役被動式，所以也不正確。

例句：

1　蛋糕<u>被妹妹吃掉了</u>。（被動）　　2　<u>餵弟弟吃了魚</u>。（使役）

3　我<u>吃了</u>咖哩。（過去形）　　4　<u>被媽媽逼著吃了蔬菜</u>。（使役被動）

20

| 解　答 | 3 |

| 日文解題 |

空欄の前の「まるで」に注意する。「まるで〜ような」、「まるで〜みたいな」でたとえの表現になる。

1「みたい」は「な」がないので名詞の「気持ち」に続かない。したがって、1は不正解。2「そうな」はそういう様子だという意味を表すことばなので不正解。4「らしい」はたぶんそうだと思う気持ちやそのものにふさわしい様子を表すことばなので不正解。

例：

1　これ、まるで本物<u>みたい</u>。

2　おいし<u>そうな</u>メロンだね。

3　まるで母と話している<u>ような</u>気持ちになった。

4　学生<u>らしい</u>態度をとりなさい。

| 中文解說 |

請留意空格前的「まるで／簡直」。這是比喻的用法，一般寫成「まるで〜ような／簡直像〜一般」、「まるで〜みたいな／簡直像〜似的」。

選項1「みたい／像是」因為沒有加上「な」，所以後面不能接名詞的「気持ち／心情」，所以不正確。選項2「そうな／看起來」表示就是這種情況（並非比喻），所以不正確。選項4「らしい／像〜樣的」表示自己認為大概是這樣，或是表達符合該人或物應有的樣子，所以不正確。

例句：

1　這個<u>簡直就像</u>真品！　　2　<u>看起來</u>很好吃的香瓜！

3　心情變得<u>簡直在</u>和媽媽說話<u>似的</u>。　　4　請拿出學生<u>應有</u>的態度！

21

解　答　1

日文解題　ホストファミリーの高木さんに敬語を使っている。「させてもらう」を謙譲語で表している1「させていただいた」が適切。

2「していただいた」は「して」が間違い。手伝いをしたのは高木家のみなさんでなくチンさんなので、「させて」にする。3「させてあげた」は「あげた」のところが間違えている。「あげる」は目上の人には使わない。4「してもらった」は全体が違うので不正解。

例：

1　私に説明させていただきたい。

中文解說　應該對寄宿家庭的高木小姐使用敬語。「させてもらう／讓我」的謙讓語是「させていただいた／請讓我」，因此正確答案是選項1「させていただいた／請讓我」。選項2「していただいた／請做」的「して／做」是錯誤的。幫忙的人不是高木家的人，而是陳同學，所以應該寫成「させて／使做」。選項3「させてあげた／讓你」錯在「あげた／給」。「あげる」不能對上位者使用。選項4「してもらった／讓～做」的語法全部錯誤。

例句：

1　請讓我來為您說明。

22

解　答　2

日文解題　空欄のすぐ後が「泊まらなかった」と、否定形になっていることに注意する。後に否定形がくるのは2「しか」である。「しか～ない」の形になる。

1「だけ」3「ばかり」も、「しか」と同じ意味だが、後は否定形にならないので不正解。4「ただ」も後に否定がくる場合があるが、ここでは「ただホテルに泊まったら」という意味なので不正解。

例：

1　100円だけ残しておく。

2　この教室には留学生しかいない。

3　休日はテレビばかり見ている。

4　妹はただ泣くだけだった。

中文解說　由於空格後面接的是「泊まらなかった／沒有投宿旅館」，請留意這是否定句。後面能接否定句的是選項2「しか／只有」，也就是「しか～ない／只有～」的句型。選項1「だけ／只有」和選項3「ばかり／淨是」的意思都和「しか」相同，但後面都不能接否定形，所以不正確。選項4「ただ／光是」後面雖然可以接否定形，但這裡如果用了「ただ」，意思會變成「光是投宿旅館的話」，所以也不正確。

例句：

1　只留下100圓。

2　這間教室裡只有留學生。

3　假日一整天都在看電視。

4　妹妹那時光是哭個不停。

23

解 答 3

日文解題 料理を食べるのは高木家のみんな。したがって、「食べる」の尊敬語3「召し上がって」が適切である。

1「いただいて」は「食べる」の謙譲語なので不正解。2「召し上がらせて」は敬語の形が間違い。4「作られて」は「作る」の尊敬語だが、高木家の人が作るのではないので不正解。

例：

1　先生のお宅でお茶を<u>いただいた</u>。

3　私が焼いたケーキを<u>召し上がって</u>ください。

4　先生は日本料理を<u>作られた</u>。

中文解説 要享用料理的是高木家的人，因此要選「食べる／吃」的尊敬語，正確答案是選項3「召し上がって／品嘗」。

選項1「いただいて／吃」是「食べる／吃」的謙讓語，所以不正確。選項2「召し上がらせて」是不正確的敬語用法。選項4「作られて／做」是「作る／做」的尊敬語，但要做料理的並非高木家的人，所以也不正確。

例句：

1　在老師家<u>用了</u>茶。

3　請<u>享用</u>我烤的蛋糕。

4　老師<u>烹調了</u>日本料理。

| 第2回 | 読解 | 問題4 | P67-70 |

24

解 答 4

文章翻譯 (1)

最近我常騎腳踏車。尤其是休假日，享受著舒爽的涼風，悠然自在地踩著踏板前進。

自從開始騎腳踏車以後，我發現腳踏車和汽車相比，視野範圍來得寬廣多了。汽車的速度快，幾乎沒有辦法看到什麼風景，而腳踏車則可以一邊騎一邊仔細看清楚周圍的景色。結果這才發現，我以往錯過了多少美麗的風景。只要拐過一個小轉角，就有一個嶄新的世界等在眼前。有時候是只有當地人才知道的稀奇店鋪，有時候是一家小巧而美好的咖啡廳。平時搭車經過時沒什麼特別感覺的街道，原來有這些新奇的事物，自從體悟到這種全新的感動後，彷彿<u>連想法也變得更加開闊了</u>。

日文解題 答えは 4

＿＿＿線部の前に、「新しい世界が待っています」「実はこんな物があったのだ という新しい感動に出会えて」とある。これに合うのは 4「新しい発見や感動 に出会える」である。

中文解說 正確答案是 4

＿＿＿底線部分的前面提到「新しい世界が待っています」（嶄新的世界等在眼 前）、「実はこんな物があったのだという新しい感動に出会えて」（原來有這 些新奇的事物，自從體悟到這種全新的感動）。符合這些敘述的是選項 4「新し い発見や感動に出会える」（有新的發現與感動）。

25

解 答	**4**

文章翻譯 (2)

工作上有不少機會到各家公司與團體的事務所拜訪，這時，對方常端 出裝在保特瓶裡的飲料來招待。飲料的種類包括日本茶、咖啡或紅茶 等等，夏天時冰鎮得透心涼，而冬天則是溫溫熱熱的。保特瓶飲料不 但讓人感覺潔淨，招待方也不必費功夫準備，對於忙碌的現代人來說 非常便利。

不過，偶爾可以喝到現沏的日本茶。從擱入了茶葉的茶壺[※1]裡傾出 的綠茶香氣與芳醇，具有保特瓶飲料所無法品嚐到的魅力，可以讓人 感受到那份為客人送上用心沏茶的體貼款待[※2]。

正因為身處一切講求簡單便利的現代社會，像這樣的款待之心更令人 倍感珍惜。那份心意，讓人聯想到或許將延伸為日後雙方的相互信賴。

※1 急須：裝盛查水的小壺，茶壺。

※2 もてなし：帶著為客人著想的心意接待對方。

日文解題 答えは 4

1・×…「もてなしの心」を大切にすると、「お互いの信頼関係へとつながる」 と述べている。つまり、「つながる」と言っているのであって、「大切にしたい」 ことではない。

2・×…ペットボトルは便利だが、「大切にしたい」というのは、文章中にな い内容。

3・×…丁寧に入れた日本茶の味や香りの魅力については、「温かいおもてなし の心」の例としてあげているにすぎない。

4・○…＿＿＿線部の前の「このようなもてなしの心」を、前の段落で「温かいも てなしの心」と言っている。

正確答案是 4

1.×…文中提到如果能珍惜「もてなしの心」（款待的心），就能「お互いの信頼関係へとつながる」（延伸為雙方的相互信賴）。也就是說，這裡說的是「つながる」（延伸），而不是「大切にしたい」（倍感珍惜）的事。

2.×…雖然保特瓶很方便，但是對保特瓶「大切にしたい」（倍感珍惜）是文章中沒有提到的內容。

3.×…用心沏的日本茶的甘醇與香氣的魅力，只不過是「温かいおもてなしの心」（體貼的款待之心）的舉例而已。

4.○…____底線部分的前面「このようなもてなしの心」（像這樣的款待之心）說的是前一段的「温かいもてなしの心」（體貼款待的心）。

26

解　答　3

文章翻譯　(3)

旅館的大廳張貼著以下這張告示：

---

8 月 11 日（五）
戶外泳池暫停開放通知

各位貴賓：

非常感謝各位對山花湖景旅館的支持與愛護。由於受到 12 號颱風帶來的強風與豪雨影響，8/11（五）戶外 ※ 泳池將暫停開放。感謝您的諒解與合作。8/12（六）的開放時間將視天候狀況有所異動，敬請於使用前洽詢櫃臺人員。

山花旅館 總經理

※ 屋外：建築物的外面

日文解題　答えは 3

1・×…「11 日に台風が来たら」が正しくない。仮定ではなく、プールは休みになることは決まっている。

2・×…12 日は、営業時間に変更があるかもしれないが、プールは営業する。

3・○…「天候によって、営業時間に変更がございます」とある。

4・×…「いつも通り」ではない。天候によって、営業時間に変更がある可能性がある。

中文解說　正確答案是 3

1.×…「11 日に台風が来たら」（假如 11 日颱風來襲）是不正確的，告示中寫的並不是假設，而是已經確定泳池將暫停開放。

2.×…雖然 12 日的開放時間可能異動，但泳池仍會開放。

3.○…告示上提到「天候によって、営業時間に変更がございます」（開放時間將視天候狀況有所異動）。

4.×…並不是「いつも通り」（和平常一樣），而是視天候狀況，開放時間可能有所異動。

27

解 答　3

文章翻譯 (4)

這是寄給一瀬小姐的電子郵件：

山中設計 股份有限公司

一瀨小百合小姐　敬覽

感謝您一直以來的照顧。

雖與工作無關，但我將於 8 月 31 日因個人理由 ※1 離職 ※2。

這段時間 ※3 以來承蒙您多方關照，由衷感激。

在這裡學到的心得，我將運用在下一份工作中接受全新的挑戰。

預祝一瀨小姐鴻圖大展。

此外，後續工作將由川島接任，他將與您另行聯絡。

謹此，勿草如上。

日新汽車股份有限公司 銷售部

加藤太郎

地址：〒 111-1111 東京都○○區○○町 1-2-3

TEL：03-＊＊＊＊-＊＊＊＊　/　FAX: 03-＊＊＊＊-＊＊＊＊

URL:http://www.ｘｘｘ.co.jp

Mail:ｘｘｘ@example.co.jp

※1 私事：只和自己有關的事。

※2 退職：離開原本工作的公司。

※3 在職中：待在那家公司的期間。

日文解題

答えは 3

1・×…「8 月 31 日をもって退職いたすことになりました」とある。「8 月 31 日で」ということで、メールを送ったときは、8 月 31 日より前である。

2・×…会社を辞める理由を「結婚のため」とは書いていない。

3・〇…川島さんは加藤さんと同じ会社（日新自動車）の人で、加藤さんの仕事を引きつぐ。

4・×…加藤さんは、一瀬さんに「新しい担当者を紹介してほしい」と頼んでいない。

中文解說

正確答案是 3

1. ×…郵件中提到「8 月 31 日をもって退職いたすことになりました」（將於 8 月 31 日離職）。因為是「8 月 31 日で」（將於 8 月 31 日），所以可以知道寄信的日期於 8 月 31 日之前。

2. ×…郵件中沒有提到辭職的理由是「結婚のため」（因為結婚）。

3. ○…川島先生是加藤先生同公司（日新汽車）的同事，接手加藤先生的工作。

4. ×…加藤先生並沒有請一瀨小姐「新しい担当者を紹介してほしい」（介紹接手後續工作的人）。

第2回　読解　問題5　　　　　　　　　　P71-74

文章翻譯　(1)

　　日本人喜歡吃壽司。而且不單是日本人，許多外國人也喜歡吃壽司。但是，在銀座這樣的高級地段吃壽司的話，結帳時的昂貴價格會把人嚇得連眼珠子都快掉下來了。

　　我也喜歡吃壽司，因此常去便宜的迴轉壽司店。從擺著各式各樣的壽司轉圈的檯面拿下喜歡的壽司盤享用，價錢有的高有的低，以盤子的顏色做區分。

　　迴轉壽司店有很多是連鎖店，但即使是同為連鎖店，製作的方法與美味程度也有①「差異」。舉例來說，有些是在店裡現切生魚片捏製，有些則只是把在工廠裡切好的冷凍 ※1 生魚片擺到用機器捏好的飯糰上而已。

　　有個喜歡吃壽司的朋友告訴我，想分辨一家壽司店的高級與否，只要看「墨魚」就知道了。關鍵在於②墨魚的表面有沒有細細的割痕 ※2。理由是生墨魚的表面可能沾附著寄生蟲 ※3，只要經過冷凍就能殺死寄生蟲；但是如果生食，就必須用刀子在表面劃出細痕，這樣不但方便嚼食，也同時達到殺死那些寄生蟲的功效。這是廚師的基本常識，因此如果一家店的墨魚表面沒有割痕，就表示這是沒有這種基本常識的廚師做的，或者這家店用的是冷凍墨魚。

※1 冷凍：為了保存而冰凍。

※2 切れ目：物體表面被切開的割痕，也就是切口處。

※3 寄生虫：在人類或動物的體表或體內生存的生物。

28

解　答	**4**
日文解題	答えは 4 何に差があるかは、①＿＿の前に「作り方やおいしさ」とある。
中文解說	正確答案是 4 所謂的差異指的是①＿＿的前面提到的「作り方やおいしさ」（製作的方法與美味程度）。

29

解　答	**2**

日文解題　答えは 2

②____ の後の「なぜなら」に注目する。「なぜなら」は前に述べたことの理由を言う接続語である。「食べやすくすると同時にこの寄生虫を殺す目的もあるからだ」と、イカの表面に細かい切れ目を入れる理由を述べている。それに合うのは 2 である。

中文解說　正確答案是 2

請注意②____的後面「なぜなら」（理由是）。接續語「なぜなら」（理由是）用於說明前面已敘述之事的理由。「食べやすくすると同時にこの寄生虫を殺す目的もあるからだ」（這樣不但方便嚼食，也同時達到殺死那些寄生蟲的功效）說明了墨魚的表面有細細的割痕的理由。與此相符的是選項 2。

30

解　答	**4**

日文解題　答えは 4

1・×…銀座の回転寿司が、すべて値段が高いのか、安い回転寿司があるのかはこの文章でははっきりしない。

2・×…イカの表面に細かい切れ目を入れるのは、「生のイカ」の場合である。

3・×…「寿司の値段はどれも同じ」ではない。銀座などの寿司は高いし、回転寿司でも「値段が高いものと安いものがあり」と書かれている。

4・○…最後の段落に「よい寿司屋かどうかは、『イカ』を見るとわかる」とある。

中文解說　正確答案是 4

1．×…銀座的迴轉壽司是否全都非常昂貴，或是也可能有平價的迴轉壽司，在本篇文章中並沒有明確說明。

2．×…在墨魚表面劃上細細的割痕，是用在「生のイカ」（生墨魚）上。

3．×…並非「寿司の値段はどれも同じ」（壽司的價格都一樣）。文中提到銀座等地方的壽司較昂貴，而且即使一樣是迴轉壽司也是「値段が高いものと安いものがあり」（價錢有的高有的低）。

4．○…請見最後一段提到「よい寿司屋かどうかは、『イカ』を見るとわかる」（想分辨一家壽司店的高級與否，只要看「墨魚」就知道了）。

文章翻譯 (2)

　　　世界上的道別語，其含意通常是「Goodbye ＝神與你同在」、「See you again ＝下次再會」或「Farewell ＝請保重」這三者的其中之一。換句話說，具有祈願對方平安 ※1 無恙的正面意義 ※2。然而，日文的「さようなら（再見）」的意涵，則①不屬於以上的任何一種。

　　　有一派說法是，這是當情人或夫妻話別時，在這個離別的時刻心裡揣著「既然這樣的話，②也是沒辦法的事」的想法，而只好接受了道別，於此同時，亦是其尋求離別美感的心緒流露。

　　　另一派說法則是，其語源單純是從道別時說的「既是如此（既然這樣的話），那就在此告辭」這段話，只有「既是如此（左様ならば）」這一句流傳至今。

　　　總而言之，「さようなら」原本是「左様であるならば＝そうであるならば」這個意思的連接詞 ※3，而這種來由的道別語在世界上算是相當少見。順帶一提，我本身不常用「さようなら」，多半說的是「では、またね」。因為不知道為什麼，總覺得「さようなら」帶著一股淡淡的哀傷。

　　※1 平安：平穩能夠安心的狀態。

　　※2 ポジティブ：積極。相反詞是ネガティブ，指消極、否定。

　　※3 接続詞：具有將詞語和詞語連接起來的作用的詞語。

31

解　答　　4

日文解題　答えは 4

①＿＿の前で、「Goodbye ＝神があなたとともにいますように」「See you again ＝またお会いしましょう」「Farewell ＝お元気で」と、世界の別れの言葉とそれぞれの意味を述べている。それに対して「さようなら」の意味は、そのどの意味ともちがうと述べている。したがって、4 が適切。

中文解說　正確答案是 4

①＿＿ 的前面提到「Goodbye ＝ 神があなたとともにいますように」（Goodbye ＝ 神與你同在）、「See you　again ＝またお会いしましょう」（See you again ＝ 下次再會）、「Farewell ＝ お元気で」（Farewell ＝ 請保重），陳述了世界上道別的話語和其個別的意義，而「さようなら」（再見）的含意則不屬於其中任何一種。所以選項 4 是最適切的答案。

32

解　答　　4

日文解題　答えは 4

「仕方がない」とは「どうしようもない。どうにもならない」という意味。「仕方がない」と似た意味の言葉として、②＿＿の後に「別れに対するあきらめ」とある。「あきらめ」は「あきらめる（＝だめだと思う）」の名詞の形。したがって、4 が適切。

「仕方がない」（沒辦法）是「どうしようもない。どうにもならない」（該怎麼辦，沒有任何辦法）的意思。②＿＿＿的後面寫的「別れに対するあきらめ」（只好接受了道別）是和「仕方がない」（沒辦法）意思相近的詞語。「あきらめ」（斷念）是「あきらめる（＝だめだと思う）」（斷念〈＝認為已經無法挽回了〉）的名詞型態。因此選項 4 是最適切的答案。

33

解　答	**2**

日文解題	答えは 2

1・×…世界の別れの言葉は一般に「ポジティブ」である。

2・○…2 段落に「別れの美しさを求める心を表している」とある。

3・×…相手の無事を祈る言葉は「Goodbye」「See you again」「Farewell」などである。

4・×…「永遠に別れる場合にしか使わない」とは文章中では述べられていない内容である。

中文解說	正確答案是 2

1. ×…世界上的道別語通常都是「ポジティブ」（正面）的語言。

2. ○…請見第二段寫的「別れの美しさを求める心を表している」（尋求離別美感的心緒流露）。

3. ×…請見第一段，祈願對方無恙的話語是「Goodbye」「See you again」「Farewell」等等。

4. ×…「永遠に別れる場合にしか使わない」（只能用在永遠離別的情況下）這是文章中沒有提到的內容。

だい かい 第2回	どっかい 読解	もんだい 問題6	P75-76

文章翻譯	日文的文章裡使用各種不同的文字：漢字、平假名、片假名，以及羅馬拼音。

　①漢字是距今三千年前於中國誕生、之後傳入日本的文字。相傳在四至五世紀時，日本人也同樣廣泛使用漢字。「假名」包括「平假名」和「片假名」，這種文字是日本人以漢字為基礎所衍生出來的。幾乎所有的平假名都是由漢字的筆畫簡化而來，而片假名則是擷取漢字的局部字體變化而成。例如，平假名的「あ」是由漢字的「安」的筆畫簡化而來，而片假名的「イ」則是從漢字的「伊」的左偏旁變化而成。

　閱讀日文的文章時，比起通篇漢字的文章感覺較為柔和，據說是裡面摻入了平假名和片假名的緣故。

　那麼，②只用平假名書寫的文章又是如何呢？舉例來說，文章裡出現了「はははははつよい」這樣一段文字，實在無法了解是什麼意思，但只要用上幾個漢

字寫成「母は歯は強い（媽媽的牙齒很強健）」，馬上就讀懂了。書寫時透過加入漢字，有助於釐清語句的意思，並使句讀更加明確。

至於③片假名又是在哪些情況下使用的呢？譬如用片假名「ガチャン（哐啷、啪）」來表示物體發出的聲響，或是「キリン（長頸鹿）」、「バラ（玫瑰）」之類的動物和植物的名稱。此外，諸如「ノート（筆記本）」、「バッグ（皮包）」這些從外國傳入日本的詞彙，也會用片假名表示。

像這樣，在各種情況下分別使用漢字、平假名和片假名，能夠讓日文的文章寫得更加清楚易懂。

34

解　答　2

日文解題　答えは 2

1・×…「3000 年前」は中国で漢字が生まれた時代。日本に伝わった時代ではない。

2・○…①＿＿の後に、「『仮名』には『平仮名』と『片仮名』があるが、これらは漢字をもとに日本で作られた」とある。

3・×…漢字をくずしてできたのは「片仮名」ではなく「平仮名」。

4・×…3 段落に、日本語の文章は「漢字だけの文章に比べて、やさしく柔らかい感じがする」とある。日本語の文章は平仮名や片仮名が混じっているからである。したがって、「漢字だけの文章は優しい感じがする」は誤り。

中文解說　正確答案是 2

1. ×…「3000 年前」（距今三千年前）是漢字在中國誕生的時代。而不是傳入日本的時代。

2. ○…請見①＿＿的後面提到「『仮名』には『平仮名』と『片仮名』があるが、これらは漢字をもとに日本で作られた」（「假名」包括「平假名」和「片假名」，這種文字是以漢字為基礎所衍生出來的）。

3. ×…由漢字的筆畫簡化而來的是「平仮名」（平假名）而非「片仮名」（片假名）。

4. ×…第三段提到閱讀日文的文章時，會覺得「漢字だけの文章に比べて、やさしく柔らかい感じがする」（比起通篇漢字的文章感覺較為柔和）。這是因為文章裡混入了平假名和片假名的緣故。所以「漢字だけの文章は優しい感じがする」（通篇漢字的文章較為柔和）是錯誤的。

35

解　答　4

日文解題　答えは 4

②＿＿の後に「漢字を混ぜて書くことで、言葉の意味や区切りがはっきりする」とある。言い換えれば、平仮名だけだと、言葉の意味や区切りがはっきりしないということ。

中文解說　正確答案是 4

請見②＿＿的後面提到「漢字を混ぜて書くことで、言葉の意味や区切りがはっきりする」（書寫時透過加入漢字，有助於釐清語句的意思，並使句讀更加明確）。換言之，通篇使用平假名的文章，其語意和句讀並不明確。

36

解　答	2

日文解題	答えは 2

1・×…物の音を表す言葉は、片仮名で書く。

2・○…「頭」のように、漢字で書く。

3・×…植物の名前は片仮名で書く。

4・×…外国から入った言葉は片仮名で書く。

中文解說	正確答案是 2

1. ×…表示物體聲響的語詞會用片假名書寫。

2. ○…「アタマ（頭）」會用漢字書寫成「頭」。

3. ×…植物的名稱會用片假名書寫。

4. ×…從外國傳入的語詞會用片假名書寫。

37

解　答	4

日文解題	答えは 4

1・×…日本語の文章は、漢字、平仮名、片仮名、ローマ字が混じっている。

2・×…「漢字だけの文章に比べて、やさしく柔らかい感じがする」とある。

3・×…最後の一文に「日本語は、漢字と平仮名、片仮名などを区別して使うことによって、文章をわかりやすく書き表すことができる」とある。

4・○…ローマ字は使われている。

中文解說	正確答案是 4

1. ×…日文的文章會使用漢字、平假名、片假名、羅馬拼音混合書寫而成。

2. ×…文中提到「漢字だけの文章に比べて、やさしく柔らかい感じがする」（和通篇漢字的文章相較，感覺較為柔和）。

3. ×…文章的最後提到「日本語は、漢字と平仮名、片仮名などを区別して使うことによって、文章をわかりやすく書き表すことができる」（分別使用漢字、平假名和片假名，能夠讓日文的文章寫得更加清楚易懂）。

4. ○…日文文章也會用到羅馬拼音。

読解
1
2
3
CHECK
● 1
● 2
● 3

和服體驗

報名須知

【和服體驗須知】

每次：二人〜三人左右、60 分〜 90 分

費用：〈成人服裝〉6,000 圓〜 9,000 圓／一人

　　　〈兒童服裝（12 歲以下）〉4,000 圓／一人

　　　（含消費税）

＊另有穿著和服學習點茶或插花※1的「日本文化體驗課程」。

＊亦可穿著和服外出，或搭人力車※2觀光。

＊部分和服不可穿出教室外

＊搭人力車觀光需額外付費

【人像攝影須知】

　　本教室可提供長袖和服、一般和服、褲裙禮服※3等等日本的傳統服裝拍攝人像。和服尺寸從成人服裝到兒童服裝一應俱全，歡迎挑選喜愛的服飾。配合小道具※4及布景讓照片更有意境。（贈送照片電子圖檔）

預約注意事項：

① 上述人數與時間可能異動，歡迎洽詢。（人數較多時，將會分組進行。）

② 本課程採取預約制，敬請事先報名。（週六、日與國定假日有空檔的時段可以當天受理報名。）

③ 每週二公休。（但是國定假日除外）

④ 可用中文與英文講解。

歡迎預約！
報名與詢問請洽
富士屋
nihonntaiken@×××fujiya.co.jp
電話 03-××××-××××

※ 1　お茶・生け花：此處指日本傳統文化的茶道與花道。

※ 2　人力車：由人力拉著乘客移動的兩輪車。

※ 3　振り袖〜袴：日本和服的種類。

※ 4　小道具：人像攝影時使用的道具。

38

解　答　3

ハンさんは会社員なので、大人。その友だちも大人だと考えられる。着物体験の料金は、「〈大人用〉6,000円〜9,000円／一人」である。つまり、一人「6,000円〜9,000円」である。

中文解說　正確答案是3

因為韓小姐是上班族，所以是成人，因此推測她的朋友也是成人。廣告上寫道和服體驗的費用是「〈大人用〉6,000円〜9,000円／一人」（〈成人服裝〉6,000圓〜9,000圓／一人）。也就是說，一個人需要「6,000円〜9,000円」（6,000圓〜9,000圓）。

39

解　答　2

日文解題　答えは2

1・×…「小道具や背景セットを作る」のではない。「小道具や背景セットを使った写真」の撮影ができるのである。

2・〇…子ども用料金があることから、子どもも参加することができることがわかる。

3・×…「予約制ですので、前もってお申し込みください」とある。

4・×…「着物を着てお出かけしたり、人力車観光をしたりすることもできます」とある。

中文解說　正確答案是2

1．×…並不是「小道具や背景セットを作る」（製作小道具和布景）。而是可以拍攝「小道具や背景セットを使った写真」（配合小道具及布景的照片）。

2．〇…因為廣告中註明了兒童的費用，因此得知兒童也可以參加和服體驗。

3．×…廣告中提到「予約制ですので、前もってお申し込みください」（本課程採取預約制，敬請事先報名）。

4．×…廣告中提到「着物を着てお出かけしたり、人力車観光をしたりすることもできます」（可穿著和服外出，或搭人力車觀光）。

1ばん

解答 4

日文解題
1・不適切…コピーは先生がする。
2・不適切…全員のレポートのコピーを取って山口先生に渡す。レポートはまだ全員出していない。
3・不適切…学生は竹内さんのメールアドレスを知らない。
4・適切…竹内さんのメールアドレスを山口先生に聞いて、それから、竹内さんに連絡する。

中文解說
選項1不正確…影印是老師要做的事。
選項2不正確…要把全班同學的報告影本交給山口老師。但全班的報告還沒收齊。
選項3不正確…學生不知道竹內同學的電子郵件。
選項4正確…要先向山口老師詢問竹內同學的電子郵件，然後才能聯絡竹內同學。

2ばん

解答 2

日文解題
1・不適切…すでに引っ越している。
2・適切…前に住んでいた所の役所で、「住所が変わるという証明書」をもらってくる必要がある。
3・不適切…「住所が変わるという証明書」をもらったら、その証明書とパスポートなどを持って区役所に行く。パスポートは本人確認のために必要。パスポートをもらいに行くわけではない。
4・不適切…パスポートがあれば、写真はいらないと言っている。

中文解說
選項1不正確…女士已經搬家了。
選項2正確…女士必須前往以前居住地區的區公所，取得「住所が変わるという証明書／變更住址證明」。
選項3不正確…取得「住所が変わるという証明書／變更住址證明」之後，再帶這張證明和護照等等文件去區公所。為了確認是本人，必須帶護照。女士並不是要去領護照。
選項4不正確…區公所人員說，只要有護照就不需要照片。

3ばん

解答 1

日文解題
男の人がケーキを食べる前に、コーヒーか紅茶を入れようといったが、女の人は、「体重計って、昨日より減っていたら食べる」と言っている。したがって、1「体重を計る」が正しい。

中文解說
男士說在吃蛋糕之前要先泡咖啡或紅茶，但女士回答「体重計って、昨日より減っていたら食べる／如果量體重後比昨天輕我才要吃」。因此選項1「体重を計る／量體重」是正確答案。

4 ばん

解 答 3

日文解題
1・不適切…「何も食べたくない時は、無理して食べなくてもいい」と言っている。

2・不適切…「車の運転も問題ない」と言っている。つまり車の運転をしてもいいということ。

3・適切…「白い薬を飲んだ後30分は、何も食べないでください」と言っている。

4・不適切…「こちらの白い薬は朝と晩に2つずつ、こちらの粉薬は朝、昼、晩に一袋ずつ飲んで下さい」と言っている。

中文解説
選項1不正確…醫生説「何も食べたくない時は、無理して食べなくてもいい／沒有食慾時，可以不必勉強自己吃」。

選項2不正確…醫生説「車の運転も問題ない／開車也沒問題」。也就是説（吃藥後）仍然可以開車。

選項3正確…醫生説「白い薬を飲んだ後30分は、何も食べないでください／服用白色的藥後三十分鐘以內，請不要進食」。

選項4不正確…醫生説「こちらの白い薬は朝と晩に2つずつ、こちらの粉薬は朝、昼、晩に一袋ずつ飲んで下さい／這種白色的藥請早晚各吃兩顆，這種藥粉請於早中晚各吃一包」。

5 ばん

解 答 2

日文解題
1・不適切…「おみやげも買ったし」と言っている。おみやげはすでに買っている。

2・適切…明日は土曜日だから「銀行にも行っておいた方がいい」と言っている。今日することである。

3・不適切…歯医者はもう昨日行っている。

4・不適切…車のガソリンを入れることは「明日の朝、入れて行けばいい」と言っている。

中文解説
選項1不正確…女士説「おみやげも買ったし／伴手禮也買好了」。可見兩人已經買好了伴手禮。

選項2正確…因為明天是星期六，所以女士説今天「銀行にも行っておいた方がいい／先去一趟銀行比較好」。

選項3不正確…昨天已經去看過牙醫了。

選項4不正確…男士説關於車子的加油，「明日の朝、入れて行けばいい／明天早上再去加油就可以了」。

6 ばん

解　答	1

日文解題　日本料理の店がいいので、2のケーキ屋と4の洋食の店は不適切。和食の店は1の焼き鳥屋と3の寿司屋。「お肉も食べられる店がいい」と言っているので、1の店がよい。

中文解說　因為打算去日式料理餐廳，所以選項2的蛋糕店和選項4的西餐廳都不正確。日式餐廳有選項1的日式串燒店和選項3的壽司店。男士提到「お肉も食べられる店がいい／最好是有提供肉食的餐廳」，因此選項1的餐廳是正確答案。

第2回　聴解　問題2　　P83-86

1 ばん

解　答	2

日文解題　1・不適切…「僕は小さいのは買いたくないな」と言っている。
2・適切…「車も、ゆったりしていた方がいいな」と言っている。
3・不適切…「ガソリンの消費が少ない車」というのは、つまり小さい車である。男の人は小さい車は買いたくないと言っている。
4・不適切…「運転しやすい車」がいいと言ったのは女の人。

中文解說　選項1不正確…男士說「僕は小さいのは買いたくないな／我不想買小車啊」。
選項2正確…男士說「車も、ゆったりしていた方がいいな／車子還是寬敞一點比較好啊」。
選項3不正確…「ガソリンの消費が少ない車／較不耗油的車」是小車。男士說他不想買小車。
選項4不正確…說想買「運転しやすい車／好開的車」的是女士。

2 ばん

解　答	4

日文解題　1・不適切…「世話が大変じゃない」と問われ、「そうでもない」、つまり、そんなに大変ではないと言っているが、はっきり「世話が簡単」だとは言っていない。
2・不適切…「猫の餌の缶詰って高いんでしょ」と問われ、「まあね」と答えている。つまり高い。
3・不適切…男の人が家に帰ると、「玄関まで飛び出してくる」と言っている。一日中部屋から出ないわけではない。
4・適切…「何より、猫がいると健康でいられるんだ」と言っている。

中文解說　選項1不正確…女士問「世話が大変じゃない／照顧起來很辛苦吧？」，男士回答「そうでもない／也沒那麼辛苦」。也就是說，男士認為並沒有很辛苦，但也沒有直接說「世話が簡単／照顧起來很輕鬆」。
選項2不正確…女士問「猫の餌の缶詰って高いんでしょ／貓食的罐頭很貴

吧？」，男士回答「まあね／也是啦」，意思是罐頭的確很貴。

選項3不正確⋯男士說他一回到家，「玄関まで飛び出してくる／（貓）會從玄關飛撲出來迎接我」，可見他並不是一整天都沒有出門。

選項4正確⋯男士說「何より、猫がいると健康でいられるんだ／最重要的是，有貓的陪伴，可以幫助我維持健康」。

3ばん

| 解 答 | 3 |

日文解題
1・不適切⋯スマートフォンは「お使いになれます」と言っている。

2・不適切⋯「メールはいいです」と言っている。

3・適切⋯スマートフォンは使っていいが、音が出るのは「音がうるさくてほかのお客様の迷惑になるので、やめていただきたい」と言っている。

4・不適切⋯食事をしながらスマートフォンを使うことについては、何も言っていない。

中文解說
選項1不正確⋯店員說「お使いになれます／可以使用（手機）」。

選項2不正確⋯店員說「メールはいいです／可以傳電子郵件」。

選項3正確⋯雖然可以使用智慧型手機，但是如果會發出聲音，「音がうるさくてほかのお客様の迷惑になるので、やめていただきたい／因為聲音太吵會影響到其他顧客，請避免這種情況」。

選項4不正確⋯對話中沒有提到一邊用餐一邊使用智慧型手機的情況。

4ばん

| 解 答 | 2 |

日文解題
1・不適切⋯一緒に行く人と「同じものを注文しなければならない」とは話していない。

2・適切⋯「自分の都合のいい時間に行って、その日自分が食べたい物を食べたい」と話している。

3・4・不適切⋯女の人が話していない内容である。

中文解說
選項1不正確⋯對話中沒有提到要和同行的人「同じものを注文しなければならない／必須得點相同的餐點」。

選項2正確⋯女士說「自分の都合のいい時間に行って、その日自分が食べたい物を食べたい／想在自己方便的時間去用餐，吃自己當天想吃的食物」。

選項3、4不正確⋯女士並沒有提到這些內容。

5ばん

| 解 答 | 4 |

日文解題
1・不適切⋯携帯は庭に落ちていた。なくしたわけではない。

2・不適切⋯「7時には起きていました」と言っている。

3・不適切⋯ゆうべ、酔っぱらって帰ってきたが、それで今朝「頭痛がした」とは言っていない。

4・適切⋯携帯の「修理を頼みに行ったら、遅くなりました」と言っている。

中文解說
選項1不正確⋯學生的手機掉在院子裡了，並沒有弄丟手機。

選項2不正確⋯學生說「7時には起きていました／七點就起床了」。

選項3不正確…學生說他昨天晚上喝得醉醺醺回家，但並沒有說今天早上「頭痛がした／頭痛了」。

選項4正確…學生說他「修理を頼みに行ったら、遅くなりました／去送修（手機），結果遲到了」。

6ばん

解答 3

日文解題
1・不適切…「叱る前に褒める」ということについては話していない。
2・不適切…「冷静になるのを待つ」のは子どもではなく、叱る親である。
3・適切…「3回、大きく呼吸をしてから叱ることです」と話している。
4・不適切…「優しい顔で叱る」ということについては話していない。

中文解說
選項1不正確…女士並沒有提到「叱る前に褒める／在訓斥之前先給予鼓勵」。
選項2不正確…要「冷静になるのを待つ／先等自己冷靜下來」的不是孩子，而是要訓斥人的父母。
選項3正確…女士說「3回、大きく呼吸をしてから叱ることです／深呼吸三次後再訓斥」。
選項4不正確…女士並沒有說要「優しい顔で叱る／面帶溫柔的表情訓斥」。

第2回 聴解 問題3 P87

1ばん

解答 1

日文解題
1・適切…酔っぱらった人に足を踏まれたり、何度も「何人ですか」と話しかけられたりして、迷惑だと感じている。
2・不適切…迷惑を感じるのは、酔っぱらって足を踏む人である。
3・不適切…何度も同じことを言う会社員は、「おもしろかった」と言っている。
4・不適切…「女の人に話しかけたがる人」については何も言っていない。

中文解說
選項1正確…被喝得醉醺醺的人踩到腳，被問好幾次「何人ですか／幾位」，覺得很困擾。
選項2不正確…令人感到困擾的是被喝醉的人踩到腳。
選項3不正確…對於重複說好幾次相同的話的公司職員，男學生說「おもしろかった／很好笑」。
選項4不正確…對話中並沒有提到「女の人に話しかけたがる人／想和女性搭話的人」。

2ばん

解答 3

日文解題
1・不適切…「氷を売る店をコンビニという」わけではない。
2・不適切…「パン屋の歴史」について話してはいない。
3・適切…全体を通して、コンビニがいつできて、今どんなに便利になっているかを話している。つまり、「コンビニの歴史と現在の状況」を話している。

260

4・不適切…最後に、いろいろなコンビニのサービスについて話しているが、話題の中心ではない。

中文解説　選項1不正確…男士沒有提到「氷を売る店をコンビニという／賣冰的店稱為便利商店」。（賣冰的店不叫做便利商店。）
選項2不正確…男士沒有談到「パン屋の歴史／麵包店的歷史」。
選項3正確…聽完整段對話，男士說的是"便利商店誕生的年代、現在變得多麼方便"。也就是說，男士說的是「コンビニの歴史と現在の状況／便利商店的歷史和現狀」。
選項4不正確…男士最後提到便利商店有很多服務項目，但這並不是談論的重點。

3ばん

解　答　2

日文解題　1・不適切…タクシーについては何も言っていない。
2・適切…「バスは電車と違って道路の事情で遅れることがある」と言っている。
3・不適切…電車は道路の事情で遅れることはない。
4・不適切…地下鉄を利用しているのは加奈子。

中文解説　選項1不正確…兩人並沒有提到計程車。
選項2正確…女士說「バスは電車と違って道路の事情で遅れることがある／搭公車和電車不同，有可能會因為交通狀況而遲到」。
選項3不正確…搭電車不會因為交通情況而遲到。
選項4不正確…要搭乘地下鐵的是加奈子。

| 第2回 | 聴解 | 問題4 | P88-90 |

1ばん

解　答　2

日文解題　1・不適切…「困ったな」は、自分のことなので変である。待たせた友だちに謝るべきである。
2・適切…遅れたときは「お待たせ」「お待たせしました」と言い、「ごめんなさい」「すみません」と言って謝る。
3・不適切…遅れた人が「お先に」と言うのは変である。

中文解説　選項1不正確…「困ったな／真傷腦筋」用在自己身上不合邏輯，應該向等待自己的朋友道歉。
選項2正確…遲到時要說「お待たせ／久等了」、「お待たせしました／讓你久等了」。然後用「ごめんなさい／抱歉」、「すみません／對不起」來道歉。
選項3不正確…遲到的人說「お先に／我先走了」不合邏輯。

2 ばん

解　答	1

日文解題　仕事が終わって先に帰る同僚には、1「お疲れさま」と声をかける。

中文解說　對已經完成工作、先下班的同事，要說選項1「お疲れさま／辛苦了」。

3 ばん

解　答	2

日文解題　1・不適切…「覚えておいてください」は少し命令するような言い方で失礼である。

2・適切…自己紹介では「よろしくお願いします」と挨拶する。

3・不適切…「頑張ってください」は、相手を励ますことばなので変である。

中文解說　選項1不正確…「覚えておいてください／請記下來」帶有一點命令的語氣，這種說法很沒禮貌。

選項2正確…自我介紹時的寒暄語是「よろしくお願いします／請多指教」。

選項3不正確…「頑張ってください／請加油」是用於鼓勵對方的句子，用在這裡不合邏輯。

4 ばん

解　答	1

日文解題　1・適切…「〜てくれる」の形で、相手が自分のために、何かをするという意味を表す。

2・不適切…「借りてくれない」ではない。「貸す」「借りる」の違いに注意する。

3・不適切…「〜てあげる」の形は、自分が何かをしてやると意味を表す。自分が貸すのではないから、この言い方は変である。「〜てもらう」の形にして、「貸してもらってもいい」に直すといい。

中文解說　選項1正確…「〜てくれる／為我〜」用在表達對方為了自己做某事。

選項2不正確…不會說「借りてくれない」。請注意「貸す／借出」和「借りる／借入」不同。

選項3不正確…「〜てあげる／為你〜」的句型是表示自己為對方做某事的意思。題目的意思不是借給對方，所以不能用這種說法。如果要用「〜てもらう／（我）請（某人為我做）〜」的句型，則應該說「貸してもらってもいい／可以借給我嗎」。

1 ばん

解答	2
日文解題	仕事が終わった時のお互いの挨拶は2「お疲れ様でした」。
中文解説	工作結束時，雙方互相打招呼要用選項2「お疲れ様でした／辛苦了」。

2 ばん

解答	1
日文解題	1・適切…頼まれたことがわかった場合や、OKの場合「承知しました」と言う。もっとていねいに言うと「かしこまりました」。 2・不適切…「承知します」は誤り。過去の形にして「承知しました」と言う。 3・不適切…「よろしくお願いします」は頼む言い方。
中文解説	選項1正確…聽完對方要委託的事，或者表示同意的時候可以說「承知しました／我知道了」。更鄭重的說法是「かしこまりました／我明白了」。 選項2不正確…「承知します／我知道」是錯誤用法，應該用過去式「承知しました／我知道了」。 選項3不正確…「よろしくお願いします／萬事拜託」是拜託對方的說法。

3 ばん

解答	1
日文解題	1・適切…「かまわない」は、「気にしない・問題にしない」ということ。つまり、椅子を貸してもいい、ということ。 2・不適切…「おかまいなく」は、「気を遣わないで」という意味。 3・不適切…「借りて」は誤り。自分は貸すのだから「うん、貸すよ」にする。
中文解説	選項1正確…「かまわない／沒關係」是「気にしない。問題にしない／別介意，沒問題」的意思。意思是可以借對方椅子沒關係。 選項2不正確…「おかまいなく／別那麼麻煩了」是「気を遣わないで／不用關照我」的意思。 選項3不正確…「借りて／借入」是錯誤回答。因為自己是要借出的一方，所以應該回「うん、貸すよ／好，借給你」。

4 ばん

解答	3
日文解題	1・2・不適切…人の荷物を頼まれて守るのだから、「預ける」でなく、「預かる」を使って答える。また、「こちら」に付ける助詞は、場所を表す助詞「で」にする。 3・適切…場所を表す助詞「で」を使って「こちらで」にする。また、「預かる」は、尊敬語を使って、「お預かりする」にする。

選項1、2不正確…因為是對方拜託自己幫忙保管行李，所以不用「預ける／寄放」，而應該用「預かる／（代人）保管」來回答。另外，接在「こちら」後的副詞應為表示地點的助詞「で」。

選項3正確…應該用表示場所的助詞「で」連接，變成「こちらで」。另外，「預かる／（代人）保管」的尊敬語是「お預かりする／（代人）保管」。

5ばん

解答 2

日文解題 「おたずねする」は「お聞きする」という意味。何を聞きたいのかを知りたい時、2「どんなことでしょうか」と言う。

1「ありがとうございます」、3「どちらにいらっしゃいますか」は質問と答えが合っていない。

中文解說 「おたずねする／詢問」是「お聞きする／打聽」的意思。想知道對方要問什麼時，應該說選項2的「どんなことでしょうか／是什麼事呢」。

選項1「ありがとうございます／謝謝」、選項3「どちらにいらっしゃいますか／您在哪裡」都不是回應題目句的答案。

6ばん

解答 3

日文解題 1・不適切…「はい、知っていました」は、反省の気持ちが表れていない。

2・不適切…「いいえ、気にしないでください」は、謝る気持ちがまったくない、悪い言い方である。

3・適切…まず「すみません」と謝る。それから、「以後（＝これからは）注意します」とさらに謝っている。反省していることがわかる。

中文解說 選項1不正確…「はい、知っていました／對，我知道那件事」沒有表達出反省的心情。

選項2不正確…「いいえ、気にしないでください／不，請不要在意」完全沒有道歉的意思，這是很不妥當的說法。

選項3正確…首先先以「すみません／不好意思」道歉，然後再說「以後（＝これからは）注意します／我以後會注意」來加強抱歉的意思。這樣可以表現出已在反省了。

7ばん

解答 1

日文解題 1・適切…「かかる」は「必要とする。いる」ということ。つまり、地下鉄とタクシーを比べるとタクシーのほうが時間を必要とするわけである。急ぐのだから「地下鉄」で行く方が早く着く。

2・3・不適切…タクシーの方が遅く着く。

中文解說 選項1正確…「かかる／需要」是「必要とする。いる／必要，需要」的意思。也就是說，地鐵和計程車相比，計程車需要花更多時間。因為趕時間，搭乘「地下鉄／地鐵」去的話會比較快。

選項2、3不正確…搭計程車比較慢。

8ばん

解　答 1

日文解題

1・適切…「子どもっぽいかな」と心配している人に「そんなことないよ」と言っている。したがって、続くことばは、相手にとっていいことが続く。「よく似合うよ」は、あなたに合うよとほめることばである。

2・不適切…「あまり似合わないよ」は、相手にとってうれしいことばではない。「そんなことないよ」に続くことばとしては変である。

3・不適切…「そんなことないよ」と言っているのに、「子どもみたい」と続けるのは変である。「子どもっぽい」と「子どもみたい」は、同じような意味。

中文解説

選項1正確…對方擔心「子どもっぽいかな／會不會孩子氣」，回答是「そんなことないよ／沒這回事」。因此後面應該是稱讚對方的好話。「よく似合うよ／很適合妳哦」是稱讚衣服很適合對方的話。

選項2不正確…「あまり似合わないよ／不太適合妳喔」，對方聽了並不會感到開心，接在「そんなことないよ／沒這回事」後面不合邏輯。

選項3不正確…前面明明說「そんなことないよ／沒這回事」，後面又接「子どもみたい／很像小孩子」不合邏輯。「子どもっぽい／孩子氣」和「子どもみたい／很像小孩子」意思相同。

1

解答 1

日文解題
【一 イチ・イツ ひと・ひと-つ】
【般 ハン】
「一」の音読みは「いち」「いつ」だが、ここでは「いっ」と読む。」「般」の音読みは「はん」だが、ここでは「ぱん」と読む。漢字が組み合わされると、発音が変わることに注意する。
3は「般」の「ん」がないので不適切。4は「一」が小さい字「っ」になっていないので不適切。
「一般」は「ふつうであること」。

中文解說
【一 イチ・イツ ひと・ひと-つ】
【般 ハン】
「一」的讀音有「いち」、「いつ」，這裡唸作「いっ」。「般」的讀音是「はん」，但在這裡唸作「ぱん」。和其他漢字組合時發音會改變，請特別注意。
選項3的「般」漏寫了「ん」，所以不正確。選項4「一」沒有寫成小字「っ」所以不正確。
「一般／一般」是指「ふつうであること／普通的事物」。

2

解答 2

日文解題
【東 トウ ひがし】
【京 キョウ】
【湾 ワン】
1「とうきょうこう」の「こう」を漢字で書くと「港」。3は「京」の読み方が間違っている。小さい字「ょ」になる。4は「京」の、のばす音「う」がなく、大きい字「よ」になっているので不適切。3と4のいずれも「きょう」の読み方に注意する。
「東京湾」は地名で、東京にある湾。「湾」は「海が陸地に深く入り込んだ所」のこと。

中文解說
【東 トウ ひがし】
【京 キョウ】
【湾 ワン】
選項1「とうきょうこう」的「こう」寫成漢字是「港」。選項3把「京」的讀音寫錯了，應寫為小字的「ょ」。選項4「京」沒有寫到長音「う」、錯寫成大字的「よ」，所以不正確。請注意選項3和4都把「きょう」的讀音寫錯了。
「東京湾／東京灣」是地名，是在東京的海灣。「湾／海灣」是指「海が陸地に深く入り込んだ所／大海深入陸地的地方」。

3

解　答　1

日文解題
【留　リュウ・ル　と‐まる】
【守　シュ・ス　まも‐る・も‐り】
「留」の音読みは「りゅう」「る」だが、ここでは「る」と読む。「守」の音読みは「しゅ」「す」だが、ここでは「す」と読む。
「留」「守」は、組み合わさる漢字で読み方が変わるので注意する。
例：留学…りゅうがく
留守…るす
守備…しゅび
2「がいしゅつ」は漢字で書くと「外出」。3は「留」「守」の読み方を間違えている。4は「守」の読み方を間違えている。
「留守」は「家の人が出かけて、いないこと」。

中文解説
【留　リュウ・ル　と‐まる】
【守　シュ・ス　まも‐る・も‐り】
「留」的讀音有「りゅう」、「る」，這裡唸作「る」。「守」的讀音有「しゅ」、「す」，這裡唸作「す」。
如果「留」或「守」和其他漢字接在一起讀音會改變，請特別注意！
例如：留学…りゅうがく
留守…るす
守備…しゅび
選項2「がいしゅつ」寫成漢字是「外出」。選項3把「留」、「守」的讀音寫錯了。選項4把「守」的讀音寫錯了。
「留守／外出」是指「家の人が出かけて、いないこと／家裡的人出門了，不在家」。

4

解　答　3

日文解題
【決　ケツ　き‐める】
2「とめた」は漢字で書くと「止めた・留めた」。4「すすめた」には「進めた・薦めた・勧めた・奨めた」などの漢字がある。
「決める」は「ものごとを定める」こと。

中文解説
【決　ケツ　き‐める】
選項2「とめた」寫成漢字是「止めた・留めた／阻止、留下」。選項4「すすめた」有「進めた・薦めた・勧めた・奨めた／推進、推薦、勧告、勧誘」等漢字。
「決める／決定」是指「ものごとを定める／決定事情」。

5

解　答　4

日文解題
【横　オウ　よこ】
【断　ダン　た‐つ・ことわ‐る】
【歩　ホ・ブ・フ　ある‐く・あゆ‐む】
【道　ドウ・トウ　みち】

「歩」の音読みは「ほ」「ぶ」「ふ」だが、ここでは「ほ」と読む。「道」の音読みは「どう」「とう」だが、ここでは「どう」と読む。

1は「歩道」の読み方を間違えている。2は「横」、3は「道」の読み方で、のばす音「う」がないので不適切。

「横断歩道」は「車が通る道を、人が安全にわたれるように、白線などを引いて、表示している所」。

【中文解說】
【横　オウ　よこ】
【断　ダン　た‐つ・ことわ‐る】
【歩　ホ・ブ・フ　ある‐く・あゆ‐む】
【道　ドウ・トウ　みち】
「歩」的讀音有「ほ」、「ぶ」、「ふ」，在這裡唸作「ほ」。「道」的讀音有「どう」、「とう」，在這裡唸作「どう」。

選項1弄錯了「歩道」的讀音。選項2「横」和選項3「道」都沒有加上長音「う」所以不正確。

「横断歩道／斑馬線」是指「車が通る道を、人が安全にわたれるように、白線などを引いて、表示している所／為了維護行人安全，在車子行經的道路畫上白線，表示供行人穿越的地方」。

6

解 答　2

日文解題
【孫　ソン　まご】
「孫」は訓読みする。
1「むすこ」は漢字で書くと「息子」。4「まいご」は漢字で書くと「迷子」。
「孫」は「ある人の子どもの子ども」。

中文解說
【孫　ソン　まご】
「孫／孫子」是訓讀。

選項1「むすこ」寫成漢字是「息子／兒子」。選項4「まいご」寫成漢字是「迷子／迷路的孩子」。

「孫／孫子」是指「ある人の子どもの子ども／某人的兒子的兒子」。

7

解 答　3

日文解題
【迷　メイ　まよ‐う】
【惑　ワク　まど‐う】
1は、発音する時には「めえ」のように言うが、書く時は「めい」なので注意する。
「迷惑」は「いやな思いをすること」。

中文解說
【迷　メイ　まよ‐う】
【惑　ワク　まど‐う】
選項1雖然在發音時唸作「めえ」，但書寫時應寫作「めい」，請特別注意。
「迷惑／麻煩」是指「いやな思いをすること／做了煩人的事」。

8

| 解 答 | 4 |

日文解題

【申　シン　もう‐す】
【訳　ヤク　わけ】
「申」も「訳」も訓読みする。
1は「申」の、のばす音「う」がないので不適切。2は「訳」を音読みの「やく」
になっているので不適切。3は「訳」の読み方を間違えている。
「申し訳ない」は「相手に対してすまない」と思うこと。

中文解説

【申　シン　もう‐す】
【訳　ヤク　わけ】
「申」和「訳」都是訓讀。
選項1「申」沒有寫到長音「う」所以不正確。選項2把「訳」的讀音寫成「やく」
所不正確。選項3寫錯了「訳」的讀音。
「申し訳ない／對不起」是指「相手に対してすまない／對對方感到抱歉」。

| だい かい 第3回 | げんごちしき もじ ごい 言語知識（文字・語彙） | もんだい 問題2 | P93 |

9

| 解 答 | 4 |

日文解題

「有効（ゆうこう）」は「ききめがあること。役に立つこと」。
1「友好」も「ゆうこう」と読むが、意味は「友だちとしての仲のよい付き合い」。
例：1　となりの国と友好を深める。
　　4　アルバイトをして、夏休みを有効に使う。

中文解説

「有効（ゆうこう）／有効」是指「ききめがあること。役に立つこと／有効的
事物、有用的事物」。
選項1「友好」雖然也唸作「ゆうこう」，但意思是「友だちとしての仲のよい
付き合い／與朋友關係和睦」。
選項例句：
選項1　となりの国と友好を深める。（與鄰國強化友好關係。）
選項4　アルバイトをして、夏休みを有効に使う。（我要去打工，充分利用暑
假時間。）

10

| 解 答 | 3 |

日文解題

「論争（ろんそう）」は「たがいに意見を述べ合って争うこと」。似た意味の
ことばに、4「論戦」があるが、「ろんせん」と読むので注意する。
例：3　教育のあり方について、論争する。
　　4　係の決め方について論戦する。

「論争（ろんそう）／争論、辯論」是指「たがいに意見を述べ合って争うこと／彼此陳述意見並且進行辯論」。意思相似的詞有選項4「論戦／論戰」，唸作「ろんせん」，請特別注意。

選項例句：

選項3　教育のあり方について、論争する。（針對教育方式進行辯論。）

選項4　係の決め方について論戦する。（關於承辦工作的決定方式進行論戰。）

11

解答 3

日文解題　「偉大（いだい）」は「ものごとや人の値打ち、大きさ、力などが特にすぐれてりっぱな様子」。「偉」を「緯」としないように注意する。

例：3　彼は偉大な音楽家だ。

中文解説　「偉大（いだい）／偉大」是指「ものごとや人の値打ち、大きさ、力などが特にすぐれてりっぱな様子／人或物的價值、大小、力量等特別優秀或出色的樣子」。

請注意不要把「偉」寫成「緯」。

例句：選項3　彼は偉大な音楽家だ。（他是個偉大的音樂家。）

12

解答 1

日文解題　「容易（ようい）」は「簡単な様子」。反対語（反対の意味のことば）は「困難（こんなん）」。

3「用意」も「ようい」と読むが、意味は「したくをすること。準備」。

例：1　この論文を仕上げるのは容易ではない。

3　ハイキングの用意をする。

中文解説　「容易（ようい）／容易」是「簡単な様子／簡單的樣子」。反義詞（相反意思的詞）是「困難（こんなん）／困難」。

選項3「用意」也唸作「ようい」，但意思是「したくをすること。準備／預備、準備」。

選項例句：

選項1　この論文を仕上げるのは容易ではない。（完成這份論文並不容易。）

選項3　ハイキングの用意をする。（準備去郊遊。）

13

解答 4

日文解題　「お湯（おゆ）」は「水をわかして熱くしたもの」。「湯」を「場」と書かないように注意する。

3「お水」は、「おみず」と読む。「お湯」「お水」のように「お」を付けると丁寧な言い方になる。

例：3　朝はいつも冷たいお水を飲む。

4　やかんでお湯をわかす。

中文解説　「お湯（おゆ）／熱水」是指「水をわかして熱くしたもの／煮沸後的水」。請

注意不要把「湯」寫成「場」。

選項3「お水／水」唸作「おみず」。像「お湯／熱水」、「お水／水」這樣加上「お」是鄭重的說法。

選項例句：

選項3　朝はいつも冷たいお水を飲む。（我每天早上都會喝一杯冰水。）

選項4　やかんでお湯をわかす。（用水壺燒開水。）

14

| 解　答 | 2 |

日文解題　「物語（ものがたり）」は「筋のある話」。「語」を「話」と書かないように注意する。

例：2　お母さんが子どもに、物語を聞かせる。

中文解說　「物語（ものがたり）／故事」是指「筋のある話／有情節的敘事內容」。請注意不要把「語」寫成「話」。

例句：選項2　お母さんが子どもに、物語を聞かせる。（媽媽說故事給孩子聽。）

| 第3回 | 言語知識（文字・語彙） | 問題3 | P94 |

15

| 解　答 | 4 |

日文解題　「私たちの町」に注目する。問題文では、私たちの町の区域をいっている。このように一定の範囲の区域のことを4「地区」という。

例：4　関東地区の野球大会で優勝した。

中文解說　請注意「私たちの町／我們的城鎮」。題目句是指我們居住的城鎮的區域。像這樣劃定固定範圍的區域是選項4「地区／區域」。

例句：選項4　関東地区の野球大会で優勝した。（在關東地區的棒球大賽上獲得了冠軍。）

16

| 解　答 | 4 |

日文解題　様子や状態を表すことば（副詞）の問題。1「もっと」は「程度がそれ以上に大きくなる様子」。2「かっと」は「急に怒る様子」。3「ぬっと」は「突然現れる様子」。4「ほっと」は「安心する様子」。

友だちが無事だったという知らせに安心する時のことばは4「ほっと」である。

例：1　もっと野菜を食べなさい。

2　弟のいたずらにかっとなる。

3　大きな犬がぬっと出てきてびっくりした。

4　迷子の妹が見つかって、ほっとした。

中文解說　這題問的是表示樣子或狀態的副詞。選項1「もっと／更加」是指「程度がそれ以上に大きくなる様子／程度比之前更甚的樣子」。選項2「かっと／突然發怒」

是指「急に怒る様子／突然生氣的樣子」。選項3「ぬっと／突然出現」是指「突然現れる様子／突然顯現的樣子」。選項4「ほっと／放心」是指「安心する様子／安心的樣子」。

要形容得知朋友平安無事時安心的樣子，要選選項4「ほっと／放心」。

選項例句：

選項1　もっと野菜を食べなさい。（要多吃點蔬菜。）

選項2　弟のいたずらにかっとなる。（對弟弟的惡作劇感到憤怒。）

選項3　大きな犬がぬっと出てきてびっくりした。（一隻大狗突然衝出來，嚇了我一跳。）

選項4　迷子の妹が見つかって、ほっとした。（找到了走丟的妹妹，我鬆了一口氣。）

17

解答　2

日文解題　宅急便は明日の午前中に着くことになっているということ。これからのことを前もって決めていることを2「予定」という。「予」の漢字には「前もって」という意味がある。

1「計画」は「方法や予定を自分で考えること」なので不適切。3「時」、4「場所」は、すでに決まっていることで、（　）に入れると変な文になるので不適切。

中文解說　快遞明天中午前會送到。預先決定之後要做的事情是選項2「予定／預定」。漢字「予」是「前もって／事先」的意思。

選項1「計画／計畫」是指「方法や予定を自分で考えること／自己思考方法或計畫」。選項3「時」、選項4「場所」都是已經確定的，若填入（　）中會使句子不合邏輯，所以不正確。

18

解答　1

日文解題　「先に点をとったチーム」はどうなのかを考える。先に点をとるということから、（　）にはよい状態を表すことばが入る。それに当たることばは1「有利」である。「有利」は「都合がいいこと」。

2「残念」は「悔しい様子」。「残念」はよい状態のことばではないので不適切。3「正確」は「正しくて間違いがないこと」。4「条件」は「ものごとが成り立つために必要なことがら」。3・4では意味が通らない。

例：1　自分が有利になるように話す。

2　一点差で負けて残念だ。

3　金額を正確に計算する。

4　計画を実現する条件が整った。

中文解說　要思考「先に点をとったチーム／先得分的隊伍」會怎麼樣。從"先得分"這點來看，（　）中應填入表示正面狀態的詞。符合這一點的是選項1「有利／有利」。「有利／有利」是指「都合がいいこと／狀況順利」。

選項2「残念／遺憾」是指「悔しい様子／悔恨的樣子」。「残念」並不是好的狀態，所以不正確。選項3「正確／正確」是指「正しくて間違いがないこと／確實無誤」。選項4「条件／條件」是指「ものごとが成り立つために必要なこ

とがら／事物成立的必要事情」。若填選項３、４則文意不通。

選項例句：

選項１　自分が有利になるように話す。（只講對自己有利的部分。）

選項２　一点差で負けて残念だ。（只輸了一分，真是遺憾。）

選項３　金額を正確に計算する。（正確的計算金額。）

選項４　計画を実現する条件が整った。（實現計畫的條件已經齊備。）

19

解　答　2

日文解題　みんなに広く知らせる意味のことばは２「発表」である。「発」を使ったことばに注意しよう。

1「表現」は見たり聞いたりしたことや感じたりしたことを、ことばや文字、音などで表すこと。3「発達」は「育って十分な状態になること」。4「発車」は「動き出すこと」。

例：1　喜びの気持ちを音楽で表現する。

2　試験の結果を発表する。

3　科学技術が発達する。

4　新幹線が発車する。

中文解説　有廣為宣傳語意的是選項２「発表／發表」。請注意有「発」字的詞語。

選項１「表現／表現」是將看到、聽到或感覺到的事物以文字或聲音等方式表達出來。選項３「発達／發達」是指「育って十分な状態になること／變得成熟的狀態」。選項４「発車／發車」是指「動き出すこと／開始移動」。

選項例句：

選項１　喜びの気持ちを音楽で表現する。（用音樂來表現喜悅的心情。）

選項２　試験の結果を発表する。（公布考試的結果。）

選項３　科学技術が発達する。（科學技術發達。）

選項４　新幹線が発車する。（新幹線要發車了。）

20

解　答　4

日文解題　カタカナで書くことば（外来語）の問題。1「ラッシュ〔英語 rush〕」は「ものごとが一度に起こったり、人がいっせいに押し寄せたりすること」。2「リサイクル〔英語 recycle〕」は「すてるものを再び利用すること」。3「ポップス〔英語〕pops」は「ポピュラー　ミュージック〔英語 popular music〕の略。大衆の音楽」。4「キャプテン〔英語 captain〕」は「中心となる人」。

例：1　ラッシュで車が動かない。

2　ペットボトルをリサイクルする。

3　ポップスのコンサートに行く。

4　野球部のキャプテンになる。

中文解説　這題是關於以片假名書寫的外來語。選項１「ラッシュ〔英語 rush〕／熱潮、人潮」是「ものごとが一度に起こったり、人がいっせいに押し寄せたりすること／事物一時之間火紅起來，或指人潮一下子蜂擁而至」。選項２「リサイクル〔英語 recycle〕／回收」是「すてるものを再び利用すること／再次利用丟棄的物品」。

選項3「ポップス〔英語〕pops／流行樂」是「ポピュラー　ミュージック〔英語 popular music〕の略。大衆の音楽／流行音樂的簡稱，大眾音樂」。選項4「キャプテン〔英語 captain〕／首領」是「中心となる人／中心人物」。

選項例句：

選項1　ラッシュで車が動かない。（車子卡在車潮中動彈不得。）

選項2　ペットボトルをリサイクルする。（回收寶特瓶。）

選項3　ポップスのコンサートに行く。（去聽流行音樂會。）

選項4　野球部のキャプテンになる。（我將擔任棒球隊的隊長。）

21

解 答　1

日文解題　述語の「続いた」に注目する。二十日間ずっと暑かったのである。同じことが次から次へと続く意味のことばは1「連続」である。

2「断定」は「はっきりと決めること」。3「想像」は「心の中で思うこと」。4「実験」は「考えたことが正しいかどうか、実際にためしてみること」。

例：1　2年連続優勝する。

2　犯人は彼だと断定する。

3　30年後の自分を想像する。

4　化学の実験をする。

中文解説　請注意述語的「続いた／持續了」。這句話的意思是這二十天一直都很熱。含有"同樣的事接二連三地持續下去"意思的是選項1「連続／連續」。

選項2「断定／斷定」是指「はっきりと決めること／有十足把握的確定」。選項3「想像／想像」是指「心の中で思うこと／在心裡想」。選項4「実験／實驗」是「考えたことが正しいかどうか、実際にためしてみること／驗證看看自己想的是不是正確的」。

選項例句：

選項1　2年連続優勝する。（連續兩年獲得優勝。）

選項2　犯人は彼だと断定する。（斷定他就是犯人。）

選項3　30年後の自分を想像する。（想像三十年後的自己。）

選項4　化学の実験をする。（做化學實驗。）

22

解 答　1

日文解題　様子や状態を表すことば（副詞）の問題。1「はっきり」は「ものごとが確かな様子。迷わない様子」。2「すっきり」は「さっぱりして、気持ちがよい様子」。3「がっかり」は「思いどおりにならなくて、気を落とす様子」。4「どっかり」は「重いものをおろす様子」。

「よくないことはよくない、と言う」とは、「よくないとはっきり言う」ということ。したがって、（　）には1「はっきり」が入る。

例：1　将来の目的をはっきり決める。

2　よく寝たので頭がすっきりしている。

3　不合格になって、がっかりした。

4　重い荷物をどっかりおろす。

這題是關於表示樣子或狀態的副詞。選項1「はっきり／清楚的」是「ものごとが確かな様子。迷わない様子／對事物確定的樣子，不迷惘的樣子」。選項2「すっきり／舒暢的」是「さっぱりして、気持ちがよい様子／清爽，心情暢快的樣子」。選項3「がっかり／失望」是「思いどおりにならなくて、気を落とす様子／不如意，失落的樣子」。選項4「どっかり／猛地（放下）」是「重いものをおろす様子／放下重物的樣子」。

「よくないことはよくない、と言う／不好就說不好」是「よくないとはっきり言う／清楚地說出不好」的意思。因此，（　）應填入選項1「はっきり／清楚地」。

選項例句：

選項1　将来の目的をはっきり決める。（明確地訂下將來的目標。）

選項2　よく寝たので頭がすっきりしている。（因為睡得很好，頭腦變得相當清晰。）

選項3　不合格になって、がっかりした。（因為成績不及格，非常失落。）

選項4　重い荷物をどっかりおろす。（把沉重的行李猛地放到地上。）

23

解答 4

日文解題 「ほえられた」は受身形で、辞書形は「ほえる」。「ほえる」は「犬などの動物が大きな声で鳴く」こと。犬やトラ、ライオンなどの動物に使う。

1「ねずみ」や3「ねこ」は「ほえる」と言わず、ふつうは「鳴く」と言う。2「魚」もほえない。

中文解說 「ほえられた／被吠叫」是被動形，辭書形是「ほえる／吠叫」。「ほえる／吠叫」是指「犬などの動物が大きな声で鳴く／狗之類的動物大聲吼叫」，用於狗、老虎或獅子等動物。

選項1「ねずみ／老鼠」或選項3「ねこ／貓」不會用「ほえる／吠叫」，而應該用「鳴く／叫」。選項2「魚／魚」也不會吠叫。

24

解答 4

日文解題 「熱心」は「一つのことを、心をこめて一生懸命する様子」のこと。したがって、4「一生懸命」が正しい。

3の「我慢」は「痛みや苦しみなどの気持ちに耐える」こと。

例：4　熱心にサッカーの練習をする。

一生懸命サッカーの練習をする。

中文解說 「熱心／熱衷」是指「一つのことを、心をこめて一生懸命する様子／將全部心思投入某件事，拼命努力的樣子」。因此，選項4「一生懸命／拼命努力」是正確答案。

選項3的「我慢／忍耐」是指「痛みや苦しみなどの気持ちに耐える／忍受疼痛或痛苦等感受」。
例句：選項4　熱心にサッカーの練習をする。（忘我的練習足球。）
一生懸命サッカーの練習をする。（拼命練習足球。）

25

解　答　2

日文解題　「かしこい」は漢字で書くと「賢い」で、「頭がよい」こと。したがって、2が正しい。
1「気が重い」は「気分が晴れ晴れせず、いやな様子」。
例：2　なかなか賢こそうな少女だ。
なかなか頭がよさそうな少女だ。

中文解説　「かしこい」寫成漢字就是「賢い／聰明」，是「頭がよい／頭腦靈光」的意思。因此，選項2是正確答案。
選項1「気が重い／心情沉重」是「気分が晴れ晴れせず、いやな様子／心情不愉快，厭煩的樣子」。
例句：選項2　なかなか賢こそうな少女だ。（真是個聰明的少女。）
なかなか頭がよさそうな少女だ。（真是個頭腦靈光的少女。）

26

解　答　4

日文解題　「価値」は「ねうち」のこと。したがって、4「ねうちがある」が正しい。
3の「無意味」は「役に立たなくて、ねうちがないこと」。
例：4　これは価値（が）ある本だ。
これはねうちがある本だ。

中文解説　「価値／價值」是「ねうち／價值」的意思。因此，選項4「ねうちがある／有價值」是正確答案。
選項3「無意味／沒意義」是「役に立たなくて、ねうちがないこと／沒有幫助、沒有價值」的意思。
例句：選項4　これは価値（が）ある本だ。（這是一本有價值的書。）
これはねうちがある本だ。（這是一本有價值的書。）

27

解　答　3

日文解題　「観察」は「ものごとの様子を、くわしく見ること」。問題文は、子どもの行動をよく見るということである。したがって、3「細かいところまでよく見た」が正しい。
1の「厳しくしかる」は「よくない点を強く攻める」こと。2「批判」は「ものごとのよい悪いについて評価すること」。4「自慢」は「自分のことや自分のものを得意になって、人に言ったり見せたりすること」。

中文解説　「観察／觀察」是「ものごとの様子を、くわしく見ること／仔細看事物的狀況」。題目句是指（媽媽）好好看著孩子的行動。因此，選項3「細かいところまでよく見た／連細節處也仔細看」是正確答案。

選項1的「厳しくしかる／嚴厲責備」是指「よくない点を強く攻める／強力譴責缺點」。選項2「批判／批判」是「ものごとのよい悪いについて評価すること／評判事物的好壞」。選項4「自慢／自豪」是指「自分のことや自分のものを得意になって、人に言ったり見せたりすること／得意地向他人說自己擅長的事或東西」。

28

解 答 1

日文解題 「まとめる」は「きちんときまりをつける」こと。したがって、1「うまく決めようとした」が正しい。
3の「なかったことにする」は「決まっていたことを取り消す」こと。

中文解説 「まとめる／總結」是指「きちんときまりをつける／做出明確的結論」。因此，選項1「うまく決めようとした／下了高明的結論」是正確答案。
選項3的「なかったことにする／當作沒這件事」是指「決まっていたことを取り消す／撤銷決定」。

29

解 答 1

日文解題 「こぼす」はここでは「液体や粒のようなものを流したり落としたりする」こと。他にも「不平や不満を言う」の意味もある。1は「コーヒーがズボンに落ちてしまった」ということである。
2は「こぼす」が他動詞なので、「涙を」にする必要がある。3は「さいふ」は「こぼす」を使わないので不適切。4は「自慢」については「こぼす」を使わないので不適切。
▼誤りの選択肢を直す
2　とても悲しくて涙をこぼした。
＊助詞「を」に注意。
3　帰り道で、さいふを落としてしまった。
4　母は兄の自慢ばかり、人に言う。

中文解説 「こぼす／灑落」在這裡指「液体や粒のようなものを流したり落としたりする／液體或顆粒狀的物體流出落下」，另外也含有「不平や不満を言う／抱怨」的意思。選項1是「コーヒーがズボンに落ちてしまった／咖啡灑在褲子上了」的意思。
選項2「こぼす／灑落」是他動詞，所以必須接「涙を／眼淚」。選項3「さいふ／錢包」不會用「こぼす／灑落」所以不正確。選項4「自慢／自豪」也不會用「こぼす／灑落」，所以不正確。
▼更正錯誤選項
選項2　とても悲しくて涙をこぼした。（悲傷得流下了眼淚。）
＊請注意助詞「を」。

選項3　帰り道で、さいふを落としてしまった。（在回家途中把錢包弄丟了。）
選項4　母は兄の自慢ばかり、人に言う。（媽媽總是向別人炫耀哥哥。）

30

解　答　2

日文解題　「たっぷり」は「時間や数量が十分にある様子」。2は「お湯がたくさん入っているお風呂は気持ちがいい」ということである。
▼誤りの選択肢を直す
1　わたしの好きな服を買ってくれたので、にっこりした。
＊「にっこり」は「声を出さないでうれしそうに笑う様子」。
3　先生に注意され、しょんぼりした。
＊「しょんぼり」は「元気のない様子」。
4　彼女はいつもにこにこしているので、みんなに人気がある。
＊「にこにこ」は「うれしそうな顔をする様子」。

中文解說　「たっぷり／充分」是指「時間や数量が十分にある様子／形容時間或數量很多的樣子」。選項2是「お湯がたくさん入っているお風呂は気持ちがいい／浸入盛滿熱水的浴池，非常舒暢」的意思。
▼更正錯誤選項
選項1　わたしの好きな服を買ってくれたので、にっこりした。（他幫我買了我喜歡的衣服，所以我開心的笑了。）
＊「にっこり／微笑」是指「声を出さないでうれしそうに笑う様子／沒有發出聲音、笑得很開心的樣子」。
選項3　先生に注意され、しょんぼりした。（被老師警告了，所以垂頭喪氣的。）
＊「しょんぼり／垂頭喪氣」是指「元気のない様子／沒有精神的樣子」。
選項4　彼女はいつもにこにこしているので、みんなに人気がある。（她總是笑嘻嘻的，很受大家的歡迎。）
＊「にこにこ／笑嘻嘻」是指「うれしそうな顔をする様子／笑得很開心的樣子」。

31

解　答　1

日文解題　「とんでもない」は「あってはならない」ということ。1は「大事な会議に欠席することはあってはならない」ということである。
2と4は「とんでもない」を使うと不自然な文になる。3は「高い塀から飛び降りたので」に直すとよい。

中文解說　「とんでもない／出乎意料的」是指「あってはならない／不應該發生的」。選項1是「大事な会議に欠席することはあってはならない／居然缺席這麼重要的會議，真是太不應該了」的意思。
選項2和4用「とんでもない／出乎意料的」是不正確的句子。選項3如果改成「高い塀から飛び降りたので／因為我從很高的圍牆上跳了下來」則正確。

32

解　答　1

日文解題　「たまたま」は「偶然」という意味と「時々」という意味がある。1は「図書館で、偶然小学校の友だちに出会った」ということである。

2は「毎日」、つまり、いつも彼に会えるのだから、「たまたま」を使うのは不自然である。

例：2　毎日彼に教室で会えるので、うれしい。

＊「たまたま」は使わない。

3　りんごが1個150円もするなんて全くびっくりだ。

4　寒くなったので、すぐにコートを着た。

中文解説　「たまたま／偶爾，有時」有「偶然／偶然」和「時々／有時」的意思，遠項1是「図書館で、偶然小学校の友だちに出会った／在圖書館偶然遇到了小學同學」的意思。

選項2「毎日／每天」，也就是"老是遇到他"，所以用「たまたま／偶爾，有時」與文意不符。

例句：

選項2　毎日彼に教室で会えるので、うれしい。（每天都能在教室見到他，真是開心！）

選項3　りんごが1個150円もするなんて全くびっくりだ。（蘋果一個居然要一百五十圓，真讓人吃驚！）

選項4　寒くなったので、すぐにコートを着た。（因為變冷了，所以馬上穿起了外套。）

33

解　答　3

日文解題　「幸福」は「望んでいることが十分にあって、満ち足りていること。幸せ」。3は「幸せな人生を送った」ということである。

「幸福」は気分や生活がよい状態を言う。1「幸福な議論」、2「幸福な部屋」、4「幸福な野菜」という言い方はしない。

中文解説　「幸福／幸福」是「望んでいることが十分にあって、満ち足りていること。幸せ／期望的事情實現而十分滿足，感到幸福」的意思。選項3是「幸せな人生を送った／度過幸福的人生」的意思。

「幸福／幸福」是指心情或生活方面狀況良好。選項1「幸福な議論」、選項2「幸福な部屋」、選項4「幸福な野菜」都是錯誤的用法。

1

解答 2

日文解題 「〜ばよかった」で、後悔の気持ちを表す。問題文は、英語を勉強しなかった ことを後悔している。

1「よい」は、過去形（「た形」）にする必要がある。

例：

2　彼女にあんなことを<u>言わなければよかった</u>。

（言ったことを後悔している。）

中文解說 「〜ばよかった／要是〜就好了」用於表達後悔的心情。題目是在為當初沒有好 好學英文而感到後悔。

選項1「よい／好」必須改成過去式（「た形」）。

例句：

2　<u>如果沒有對她說那種話就好了</u>。

（為說過的話感到後悔。）

2

解答 3

日文解題 「〜ようになる」で「〜の状態になる」ことを表す。問題文は「泳げる状態に なる」ということ。「ようになる」の前は辞書形になる。

例：

3　漢字を500ぐらい<u>書けるようになった</u>。

（書ける状態になった。）

中文解說 「〜ようになる／變得能夠〜」用來表示「變成〜的狀態」。題目的意思是「變 成會游泳的狀態」。「ようになる」前面要接辭書形。

例句：

3　<u>已經會寫大約500個漢字了</u>。

（變成會寫的狀態。）

3

解答 4

日文解題 「〜にする」の形で、「思う。感じる」という意味になる。問題文は「楽しみ に思う」ということ。助詞「に」があるので、前は名詞になる。「楽しみ」は「楽 しむ」を名詞化にしたことば。

＊名詞化の例：苦しむ→苦しみ、暑い→暑さ

例：4　明日のパーティーを楽しみにしている。

中文解說 「〜にする」的句型表示「思う。感じる／想、感覺」的意思。題目句的意思是「楽 しみに思う／我很期待」。因為有助詞「に」，所以前面要接名詞。「楽しみ／ 期望」是將「楽しむ／期待」名詞化後的詞語。

＊名詞化的例子：苦しむ（受苦）→苦しみ（痛苦）、暑い（炎熱）→暑さ（炎熱）
例句：
　4　我很期待明天的派對。

4

解　答　1

日文解題　「ほど～ない」の言い方に注意する。「ほど」の後に否定のことばがきて、「～のように」の意味になる。問題文は「北海道の暑さは東京のように暑くはない（＝東京のほうが暑い）」ということ。
例：1　東京は北海道ほど広くない。
（東京より北海道のほうが広い。）

中文解說　請注意「ほど～ない」的說法。「ほど」後面接否定的詞語，表示「～のように／像～」的意思。題目句是「北海道の暑さは東京のように暑くはない（＝東京のほうが暑い）／北海道不像東京那麼熱（＝東京比較熱）」的意思。
例句：
1　東京不像北海道那麼遼闊。
（比起東京，北海道比較遼闊。）

5

解　答　2

日文解題　「もちろん」が、文中で使われる場合、「～はもちろん～」の形で使われることが多い。「言う必要もないくらいはっきりしている様子」を表す。問題文は、「もちろんスタイルもいい」ということ。
例：
2　あの旅館は、料理の味はもちろん、サービスもよい。
（もちろん料理の味もよい。）

中文解說　「もちろん／當然」在句子中通常以「～はもちろん～／～就不用說了」的方式呈現，表示「事實清楚的擺在眼前，沒必要說」。題目的意思是「當然也有副好體格」。
例句：
2　那間旅館，美食當然沒話說，就連服務也是一流。
（當然料理也好吃。）

6

解　答　4

日文解題　問題文は、「農業で生活している」ということ。つまり、「職業は農業だ」ということである。4「によって」は「頼みにする。手段とする」という意味。
例：4　辞書によって調べる。
（辞書で調べる。）

中文解說　題目句的意思是「農業で生活している／以農為業」。也就是「職業は農業だ／農業是職業」的意思。選項4「によって／用」是「頼みにする。手段とする／依靠、作為手段」的意思。

例句：

4　查字典。

（查字典。）

7

解　答　3

日文解題　問題文は、「先生になったのだから」ということ。「から」は理由、「には」
は強調を表す。

1「には」は名詞に付くので不正解。2「けれど」は逆接（前のことがらから、
予想されることと違うことが起きたことを表す）の接続語で、「けれど」を入
れると変な意味の文になる。4「とたん」は「何かをしたちょうどその時」。

例：

1　彼の意見には、賛成できない。

（「彼の意見」を強調。）

2　何度も読んだけれど、意味がわからない。

（何度も読んだが。）

3　約束したからには、絶対に来てね。

（約束したのだから。「約束した」ことを強調。）

4　家に帰ったとたん、電話がなった。

（家に帰ったちょうどその時。）

中文解說　題目的意思是「先生になったのだから／因為當了老師」。「から／因為」表示
理由，「には／對於」表示強調。

選項1「には」應該接名詞，所以不正確。選項2「けれど／雖然」是逆接（表
示按前項事情推測，應得到某結果，然而卻發生了不同於預測的事情）的連接詞，
若填入「けれど／雖然」則語意不通順。選項4「とたん／剛～就」的意思是「恰
好在做某事的時候」。

例句：

1　對於他的意見，我無法贊同。

（強調「他的意見」。）

2　雖然讀過好幾遍了，但還是不懂。

（雖然讀了很多遍。）

3　既然約好了，就一定要來哦！

（因為已經約好了。強調「約好了」。）

4　一回到家的時候，電話就響了。

（就在踏進家門的時候。）

8

解　答　1

日文解題　問題文は、「母は留守にすることが多い」ということ。1「がち」は「そ
うなることが多い。よくそうなる」という意味。

2「がちの」は「だった」に続かないので不正解。「の」を付ける場合は後に
名詞が続く。

例：

1　最近、荷物の配達が<u>遅れがち</u>だ。

（遅れることが多い。）

2　<u>雨がちの天気</u>で、洗濯物が乾かない。

（雨が多い天気。）

3　教師の<u>職業がら</u>、子どもが好きだ。

（教師という立場上。「がら」はその人の性質・態度・立場などを表す。）

4　<u>小学生の頃</u>、東京に住んでいた。

（小学生の時。「頃」はだいたいの時を表す。）

中文解說　題目的意思是「媽媽常常不在家」。選項1「がち/經常」的意思是「經常發生那種事、經常那樣」。

選項2「がちの/經常的」後面不會接「だった」，所以不正確。「がちの」後面要接名詞。

例句：

1　最近，包裹的配送<u>時常延誤</u>。

（經常延遲。）

2　<u>常下雨的天氣</u>，衣服不容易乾。

（多雨的天氣。）

3　<u>身為老師之職</u>，我喜歡孩子。

（站在老師的立場。「がら/身為」表示一個人的性質、態度、立場。）

4　<u>小學時期</u>，我曾住過東京。

（小學的時候。「頃/時期」表示大約那個時候。）

9

解　答　2

日文解題　（　）には、「何かをしたちょうどその時」という意味の「とたん」が入る。「とたん」の前は過去形（「た形」）になることに注意する。したがって、2「飛び出したとたん」が適切。

1「飛び出すとたん」は過去形になっていないので不適切。

例：2　試合が始まったとたん、雨が降りだした。

（試合が始まるとすぐ。）

3　角を右に曲がると、郵便局があった。

（角を右に曲がった。すると～。）

4　大声で呼んだけれど、友だちは気づかなかった。

（大声で呼んだが。）

中文解說　（　）中要填入含有「何かをしたちょうどその時」意思的「とたん」。請注意「とたん」前面要接過去式（「た形」）。因此，選項2「飛び出したとたん/一飛奔出去」最為合適。

選項1「飛び出すとたん」不是接過去式，所以不正確。

例句：

2　比賽才剛開始，就下起雨來了。

（開始比賽後馬上。）

3　只要在轉角處右轉，就會看到一間郵局。

（在轉角處又轉，就會～）

4　雖然大聲呼叫了，但是朋友並沒有注意到。

（雖然大聲呼叫了。）

10

解　答　3

日文解題　問題文は、「社長はゴルフがとても上手である」ということ。社長について述べているので、（　）には、「上手である」の尊敬語が入る。「～ている」「～である」の尊敬語は「いらっしゃる」。したがって、3「お上手でいらっしゃる」が適切。

1「お上手にされる」の「される」も尊敬語だが、前のことばが「ゴルフが」なので不適切。2「お上手でおる」は尊敬語ではない。4「お上手でいる」とは言わない。

例：3　奥様は、日本料理が得意でいらっしゃるとお聞きしました。

中文解說　題目句是「社長はゴルフがとても上手である／總經理很擅長打高爾夫球」的意思。因為是談論總經理的事，所以（　）應填入尊敬語「上手である／擅長」。「～ている」、「～である」的尊敬語是「いらっしゃる」。因此，選項3「お上手でいらっしゃる／擅長」最為合適。

選項1「お上手にされる」的「される」雖然也是尊敬語，但前面是「ゴルフが」所以不正確。

選項2「お上手でおる」不是尊敬語。選項4，沒有「お上手でいる」這種說法。

例句：

3　聽說尊夫人很擅長日本料理。

11

解　答　4

日文解題　「Ａぐらいなら、Ｂのほうがいい（Ｂのほうがましだ）」の言い方である。問題文は、「謝ること」を否定し、「少し考えて物を言ったほうがよい」ということ。後に「～ほうがよい」を入れてみよう。

例：4　途中で投げ出すぐらいなら、初めからやらないほうがよい。

中文解說　這是「Ａぐらいなら、Ｂのほうがいい（Ｂのほうがましだ）／如果要Ａ，不如Ｂ（Ｂ比較好）」的意思。題目句否定了「謝ること／道歉」，意思是「少し考えて物を言ったほうがよい／你應該先思考過再開口」。可以在後面接「～ほうがよい／～比較好」試試。

例句：

4　與其要中途放棄，不如一開始就不要做。

12

解　答　3

日文解題　（　）には、これからすること（＝本を読む）が完了した後、次の行動をする（＝その本を貸してほしい）という意味の「～たら（だら）」が入る。予定の行動を述べる表現である。

1「読<u>み</u>たら」は「読<u>んだ</u>ら」になることに注意する。

例：

3　駅に着いた<u>たら</u>、電話してください。迎えに行きます。

| 中文解説 | （　）應該填入「～たら（だら）／了～的話」，意思是等這件事情（＝讀書）完成之後，就採取後續的行動（＝希望你借我那本書）。這個句型可以用於敘述預定的行動。 |

選項1請留意「読<u>み</u>たら」要變成「読<u>んだ</u>ら」才正確。

例句：

3　抵達車站後請來電，我會去接您。

13

| 解　答 | 1 |

| 日文解題 | 買いに行ったのは弟なので、（　）には「行った」の使役形が入る。「行った」の使役形は1「行かせた」。 |

2・3・4はいずれも使役形の作り方を間違えている。

例：1　妹に絵をかかせたが、とても下手だった。

| 中文解説 | 因為去買東西的是弟弟，所以（　）中應填入「行った／去」的使役形。「行った／去」的使役形是選項1「行かせた／使～去」。 |

選項2、3、4都不是使役形，所以不正確。

例句：

1　我讓妹妹畫圖，可是她畫得很醜。

| だい かい
第3回 | げんごちしき ぶんぽう
言語知識（文法） | もんだい
問題2 | P99 |

14

| 解　答 | 3 |

| 日文解題 | 正しい語順：母に　<u>聞く　ところ　に　よると</u>、昔、この辺りは川だったそうです。 |

「～によると」という言い方に注目する。「によると」は、名詞に接続するので、「ところによると」になる。また、「聞くところによると」は、「聞いたことによると」という意味になる。

このように考えていくと、「2→1→3→4」の順となり、問題の＿★＿には、3の「に」が入る。

| 中文解説 | 正確語順：<u>根據向媽媽打聽的結果</u>，這一帶以前是河川。 |

請留意「～によると／根據」的用法。「によると」的前面必須是名詞，所以是「ところによると／根據～的結果」。又，「聞くところによると／根據打聽的結果」的意思是「聞いたことによると／根據打聽的結果」。

如此一來順序就是「2→1→3→4」，＿★＿應填入選項3「に」。

15

解　答　1

日文解題　正しい語順：彼は、のんびり　<u>している</u>　<u>反面</u>　<u>気が短い</u>　<u>ところも</u>　あります。

「のんびり」は性格を表すことばで、「のんびり<u>している</u>」のように使う。「反面」は「一方」という意味で、普通形に接続するので、「のんびりしている反面」になる。「反面」の後は、「のんびりしている」と反対語である「気が短い」が続く。なお、「ところ」はここでは、「部分・点」の意味で、「のんびり」と「気が短い」という二つの性格を並べて「ところも」と言っている。

このように考えていくと、「4→1→3→2」の順となり、問題の＿★＿には、1の「反面」が入る。

中文解說　正確語順：他既有悠哉的一面，也有性急的一面。

「のんびり／悠哉」是表示性格的詞語，寫成「のんびり<u>している</u>」。「反面／的一面」是「一方／另一方面」的意思，接在普通形之後，所以是「のんびりしている」。而「反面」的後面應該接與「のんびりしている」相反的「気が短い／性急」。並且「ところ」在這裡是「部分、點」的意思，因為要將「のんびり」和「気が短い」這兩個性格並列，所以要寫「ところも／也～的一面」。

如此一來順序就是「4→1→3→2」，＿★＿應填入選項1「反面／的一面」。

16

解　答　3

日文解題　正しい語順：彼女は、手　<u>を</u>　<u>振りながら</u>　<u>笑って</u>　<u>別れて</u>　いきました。

まず、「手を振りながら」を結び付ける。次に、問題文の最後の「いきました」に続くのは「別れて」であることに気づこう。（注意！「笑っていきました」は、変な言い方。）

このように考えていくと、「4→1→3→2」の順となり、問題の＿★＿には、3の「笑って」が入る。

中文解說　正確語順：她一邊揮手告別一邊笑著走遠了。

首先先將「手を振りながら」連結在一起。然後注意可以連接題目最後的「いきました／走了」是「別れて／離別」。（注意！不會用「笑っていきました」這種說法。）

如此一來順序就是「4→1→3→2」，＿★＿應填入選項3「笑って／笑」。

17

解　答　4

日文解題　正しい語順：今年　<u>入社する</u>　<u>ことに</u>　<u>なった</u>　<u>女性は</u>　私の大学の友だちです。

「～ことになった（なる）」の言い方に注目する。「こと」は、連体形、または「ない形」に接続するので、「入社することになった」になる。この「入社することになった」は、連体修飾語として、「女性は」に係る。

このように考えていくと、「2→1→4→3」の順となり、問題の＿★＿には、4の「なった」が入る。

| 中文解說 | 正確語順：今年<u>將要進入我們公司的女生</u>是我大學時期的朋友。 |

請留意「～ことになった（なる）／被決定」的用法。因為「こと」要接在連體形或「ない形」的後面，所以是「入社することになった／將要進入我們公司的」。以「入社することになった／將要進入我們公司的」作為連體修飾語，修飾「女性は／女性」。

如此一來順序就是「2→1→4→3」，　★　應填入選項4「なった／將要」。

18

| 解　答 | 3 |

| 日文解題 | 正しい語順：とても便利ですので、ぜひ　<u>お試し　に　なって</u>　ください。 |

「お／ご～になる」の尊敬の言い方に注目する。（「お／ご」＋「ます形」の「ます」をとった形＋になる」で尊敬になる。例：
1（お待ちになる／ご出席になる。）問題文は、丁寧な依頼の表現「ください」になっているので、「お試しになってください」になる。これに、強調の「ぜひ」を付ける。
このように考えていくと、「4→3→2→1」の順となり、問題の　★　には、3の「お試し」が入る。

| 中文解說 | 正確語順：因為非常方便，<u>請務必試用看看</u>。 |

請留意「お・ご～になる／您做」這種敬語用法。（「お／ご」＋「ます形」刪去「ます」＋になる）就是敬語用法了。例如：「お待ちになる（您稍候）／ご出席になる（您出席）。」因為題目最後有禮貌的請求「ください／請」，由此可知是「お試しになってください／請您務必試用看看」，並加上有強調作用的「ぜひ／務必」。

如此一來順序就是「4→3→2→1」，　★　應填入選項3「お試し／請～試用看看」。

| だい かい
第3回 | げんご ちしき ぶんぽう
言語知識（文法） | もんだい
問題3 | P100-101 |

| 文章翻譯 | 以下文章是留學生以日本的生活習慣為主題所寫的作文。 |

　　我在兩年前來到了日本。我從以前就對日本文化有濃厚的興趣，再加上渴望學習知識，所以一直很努力。

　　剛到這裡的時候，由於不清楚日本的生活習慣，曾有一段時間不知所措。例如丟垃圾的方式就是其中之一。在日本，依照居住城鎮的規定，一定要將可燃垃圾和不可燃垃圾分開丟棄才行。一開始，我心想為什麼得做那麼麻煩的事啊，常常覺得很討厭，但是多做幾次以後，終於了解必須這麼做的理由。日本的國土面積不大，垃圾問題尤其嚴重，因此將垃圾分類，可用資源盡量回收，有其必要性。但是，也有部分留學生完全不管這類事情，把各種垃圾全都混在一起丟棄，造成鄰居的困擾。事實上，像這樣的小問題，正是導致日本人對外國人產生很大的誤解與糾紛的根源。其實只要在日常生活中稍微留意，應該就能讓大家生活得更加

287

舒適。

　　　所謂「留學」，不僅是學習知識，更重要的是在每天的生活中學習那個國家的文化和習慣。能否融入日本社會、與日本人交心，都和我們每一個留學生的意識及生活方式息息相關。唯有實踐真正的交流，才稱得上是盡善盡美的留學生涯，不是嗎？

19

解　答　3

日文解題　この文章を書いた留学生は、前から日本文化に強い関心を持っていて、そして今、もっと「知識を身につけたい」と思っている。前のことがらに重ねてする様子を表すことばは、3「さらに」である。

1「ずっと」はある状態を長い間続ける様子を表すことばなので不正解。2「また」と4「もう一度」は再びという意味のことばなので不正解。

例：

1　朝からずっと勉強していた。　　　2　試合にまた負けてしまった。

3　メンバーをさらに5人増やした。　4　疑問点をもう一度質問した。

中文解說　寫下這篇文章留學生，從以前就對日本文化有濃厚的興趣，現在更渴望「學習知識」。表達後項加上前項的詞語是選項3「さらに／再加上」。

選項1「ずっと／一直」表示長時間持續某一狀態的樣子，所以不正確。選項2「また／還」和選項4「もう一度／再一次」皆表示再次，所以不正確。

例句：

1　從早上開始一直在念書。　　　2　比賽又輸掉了。

3　成員再增加了五個人。　　　4　再次針對疑點提問了。

20

解　答　1

日文解題　空欄の前に「ルール」とあることに注意する。「ルールにしたがう」で、言われたとおりにするという意味になる。2「加えて」はあるものに他のものを加える意味。3「対して」は応じるという意味。4「ついて」はそれに関してという意味。

例：

1　社会のルールにしたがって生活する。

2　風に加えて雨も強くなった。

3　質問に対して答える。

4　読書について話し合う。

中文解說　請留意空格前的「ルール／規定」。「ルールにしたがう／依照規定」的意思是遵照囑咐去做。選項2「加えて／加上」的意思是某項事物加上其他事物。選項3「対して／對於」是應…要求的意思。選項4「ついて／針對」是關於那件事的意思。

例句：

1　遵循社會規範生活。　　　　2　風勢強勁，加上連雨也變大了。

3　針對提問回答。　　　　　　4　針對讀書的話題做討論。

21

解　答　4

日文解題　全然気にしないことの例として「ゴミを分けて捨て、できるものはリサイクルすること」をあげているが、それだけではない。ほかにもあることが言いたいので、4「など」が適切である。

1「だけ」、2「しか」、4「きり」は限定の意味を表す助詞なので不正解。

例：

1　朝、パン<u>だけ</u>食べて出かけた。　　2　そのことは私<u>しか</u>知らない。

3　ひとり<u>きり</u>で留守番をする。　　4　辞書やノート<u>など</u>をかばんに入れる。

中文解説　「將垃圾分類，可用資源盡量回收」雖然只是留學生們完全不放在心上的事情的其中一例，但語含還有很多其他情況，不只這一件。因為還有其他想說的事，所以正確答案是選項4「など／這類」。

選項1「だけ／只有」、選項2「しか／唯獨」、選項3「ぎり／僅只」都是表示限定的助詞，所以不正確。

例句：

1　早上<u>只</u>吃麵包就出門了。　　2　那件事唯<u>獨</u>我知道。

3　<u>獨自</u>一人看家。　　4　把字典和筆記本<u>等等</u>放進書包裡。

22

解　答　2

日文解題　留学生の考えが述べられている文である。当然そうなる、そうなるべきであるという様子を表す助詞2「はず」が適切である。

1「わけ」は理由や当たり前だという意味。3「から」は原因や理由を表す助詞。4「こと」は事柄や事情などの意味があることば。

例：

1　うそを許す<u>わけ</u>にはいかない。　　2　仕事は5時までに終わる<u>はず</u>だ。

3　不注意<u>から</u>、事故が起きた。　　4　スキーをした<u>こと</u>がある。

中文解説　這是敘述該留學生想法的句子。表示「這是當然的、就應該是這樣」的助詞是「はず／應該」，因此正確答案是選項2「はず／應該」。

選項1「わけ／因為，理應」是表示理由，或是理所當然的意思。選項3「から／因為」是表示原因或理由的助詞。選項4「こと／事情」是表示事情或情況的詞語。

例句：

1　說謊<u>實在</u>無法原諒。　　2　工作<u>應該</u>會在五點之前完成。

3　<u>因為</u>不小心導致發生了事故。　　4　<u>曾經</u>滑過雪。

23

解　答　4

日文解題　すでに留学しているので、1「実現する」、3「考えられる」は不正解。正解は、2「成功する」、4「成功させる」のどちらかである。空欄のすぐ前の「も」に注意する。「も」を「を」に言い換えてみると、「を成功する」では変な文

になる。「成功する」は自動詞なので、使役形にする必要がある。したがって4が適切である。

例：

4　学園祭を成功させたい。

中文解說

因為作者已經在留學了，所以選項1「実現する／得以實現」、選項3「考えられる／可以想見」都不正確。正確答案應該是選項2「成功する／盡善盡美」或選項4「成功させる／使完美」其中一個。請留意空格前的「も／也」。「も」改成「を」會變成「を成功する」，語法是不通順的。由於「成功する／完美」是自動詞，所以必須寫成使役形。因此，正確答案是選項4「成功させる／使完美」。

例句：

4　希望校慶舉辦成功。

第3回　読解　問題4　　　　　　　　　　P102-105

24

解答　4

文章翻譯　(1)

人類隨著科學技術的發展，達成了各式各樣的目標。比方人類已經可以飛上天空，也能夠到海底及地底深處，現在甚至可以到外太空了。

但是，人的欲望是無窮無盡的，因此出現了一些人想要前往未來或是回到過去。是的，人們想要製造「時光飛行器」。

人類究竟能不能夠成功做出時光飛行器呢？

理論上似乎可行，但是以目前的科學技術似乎還沒有辦法實現。

儘管有些遺憾，但是，人們可以在心中勾勒出對未來的夢想與希望，並且每一個人也能夠將過去的回憶深藏在心裡，我想，這樣已經足夠了。

日文解題　答えは4

1・×…「未来や過去へ行きたいと思う人たちが現れました」とある。

2・×…「理論上は、できるそうですが、現在の科学技術ではできない」とある。

3・×…最後の段落に「一人一人の心の中にある」とある。

4・○…「人類にとって必要なものだ」とは言っていない。

中文解說　正確答案是4

1.×…文中提到「未来や過去へ行きたいと思う人たちが現れました」（出現了一些人想要前往未來或是回到過去）。

2.×…文中提到「理論上は、できるそうですが、現在の科学技術ではできない」（理論上似乎可行，但是以目前的科學技術似乎還沒有辦法實現）。

3.×…文章最後一段提到「一人一人の心の中にある」（藏在每個人的心裡）。

4.○…文中沒有提到時光飛行器「人類にとって必要なものだ」（對人類是不可或缺的）。

解 答 2

文章翻譯 (2)

這是一封寄給田中先生的電子郵件：

收件地址：jlpt1127.clear@nihon.co.jp

主旨：敬請寄送※說明書

寄件日期：2018 年 8 月 14 日 13:15

==

承辦人，您好：

請恕冒昧打擾。

我是山田商事股份有限公司總務部的山下花子。

最近在貴公司的官網看到新上市的空調機「Ecole」，希望進一步了解詳情，想索取說明書，因此與貴公司聯繫。方便的話，盼能索取兩份說明書。

非常感謝撥冗郵寄。

【郵寄地址】

〒 564-9999

大阪府〇〇市△△町 11-9　×× 大樓 2F

TEL：066-9999-xxxx

山田商事股份有限公司 總務部

承辦人：山下 花子

※ 送付：致送對方。

日文解題 答えは 2

山下さんはメールに「パンフレットをお送りいただきたい」と書いている。田中さんがすることは、「エコール」のパンフレットを送ることである。したがって、2 が適切である。

中文解說 正確答案是 2

山下小姐在郵件上寫的是「パンフレットをお送りいただきたい」（想索取說明書）。田中先生要做的事是把「Ecole」的說明書寄過去。所以選項 2 是最適切的答案。

26

解 答	4

文章翻譯	(3)

這是大學的內部公告：

為因應 9 號颱風來襲，第一二堂 ※1 停課 ※2 公告

今天（10月16日）由於關東地區有大型颱風來襲，取消今天、以及明天第一二堂課。此外，明天第三、四、五堂課是否上課，請上校內網站的「公告欄」查詢。

東青大學

※1 時限：授課的時間單位。

※2 休講：停課。

日文解題

答えは 4

1・2・×…「台風が来たら」が誤り。台風が近づいているので、16日と、17日の1・2時限目の授業の休講は決まっている。

3・×…「明日の3・4・5時限目につきましては、大学インフォメーションサイトの『お知らせ』で確認して下さい」とある。つまり、3時限目からの授業があるかどうかはまだわからない。

4・○…大学インフォメーションサイト「お知らせ」を確認する必要がある。

中文解說

正確答案是 4

1・2. ×…「台風が来たら」（假如颱風來襲）是錯誤的。因為颱風正在逼近，所以已經確定取消16日和17日的第一、二堂課。

3. ×…公告上寫的是「明日の3・4・5時限目につきましては、大學インフォメーションサイトの『お知らせ』で確認して下さい」（明天第三、四、五堂課是否上課，請上校內網站的「公告欄」查詢）。也就是說，還不知道是否從第三堂課開始上課。

4. ○…必須上校內網站的「公告欄」確認明天第三、四、五堂課是否上課。

27

解 答	4

文章翻譯	(4)

在日本，稍具規模的車站月台上，開設有站著就能以便宜的價格享用「蕎麥麵」或「烏龍麵」的店鋪（立食店）。

喜歡吃「蕎麥麵」還是「烏龍麵」因人而異，但一般來說，「蕎麥麵」在關東地區的消費量比較高，而「烏龍麵」則在關西地區的消費量比較高。

不同地區的「蕎麥麵」和「烏龍麵」何者較受歡迎，其實只要從當地車站月台就

很容易分辨。觀察開在車站月台上的立食店名稱，會發現關東地區和關西地區不一樣。在關東地區，多數店鋪寫的是「蕎麥麵・烏龍麵」，而關西地區則是「烏龍麵・蕎麥麵」。只要看「蕎麥麵」和「烏龍麵」是哪一個寫在前面，就可以知道當地是哪一種比較受歡迎了。

| 日文解題 | 答えは 4 |

文章の最後の文に「『そば』と『うどん』、どちらが先に書いてあるかを見ると、その地域での人気がわかる」とある。つまり、駅のホームにある立ち食いの店の名前から、どちらに人気があるかわかるということである。したがって、4 が適切。

| 中文解說 | 正確答案是 4 |

請見文章的最後「『そば』と『うどん』、どちらが先に書いてあるかを見ると、その地域での人気がわかる」（只要看「蕎麥麵」和「烏龍麵」是哪一個寫在前面，就可以知道當地是哪一種比較受歡迎了）。也就是說，只要看車站月台上的立食店的店名，就可以知道是哪一種比較受歡迎。因此選項 4 是最適切的答案。

| 文章翻譯 | (1) |

　　科技的進步，使得我們身邊隨處可見便利的裝置。尤其是被稱為 IT 的資訊裝置，幫助人類的生活變得更加便利與豐富。①舉例來說，電腦就是其中一項。只要使用電腦上的文字處理軟體，任何人都能打出漂亮的文字，甚至列印出來。還有，要查詢什麼資料時，只要連上網際網路，立刻就能找到需要的知識與全世界的資訊。時至今日，已經無法想像生活中沒有這些東西會變成什麼樣子了。

　　然而，不能忘記的是，這些科技的進步也衍生出②新的問題。例如，一天到晚使用文字處理軟體，結果忘記漢字的寫法。另外，透過網際網路就能輕鬆獲得知識與資訊，或許將會導致人們失去了親自努力調查的能力。

　　這些裝置雖有便利的一面，但也具有造成人類原本擁有的能力日漸衰退的另一面，希望我們必須將這點牢記在心。

28

| 解答 | 1 |

| 日文解題 | 答えは 1 |

①＿＿＿の直前の文「特に IT と呼ばれる情報機器は、人間の生活を便利で豊かなものにしました」に注目する。「人間の生活を豊かなものにした情報機器」の例として、「パソコン」を挙げている。したがって、1 が適切。

| 中文解說 | 正確答案是 1 |

請注意①＿＿＿的前面提到「特に IT と呼ばれる情報機器は、人間の生活を便利で豊かなものにしました」（尤其是被稱為 IT 的資訊裝置，幫助人類的生活變得更

加便利與豐富）。本文舉了「パソコン」（電腦）作為「人間の生活を豊かなものにした情報機器」（讓人類的生活變得更加便利與豐富的資訊裝置）的例子。因此選項1是最適切的答案。

29

解　答　4

日文解題

答えは4

文章の最後の文で「これらの機器は、便利な反面、人間の持つ能力を衰えさせる面もある」と述べている。便利な機器に頼っていると、人間の能力が衰えるというのである。したがって、4が適切。

中文解說

正確答案是4

文章最後提到「これらの機器は、便利な反面、人間の持つ能力を衰えさせる面もある」（這些裝置雖有便利的一面，但也具有造成人類原本擁有的能力日漸衰退的另一面）。依賴便利的裝置，可能導致人類的能力日漸衰退。所以選項4是最適切的答案。

30

解　答　2

日文解題

答えは2

何が、「新たな問題」を生み出しているかに注意する。「新たな問題」とは何かではない。②＿＿のすぐ前に「テクノロジーの進歩が」とある。したがって、2が適切。

中文解說

正確答案是2

請注意是什麼產生了「新たな問題」（新的問題）。「新たな問題」（新的問題）不是別的，指的就是②＿＿前面提到的「テクノロジーの進歩が」（科技的進步）。所以選項2是最適切的答案。

正在學日文的外國人覺得最難學的，似乎是敬語的用法。就連住在日本的我們都覺得困難了，對外國人來說當然更是難上加難了。

有時候我會聽到一種說法：只有日文才有敬語，外文沒有這種文法。沒有這回事。英文裡也有禮貌的措辭。當希望別人開門時，簡單的說法是「Open the door.（開門。）」，但是禮貌的說法則是加上「Will you～（Can you～）」或是「Would you～（Could you～）」，①這應該也可以被歸類為敬語吧。

我們之所以使用敬語，目的是藉此來表示尊重與尊敬※對方，藉以增進人際關係。或許還希望透過使用敬語，讓對方對自己留下好印象。

然而其中，也有人認為根據對象的不同，而以不同的態度和說話方式應對很奇怪，因而主張不使用敬語。

但是，既然我們的社會有敬語的存在，如果交談時刻意不使用，恐怕會導致人際關係的惡化。

敬語的用法確實很難，但只要懷有尊重與尊敬對方的心意，即使用法不完全正確也沒有大礙。

※ 敬う：尊敬。

31

| 解 答 | **2** |

日文解題

答えは2

「これ」の指す内容を前の部分から探す。「『Will you～（Can you～）』や『Would you～（Could you～）』を付けたりして丁寧な言い方をします」とある。したがって、2が適切。2の内容を「これ」に入れて、意味が通じるか確かめてみよう。

中文解說

正確答案是2

可以從前文找出「これ」（這）所指涉的內容。前面提到「『Will you～（Can you～）』や『Would you～（Could you～）』を付けたりして丁寧な言い方をします」（禮貌的說法是加上「Will you～（Can you～）」或是「Would you～（Could you～）」）。所以選項2是最適切的答案。可以試著將選項2的內容放入「これ」（這），確認文意是否通順。

32

| 解 答 | **4** |

日文解題

答えは4

敬語を使う目的が問われている。目的を表す語「ため」に注目するとよい。3段落に「私たちが敬語を使うのは、相手を尊重し敬う気持ちをあらわすことで、人間関係をよりよくするため」とある。したがって、4が適切。

中文解說

正確答案是4

題目問的是使用敬語的目的，所以只要找出表示目的的詞語「ため」（目的是）即可。第三段寫道「私たちが敬語を使うのは、相手を尊重し敬う気持ちをあら

わすことで、人間関係をよりよくするため」（我們之所以使用敬語，目的是藉此來表示尊重與尊敬對方，藉以增進人際關係）。因此選項 4 是最適切的答案。

33

解　答　3

日文解題

答えは 3

1・×…5 段落に「私たちの社会に敬語がある以上、それを無視した話し方をすると、人間関係がうまくいかなくなることもあるかもしれません」と述べて、「敬語は使わないでいい」という考えを否定している。

2・×…最後の一文に「相手を尊重し敬う気持ちがあれば、使い方が多少間違っていても構わない」とある。敬語を「正しく使うこと」が大切だとは述べていない。

3・○…最後の一文の「相手を尊重し敬う気持ちがあれば、使い方が多少間違っていても構わない」とは、「使い方」より、「相手に対する気持ち」が大切だということ。

4・×…2 段落に「敬語があるのは日本だけで、外国語にはないと聞くことがありますが、そんなことはありません」とある。つまり、外国語にも敬語があると述べているのである。

中文解說

正確答案是 3

1. ×…第五段提到「私たちの社会に敬語がある以上、それを無視した話し方をすると、人間関係がうまくいかなくなることもあるかもしれません」（既然我們的社會有敬語的存在，如果交談時刻意不使用，恐怕會導致人際關係的惡化），因此否定了「敬語は使わないでいい」（不需要使用敬語）這種想法。

2. ×…文章最後提到「相手を尊重し敬う気持ちがあれば、使い方が多少間違っていても構わない」（只要懷有尊重與尊敬對方的心意，即使用法不完全正確也沒有大礙）。並沒有提到「正しく使うこと」（正確使用）敬語非常重要。

3. ○…文章最後提到「相手を尊重し敬う気持ちがあれば、使い方が多少間違っていても構わない」（只要懷有尊重與尊敬對方的心意，即使用法不完全正確也沒有大礙），因此比起敬語的「使い方」（用法），「相手に対する気持ち」（表達心意給對方）更為重要。

4. ×…文中第二段提到「敬語があるのは日本だけで、外国語にはないと聞くことがありますが、そんなことはありません」（只有日文才有敬語，外文沒有這種文法。沒有這回事）。也就是說，作者想表達的是外文中也有敬語的用法。

文章翻譯　　交通號誌燈的顏色為什麼是紅、青（綠）、黃這三種顏色，並且以紅色代表「停止」、黃色代表「注意」、綠色代表「通行」呢？

這個再①理所當然不過的事，大家從小就不曾懷疑，但事實上，這種設計有其理論根據。它的理論根據就是色彩對人類心理的影響。

首先，紅色是能夠讓那個「物體」看起來像在近處的顏色，此外，和其他顏色相較，這種顏色即使在很遠的距離也夠一眼辨識出來。不單如此，紅色也被稱為「興奮※1色」，具有刺激人類腦部的效果。因此，為了將「停止」、「危險」這些訊息盡早傳遞給人們，②紅色是最適當的顏色。

相對來說，青色（綠色）則具有讓人鎮定、冷靜的效果。所以，就被用作表示③的顏色。

最後，黃色被稱為和紅色同樣讓人感到危險的顏色。尤其黃色和黑色的組合也被稱為「警告※2色」，據說人們只要看到這種色彩，下意識就會感到危險，產生「必須小心」的想法。只要回想一下，諸如標示平交道和「施工中危險！」的標記，就是採用黃色和黑色的組合，應該就能明白了吧。

交通號誌燈的設計，即是運用上述色彩對人類產生的心理效果。順帶一提，據說世界各國幾乎都是使用紅色來表示「停止」、綠色來表示「通行」。

※1 興奮：情感強烈波動。

※2 警告：通知危險。

34

解　答　　**3**

日文解題　答えは３
「当然のこと」とは「そうなることが当たり前であること」。ここでは、信号機の色は「赤・青（緑）・黄の３色で、赤は『止まれ』、黄色は『注意』、青は『進め』をあらわしている」ことを指している。「赤は『止まれ』」とは「赤は危険だ」、「青は『進め』」とは「青は安全だ」と言い換えることができる。したがって、３が適切。

中文解說　正確答案是３
「当然のこと」（理所當然的事）是「そうなることが当たり前であること」（這件事是當然的）的意思。在本文中是指交通號誌燈的顏色為「赤・青（緑）・黄の３色で、赤は『止まれ』、黄色は『注意』、青は『進め』をあらわしている」（紅、青（綠）、黃這三種顏色，並且以紅色代表「停止」、黃色代表「注意」、綠色代表「通行」）。「赤は『止まれ』」（紅色代表「停止」）是因為「赤は危険だ」（紅色表示危險）、「青は『進め』」（綠色代表「通行」）是因為「青は安全だ」（綠色表示安全）。因此，選項３是最適切的答案。

35

| 解　答 | 2 |

| 日文解題 | 答えは2 |

1・×…「赤は『興奮色』とも呼ばれ、人の脳を活発にする効果がある」とある。「落ち着いた行動をさせる色」は青である。

2・○…②＿＿＿のすぐ前に「『止まれ』『危険』といった情報をいち早く人に伝える」とある。

3・×…「交差点を急いで渡るのに適している」は文章中で述べられていない内容。

4・×…赤と黒の組み合わせについては述べていない。

| 中文解說 | 正確答案是2 |

1. ×…文中提到「赤は『興奮色』とも呼ばれ、人の脳を活発にする効果がある」（紅色也被稱為「興奮色」，具有刺激人類腦部的效果），而「落ち着いた行動をさせる色」（能讓人在鎮定中行動的顏色）是綠色。

2. ○…因為②＿＿＿的前面提到「『止まれ』『危険』といった情報をいち早く人に伝える」（將「停止」、「危險」這些訊息盡早傳遞給人們）。

3. ×…「交差点を急いで渡るのに適している」（適合用來催促人們快速穿越平交道）是文中沒有提到的內容。

4. ×…本文並沒有針對紅色和黑色的組合說明。

36

| 解　答 | 4 |

| 日文解題 | 答えは4 |

1・×…「危険」をあらわすのは「赤」。

2・3・×…「青（緑）は人を落ち着かせ、冷静にさせる効果がある」とある。2「落ち着き」3「冷静」は青の効果を述べたもの。

4・○…青（緑）は人を落ち着かせ、冷静にさせる色なので、危険ではない、大丈夫という意味の「安全」が適切である。

| 中文解說 | 正確答案是4 |

1. ×…表示「危険」（危險）的是「赤」（紅色）。

2・3. ×…文中提到「青（緑）は人を落ち着かせ、冷静にさせる効果がある」（青色〈綠色〉則具有讓人鎮定、冷靜的效果）。選項2「落ち着き」（鎮定）和選項3「冷静」（冷靜）描述的都是「青色」（綠色）的效果。

4. ○…「青色」（綠色）能讓人鎮定、冷靜，因此填入表示不危險、沒關係的意思的「安全」（安全）最為符合。

解　答	**3**

日文解題

答えは3

1・×…文章の最後の文に「世界のほとんどの国で、赤は『止まれ』、青（緑）は『進め』を表している」とある。

2・×…2段落で、信号機に赤・青（緑）・黄の色が使われている理由とは、「色が人の心に与える影響である」と述べている。

3・○…黄色は「赤と同じく危険を感じさせる色」である。また、「待て」ではなく、「注意」を示す色である。

4・×…黄色と黒の組み合わせを見ると、「無意識に危険を感じ、『注意しなければ』、という気持ちになる」とある。

中文解說

正確答案是3

1．×…因為文章最後提到「世界のほとんどの国で、赤は『止まれ』、青（緑）は『進め』を表している」（世界各國幾乎都是使用紅色來表示「停止」、綠色來表示「通行」）。

2．×…第二段提到交通號誌燈用紅色、青色（綠色）、黃色的理由是「色が人の心に与える影響である」（色彩對人類心理的影響）。

3．○…文中提到黃色是「赤と同じく危険を感じさせる色」（和紅色同樣讓人感到危險的顏色），並不是用於表示「待て」（等候），而是「注意」（注意）。

4．×…文中提到看見黃色和黑色的組合，就會「無意識に危険を感じ、『注意しなければ』、という気持ちになる」（下意識就會感到危險，產生「必須小心」的想法）。

讀解

1

2

3

CHECK
● 1
● 2
● 3

小町文化中心秋季新班

	講座名稱	日期時間	上課堂數	費用	招生對象	備註
A	男子力UP！四堂課就能學會基礎烹飪	11・12月第一和第三週的星期五（11／7・21・12／5・12）	共4堂	18,000圓＋稅（含材料費）	男性18歲以上	限男性
B	人人都會畫！用色鉛筆練習植物畫	10～12月第一週的星期六13:00～14:00	共3堂	5,800圓＋稅＊請自行準備色鉛筆	15歲以上	在安靜的教室裡，老師仔細指導每一位學員
C	用日本的傳統運動保護自己！專為女性開設的柔道初級班	10～12月第一～四週的星期二18:00～19:00	共12堂	15,000圓＋稅＊請自行準備柔道道服。詳情請洽櫃臺。	女性15歲以上	限女性
D	協助您消除緊張的演講訓練	10～12月第一和第三週的星期四（10／2・1611／6・2012／4・18）18:00～20：00	共6堂	10,000圓（含消費稅）	18歲以上	首先從愉快的聊天開始吧
E	盡情歌唱吧！「大家都會唱的日本歌」	10～12月第一、第二和第三週的星期六10：00～12：00	共9堂	5,000圓＋樂譜費用500圓（未稅）	18歲以上	大家一起唱歌就會變成好朋友！去卡拉OK超有自信！

38

解　答　2

日文解題　答えは2

「平日」とは、月・火・水・木・金曜日のこと。平日で18:00から始まるのはAとCとD。ただし、Cは「女性」対象なので不適切。男性会社員の井上正さんが受けられるクラスはAとDの2つである。したがって、2が適切。

中文解說　正確答案是2

平日是指星期一、二、三、四、五。平日18:00開始的課程有A和C和D。但是，C僅以女性做為授課對象，所以無法參加。男性上班族的井上正先生可以參加的課程有A和D兩種。因此選項2是正確的。

39

解 答	4

日文解題　答えは 4

「週末」とは土曜日と日曜日のこと。週末にクラスがあるのは、B と E。どちらも主婦の山本真理菜さんは受けることができる。したがって、4 が適切。

中文解説　正確答案是 4

「週末」（週末）是指星期六和星期日。週末的課程有 B 和 E。家庭主婦山本真理菜小姐兩者都可以參加。所以選項 4 是正確的。

第3回	聴解	問題1	P114-117

1ばん

解 答	4

日文解題　1・不適切…教室の机を並べ変えることは、今日は先生がやってくださった。来週からみんなでしなければならない。

2・不適切…宿題のコピーは後で田口さんがやってくれる。

3・不適切…「授業の後で連絡先を聞いて」と言っている。授業の前にやることがある。

4・適切…授業で使う資料を「教室に持って行っておいてください」と言っている。

中文解説　選項1不正確…"改變教室裡桌子的排列"這件事今天老師已經做好了。下星期開始必須交由同學們來做。

選項2不正確…"影印作業"這件事田口同學之後會做。

選項3不正確…學生說「授業の後で連絡先を聞いて／下課後詢問（同學的）聯絡方式」，但題目問的是上課前。

選項4正確…老師說課堂中要用到的資料「教室に持って行っておいてください／請先拿到教室去」。

2ばん

解 答	2

日文解題　1・不適切…ビールは冷蔵庫に入っている。

2・適切…「夕ご飯はコンビニのお弁当でいい。私、買ってくるから」と言っている。

3・不適切…お菓子は「明日、空港でもいいんじゃない」と言っている。

4・不適切…赤ちゃんのおみやげのおもちゃも明日買う。

中文解説　選項1不正確…啤酒在冰箱裡。

選項2正確…女士說「夕ご飯はコンビニのお弁当でいい。私、買ってくるから／晚餐吃便利商店的便當好嗎？我去買。」

選項3不正確…男士說「明日、空港でもいいんじゃない／明天在機場買（點心）不好嗎」。

選項4不正確…嬰兒的禮物玩具明天再買。

3ばん

解　答	2

日文解題

1・不適切…「この日に来ます。仕事が終わったら急いできます」の「この日」とは、18日。「仕事が終わったら」と言っているので、9時は不適切。

2・適切…「6時で大丈夫ですか」と問われて「はい」と答えている。

3・不適切…土曜日の午後は、歯医者は休み。

4・不適切…25日は出張で、行けない。

中文解説

選項1不正確…「この日に来ます。仕事が終わったら急いできます／我那天過來。下班後立刻趕過來」的「この日／那天」是18日。男士說「仕事が終わったら／下班後」，所以不是九點。

選項2正確…女士問「6時で大丈夫ですか／六點可以嗎」，男士回答「はい／好」。

選項3不正確…星期六的下午牙醫診所休診。

選項4不正確…25日男士要出差，不能過來。

4ばん

解　答	3

日文解題

1・不適切…ウイスキーについては、何も話していない。

2・不適切…おもちゃについては何も話していない。

3・適切…「大人の飲み物だけしかないわ。買ってこなくちゃ」と言っている。子どもの飲み物として、ジュースが考えられる。

4・不適切…玄関に飾る花（バラの花）は用意されている。

中文解説

選項1不正確…對話中沒有提到威士忌。

選項2不正確…對話中沒有提到玩具。

選項3正確…女士說「大人の飲み物だけしかないわ。買ってこなくちゃ／只有準備成人的飲料，必須另外買才行」。她打算買果汁作為小孩的飲料。

選項4不正確…要擺在玄關的花（玫瑰花）已經準備好了。

5ばん

解　答	4

日文解題

1・2・不適切…「今日と明日は歴史と漢字の勉強をしなければならない」と言っている。

3・不適切…「レポート書く時間がない」と言っている。

4・適切…女の学生が「レポートは、水曜日に連絡すれば、来週の月曜日までに提出すればいい」と言うと、「そうだった」と言っている。男の学生は、まず、レポートの提出を伸ばしてもらうように先生に連絡しようとしていることがわかる。

中文解説

選項1、2不正確…男學生說「今日と明日は歴史と漢字の勉強をしなければならない／今天和明天必須念歷史和漢字」。

選項3不正確…男學生說「レポート書く時間がない／沒有時間寫報告」。

選項4正確…女學生說「レポートは、水曜日に連絡すれば、来週の月曜日までに提出すればいい／如果週三先徵得老師同意，報告就可以延到下週一再交」，

男學生回答「そうだった／對耶」。因此可知男學生首先要做的是聯絡老師"要延後交報告"這件事。

6 ばん

解　答	1

日文解題　水玉模様（たくさんの丸い球の形を、一面に散らした模様）がいいと言っているので、3と4は不適切。1と2どちらかである。「小さい水玉より、こちらの水玉の方がはっきりしていて明るくていい」と言っている。2は小さい水玉なので不適切。水玉がはっきりしていて明るいネクタイは1である。

中文解說　男士說要買點點花紋（表面分布著許多圓球形的圖案）的領帶，所以選項3和4不正確。接下來思考選項1和2哪個正確。男士說「小さい水玉より、こちらの水玉の方がはっきりしていて明るくていい／比起小點點，這種點點比較清楚也比較明亮」。選項2的花紋是小點點所以不正確。點點花紋清楚明亮的領帶是選項1。

だい かい 第3回	ちょうかい 聴解	もんだい 問題2	P118-121

1 ばん

解　答	3

日文解題
1・不適切…「靴を脱いで中に入れる作品もあります」と話している。
2・不適切…「写真やスケッチも、もちろんかまいません」と話している。
3・適切…「美術館の中は禁煙です」と話している。タバコを吸うことは禁止である。
4・不適切…「食べる場所は、2階のレストランと、地下に、売店と食堂があります」と話している。そこで食べることができる。

中文解說
選項1不正確…女士提到「靴を脱いで中に入れる作品もあります／有些作品需要脫鞋才能進去參觀」。
選項2不正確…女士提到「写真やスケッチも、もちろんかまいません／當然也可以拍照或寫生」。
選項3正確…女士提到「美術館の中は禁煙です／美術館裡禁菸」。由此可知館內禁止吸菸。
選項4不正確…女士提到「食べる場所は、2階のレストランと、地下に、売店と食堂があります／可以用餐的地方有二樓的餐廳，以及地下室的小賣部和食堂」。在餐廳、小賣部或食堂裡可以飲食。

2 ばん

解　答	4

日文解題

1・不適切…男の人は「運転嫌いじゃない」と話している。

2・不適切…ガソリン代のことについては話していない。

3・不適切…「車は環境によくない」と話しているが、それはガソリンのいらない自動車を買えばいい。車を買いたくない、もっと大きな理由がある。それは駐車場代がいることである。駐車場代は高い。

4・適切…「家の家賃の上に駐車場代もいるし…」、「この近所は高いんだろう」と話している。

中文解說

選項1不正確…男士提到「運転嫌いじゃない／我並不討厭開車」。

選項2不正確…對話中沒有提到油錢。

選項3不正確…兩人雖然提到「車は環境によくない／車子對環保有害」，但只要買不須耗油的車子就好了。不想買車還有更重要的原因，也就是必須繳停車費，然而停車費太貴了。

選項4正確…兩人談到「家の家賃の上に駐車場代もいるし…／要繳房子的租金，再加上停車費…」、「この近所は高いんだろう／這附近太貴了」。

3 ばん

解　答	2

日文解題

先生は「何か、勉強の目標があるといい」と言い、母親が「それはない」と答えた。それを聞いた先生が、「最近の子どもたちは、みんなそうです」と言っている。

「そう」の指す内容は、「勉強の目標がない」ということである。したがって、2「勉強の目標」が正しい。

1「外で遊ぶこと」、3「一緒に遊ぶ友だち」、4「勉強する時間」については具体的に話していない。

中文解說

老師說「何か、勉強の目標があるといい／如果能找到一項學習目標就好了」。媽媽回答「沒有耶」。老師聽了之後說「最近の子どもたちは、みんなそうです／最近的小孩子都是這樣」。

「そう／這樣」指的內容是「勉強の目標がない／缺乏學習目標」這件事。因此，選項2「勉強の目標／學習目標」是正確答案。

選項1「外で遊ぶこと／出外玩樂」、選項3「一緒に遊ぶ友だち／一起玩的朋友」、選項4「勉強する時間／念書的時間」，對話中都沒有具體提到這些事情。

4 ばん

解　答	4

日文解題

1・不適切…「会社に勤めてからは、それほど大きいカバンはいらなくなりました」と言っている。

2・不適切…「小さくて厚みのないカバン」については何も言っていない。

3・不適切…「値段が少しぐらい高くても」と言っているが、値段が高くてもいいのには、条件がある。それは「しっかりした丈夫なカバン」であること。しっかりした丈夫なカバンだったら、値段は高くてもいいというのである。

4・適切…「値段は少しぐらい高くても、そんなカバンがいいですね」と言っている。「そんなカバン」とは、「しっかりした丈夫なカバン」である。

中文解説 選項1不正確…男士說「会社に勤めてからは、それほど大きいカバンはいらなくなりました／進公司上班後，就不需要那麼大的皮包了」。

選項2不正確…男士沒有提到關於「小さくて厚みのないカバン／又小又薄的皮包」。

選項3不正確…男士雖然提到「値段が少しぐらい高くても／即使價格貴一點」，但是要買昂貴的包是有條件的，那就是「しっかりした丈夫なカバン／堅固耐用的皮包」。意思是 “如果是堅固耐用的包，貴一點也沒關係”。

選項4正確…男士說「値段は少しぐらい高くても、そんなカバンがいいですね／即使價格貴一點，還是要買那種皮包才好」。「そんなカバン／那種皮包」是指「しっかりした丈夫なカバン／堅固耐用的皮包」。

5 ばん

解 答 3

日文解題 1・不適切…田中君が帰る時、課長はいなかったので、課長に連絡せずに帰ったことは失敗ではない。

2・不適切…新入社員はシステムサービスの人が来ることを覚えていた。だから全部のパソコンを準備してから帰った。

3・適切…「パソコンのある部屋の鍵を閉めて帰っちゃいけなかった」と気づいている。

4・不適切…「管理室に行かないで帰った」ことは、別に悪いことではない。

中文解説 選項1不正確…田中先生回去時科長也已經下班了，所以犯的錯並不是 “沒和科長聯絡就回去”。

選項2不正確…新進員工記得系統維護的人員要來，所以把所有的電腦都準備好了才回去。

選項3正確…男員工發現「パソコンのある部屋の鍵を閉めて帰っちゃいけなかった／我回家前不該把放置電腦的辦公室上鎖」。

選項4不正確…「管理室に行かないで帰った／沒去管理室就回家了」，關於這點沒什麼不對。

6 ばん

解 答 2

日文解題 「食育とは、子どもたちが健康で安全な食生活を送れるように、食べものに関する知識や判断力を身につけさせる教育のことです」と話している。したがって、2が正しい。

1・3・4については特に話していない。

中文解説 女士說「食育とは、子どもたちが健康で安全な食生活を送れるように、食べものに関する知識や判断力を身につけさせる教育のことです／所謂食育，是指教育孩子關於食物的知識與判斷，以便讓他們享有健康安全的日常飲食」，因此選項2正確。

女士並沒有提到選項1、3、4的內容。

聴解
1
2
3
CHECK
1
2
3

1 ばん

解　答	3

日文解題

1・不適切…「宿題」については話していない。

2・不適切…長谷川先生は「出席をとらない」ということを聞いたが、「出席をとらない」ということは、「つまり、授業に出ているだけじゃだめ」ということなので、「どうしようかな」と心配になっている。

3・適切…「長谷川先生は、めったに一番いい成績をつけないけれど、授業がすごく面白い」ということを先輩から聞き、「ぼくも、その授業をとろうかな」と話している。「その授業」とは、長谷川先生の面白い授業のこと。

4・不適切…田中先生や中本先生は、テストは簡単だが、男の学生は「ぼくはやっぱり、話がおもしろい先生がいいな」と話している。

中文解說

選項1不正確…兩人沒有談到關於「宿題／作業」。

選項2不正確…雖然長谷川老師「出席をとらない／不點名」，但「出席をとらない／不點名」的意思就是「つまり、授業に出ているだけじゃだめ／也就是說，光是去上課是不夠的」。因此女學生很擔心，說「どうしようかな／該怎麼辦呢」。

選項3正確…聽見女學生從學長姐那裡打聽到「長谷川先生は、めったに一番いい成績をつけないけれど、授業がすごく面白い／長谷川老師雖然很少給學生很高的分數，但他上課很有趣」，男學生回答「ぼくも、その授業をとろうかな／還是我也選那門課呢」。「その授業／那門課」是指長谷川老師的有趣課程。

選項4不正確…田中老師和中本老師的考試很簡單，但男學生說「ぼくはやっぱり、話がおもしろい先生がいいな／我還是覺得上課幽默風趣的老師比較好啊」。

2 ばん

解　答	3

日文解題

1・2・4・不適切…「少し濡れているごみ」「窓の埃」「テレビの後ろ」「ふとんにもお勧め」と話しているので、1「ヘアドライアー」、2「洗濯機」、4「テレビ」ではない。

3・適切…ごみを吸う、埃を吸い込む、ふとん、床などに使うことから、「掃除機」だとわかる。

中文解說

選項1、2、4不正確…因為男士提到「少し濡れているごみ／帶點濕氣的垃圾」、「窓の埃／窗戶的灰塵」、「テレビの後ろ／電視機的後面」、「ふとんにもお勧め／也很推薦用在棉被上」，所以可知選項1「ヘアドライアー／吹風機」、選項2「洗濯機／洗衣機」、選項4「テレビ／電視」都不是答案。

選項3正確…可以吸垃圾、吸灰塵，並用在棉被和床上，由此可知答案是「掃除機／吸塵器」。

3ばん

| 解 答 | 1 |

| 日文解題 | 1・適切…「2時間たったらまた来ます」と言っている。 |

2・不適切…「空いていれば1時間ほど」でできることもあるが、今日は混んでいて、2時間はかかると言っている。

3・不適切…30分で受け取るには特急料金がかかり、500円高くなる。「今日はそんなに急がないし、買い物もあるから」2時間後に来ることにした。

4・不適切…「明日」については、話に出てこない内容である。

| 中文解説 | 選項1正確…女士說「2時間たったらまた来ます／兩個小時後再過來」。 |

選項2不正確…店員說「空いていれば1時間ほど／客人較少的話大約要一小時」，但是今天客人很多，所以要兩小時。

選項3不正確…如果要三十分鐘內取件則要多付五百元的急件費用。女士說「今日はそんなに急がないし、買い物もあるから／今天沒那麼急，而且我還要去買東西」，所以決定兩小時後再來。

選項4不正確…對話中沒有提到「明日／明天」。

| 第3回 | 聴解 | 問題4 | P123-125 |

1ばん

| 解 答 | 1 |

| 日文解題 | 1・適切…お年寄りに、「お先にどうぞ」と言って、「先に乗ってください」という気持ちを伝える。 |

2・不適切…お年寄りのために、先に乗るようにすすめているのだから、「すみません」と言う必要はない。

3・不適切…「どうも失礼します」は変な言い方である。

| 中文解説 | 選項1正確…對老年人說「お先にどうぞ／您先請」，表達「先に乗ってください／請您先搭乘」的意思。 |

選項2不正確…因為是為老年人著想，禮讓對方先搭乘，所以沒必要說「すみません／不好意思」。

選項3不正確…「どうも失礼します」是不正確說法。

2ばん

| 解 答 | 2 |

| 日文解題 | 1・不適切…「出口がわからない」は、自分の状況を述べただけで、店員に何を聞きたいのか、はっきりしない。 |

2・適切…場所や方向を知りたい時は、「どちら」「どこ」などのことばを使って、質問する。

3・不適切…「出口に行きたい」は、自分の希望を述べただけで、店員にどうしてもらいたいのか、はっきりしない。

選項1不正確…「出口がわからない／我不知道出口在哪」只是陳述自己的狀況，沒有明確說出要問店員什麼。

選項2正確…想知道地點或方向時，應以「どちら／哪邊」、「どこ／哪裡」等詞語詢問。

選項3不正確…「出口に行きたい／我想去出口」只是陳述自己的期望，沒有明確說出希望店員怎麼做。

3ばん

解答 2

日文解題 1・不適切…「もっと大きい声で話せませんか」は、相手に大きい声で話すことを要求する、きつい言い方である。

2・適切…「電話が遠い」とは、電話がよく聞こえない様子を表す。「少しお電話が遠いようですが」と言うことによって、相手の声が小さくて聞き取れない気持ちを、それとなく相手に伝えることができる。

3・不適切…「～てください」は、軽い命令の気持ちを表す。

中文解說 選項1不正確…「もっと大きい声で話せませんか／你能說大聲一點嗎」表示希望對方說話大聲一點，是粗魯的說法。

選項2正確…「電話が遠い／電話聲音太小了」表示電話聽不清楚的樣子。「少しお電話が遠いようですが／電話聲音聽不太清楚」這句話可以委婉地讓對方知道由於他的聲音太小，使自己這邊無法聽得清楚。

選項3不正確…「～てください／請～」帶有輕微的命令語氣。

4ばん

解答 3

日文解題 1・不適切…「着たい」は、自分の希望を述べただけで、試着したいことが言えていない。

2・不適切…「着せてみて」が誤り。「着てみて」に直す。

3・適切…試しに何かをする時は、「～てみる」の形にする。また、「～ていいですか」という言い方で、お願いする気持ちを表す。

中文解說 選項1不正確…「着たい／我想穿」只是陳述自己的期望，沒有說到 "想試穿" 這件事。

選項2不正確…「着せてみて」是錯誤用法，應改為「着てみて／試穿」。

選項3正確…想試某樣東西時，以「～てみる／試～」的形式表示。另外，「～ていいですか／可以～嗎」的說法帶有請託對方的語氣。

1 ばん

解答 3

日文解題「何で来るんですか」は、交通手段を聞いている。交通手段をはっきり答えている3「地下鉄とバスで来ます」が正しい。
1と2は、交通手段を答えていないので不適切。

中文解說「何で来るんですか／你怎麼來的」問的是交通方式。清楚的回答交通方式的是選項3「地下鉄とバスで来ます／搭地鐵和巴士來的」，這是正確答案。
選項1和選項2沒有回答到交通方式，所以不正確。

2 ばん

解答 1

日文解題「どこで勉強したのですか」は、勉強した場所を聞いている。したがって、「私の国の日本語学校です」と場所を答えた1が正しい。
2と3は場所を答えていないので不適切。

中文解說「どこで勉強したのですか／你是在哪裡學習的呢」問的是學習的地方。因此，回答「私の国の日本語学校です／在我祖國的日語學校」，表示地點的選項1是正確答案。
選項2和選項3沒有回答到地點，所以不正確。

3 ばん

解答 1

日文解題「今日は野球の試合なのに、雨だね」は、残念な気持ちを言っている。残念な気持ちは1「がっかり」である。
2「そっくり」は「よく似ている様子」を表すことばなので不適切。3「失敗」は「思ったとおりにできないこと」なので不適切。

中文解說「今日は野球の試合なのに、雨だね／今天是棒球比賽的日子，卻下雨了」表示遺憾的心情。表示遺憾的心情的是選項1「がっかり／失望」。
選項2「そっくり／一模一樣」是表示「よく似ている様子／非常相似的樣子」的詞語，所以不正確。選項3「失敗／失敗」是指「思ったとおりにできないこと／無法做到和想像中的一樣」，所以不正確。

4 ばん

解答 2

日文解題 1・不適切…「いらっしゃる」は「来る」の尊敬語。自分の動作に尊敬語を使って「いらっしゃいます」と言うのは誤り。
2・適切…「参る」は「来る」の謙譲語。自分の動作を、謙譲語を使って、「参ります」と正しく使っている。
3・不適切…「10時まで」の「まで」は、時間の範囲を表す助詞である。相手は時間を聞いているので、時間の範囲を答えるのは変である。

309

中文解說　選項1不正確…「いらっしゃる／來」是「来る／來」的尊敬語。不能用尊敬語表達自己的動作，因此「いらっしゃいます／來」是不正確的。
選項2正確…「参る／來」是「来る／來」的謙讓語。自己的動作用謙讓語「参ります／來」表示是正確的用法。
選項3不正確…「10時まで／10點之前」的「まで／之前」是表示時間範圍的助詞。因為對方是問自己要前來的時間，所以不應該回答時間範圍。

5 ばん

解 答　2

日文解題　「ご存知」は「知っていること」の尊敬語。「ご存知ですか」で、知っているかどうか、敬意をもって聞く表現になる。
1・不適切…「はい」の場合は、「存じています」などになる。「存じる」は「知る」の謙譲語。自分のことを低く言う言い方。
2・適切…「いいえ」なので、「存じません」になる。
3・不適切…知っているのは自分なので、謙譲語を使う。「存じています」などにする。

中文解說　「ご存知／知道」是「知っていること／知道」的尊敬語。「ご存知ですか／您知道嗎」是詢問對方"您是否知道"，是表達敬意的問法。
選項1不正確…回答「はい／是」的情況，應該說「存じています／我知道」。「存じる」是「知る」的謙讓語，這是貶低自己（以抬高他人）的說法。
選項2正確…因為前面回答了「いいえ／不」，所以後面應接該「存じません／不知道」。
選項3不正確…因為知道的人是自己，所以應該用謙讓語。應該回答「存じています／我知道」等等。

6 ばん

解 答　3

日文解題　「なかなか」は「思っていた以上である様子」を表す。似た意味のことばは「かなり」。
1・不適切…「なかなか強い」のだから、「練習しなかったんじゃない」は、変な答え方である。「ずいぶん練習したんじゃない」などにする。
2・不適切…「なかなか強い」のだから、「きっと負けるんじゃない」は、変な答え方である。「きっと勝つんじゃない」などにする。
3・適切…ずいぶん練習したから、強くなったと考えられる。

中文解說　「なかなか／非常」表示「思っていた以上である様子／超乎意外的樣子」。意思相近的詞有「かなり／相當」。
選項1不正確…對方說「なかなか強い／非常強」，所以回答「練習しなかったんじゃない／他們沒什麼練習吧」不合邏輯。應該回答「ずいぶん練習したんじゃない／他們拼命練習了吧」。
選項2不正確…對方說「なかなか強い／非常強」，所以回答「きっと負けるんじゃない／他們肯定會輸球吧」不合邏輯。
選項3正確…可以推測是因為拼命練習，所以才能變得這麼強。

7 ばん

解 答　1

日文解題　1・適切…「まさか」は、「信じられない様子」を表す。「さっきまでそこで話していた」のに、交通事故にあったなんて、信じられないという気持ちである。

2・不適切…「わざわざ」は、「何かを特別にする様子」を表す。ここで「わざわざ」を使うのは変である。

3・不適切…「さっきまでそこで話していたからね」の、「から」の使い方が変である。逆接の「のに」に直す。

中文解説　選項1正確…「まさか／怎麼會」表示「信じられない様子／不敢相信的樣子」。明明「さっきまでそこで話していた／剛才還在那裡說話」，現在卻遇到交通事故，表達不敢相信的心情。

選項2不正確…「わざわざ／特地」表示「何かを特別にする様子／特別去做某件事的樣子」。在這裡用「わざわざ／特地」不合邏輯。

選項3不正確…「さっきまでそこで話していたからね」的「から」用法不正確。應改為表示逆接的「のに／明明」。

8 ばん

解 答　2

日文解題　「冷たいうちにどうぞ」の後には、「食べてください（飲んでください）」が省略されている。「冷たいうちにどうぞ」と勧められているので、出されたのは、冷たいものだとわかる。したがって、2「冷たくておいしい」と答えるのが正しい。

冷たいものを食べて、1「あたたかくておいしい」、3「体が温かくなりました」は変である。

中文解説　「冷たいうちにどうぞ／請趁還冰涼的時候」省略了後面的「食べてください（飲んでください）／請用」。因為用「冷たいうちにどうぞ／請趁還冰涼的時候」建議對方這麼做，所以可知說話者端出來的是冰涼的食物或飲料。因此選項2「冷たくておいしい」是正確答案。

吃冰涼的食物時，回答選項1「あたたかくておいしい／溫熱的很好吃」、選項3「体が温かくなりました／身體暖和起來了」都不合邏輯。

絕對合格！

新制日檢

學霸攻略
單字・文法・閱讀・聽力

全真模考
3回 + 詳解

N3

師資、經驗、效率、解析、高分
五大致勝！

QR Code
朗讀音檔
隨看隨聽

[16K＋QR Code線上音檔]

【QR 全攻略 19】

發行人 ● 林德勝

作者 ● 吉松由美、田中陽子、西村惠子、林勝田、山田社日檢題庫小組

出版發行 ● 山田社文化事業有限公司

　　　　　106台北市大安區安和路一段112巷17號7樓

　　　　　Tel：02-2755-7622

　　　　　Fax：02-2700-1887

郵政劃撥 ● 19867160號　　大原文化事業有限公司

總經銷 ● 聯合發行股份有限公司

　　　　　新北市新店區寶橋路235巷6弄6號2樓

　　　　　Tel：02-2917-8022

　　　　　Fax：02-2915-6275

印刷 ● 上鎰數位科技印刷有限公司

法律顧問 ● 林長振法律事務所　林長振律師

書+QR code ● 定價　新台幣429元

初版 ● 2024年1月

STS